W0312908

Mauvais garçons

Du même auteur
aux Éditions J'ai lu

CETTE NUIT-LÀ
N° 9485

LES VOISINS D'À CÔTÉ
N° 9768

NE LA QUITTE PAS DES YEUX
N° 9944

CRAINS LE PIRE
N° 10154

MAUVAIS PAS
N° 10338

CONTRE TOUTE ATTENTE
N° 10625

Vous pouvez consulter le site de l'auteur
à l'adresse suivante : www.linwoodbarclay.com

LINWOOD
BARCLAY

Mauvais garçons

Traduit de l'anglais (Canada)
par Daphné Bernard

J'AI LU

Titre original :
BAD GUYS

Éditeur original :
Bantam Books, New York.

© Linwood Barclay, 2005.

Pour la traduction française :
© Belfond, 2013

À ma famille : Neetha, Spencer et Paige

1

— Tu veux quoi, au juste ? demande Harley. Des médicaments ? Si tu veux des médicaments, tu as l'embarras du choix. Je peux te prescrire de l'alprazolam, le générique de Xanax, ou du lorazépam. Il y a aussi le diazépam et…

— Le dia-quoi ?

— Le diazépam. Te fie pas à son nom, ce n'est pas un remède contre la diarrhée ! C'est simplement du Valium. Il y a des tonnes de tranquillisants, certains plus efficaces que d'autres et parfois même vraiment dangereux, mais on a interdit les barbituriques : ils créaient des dépendances et pouvaient être mortels. Cela dit, si tu es plutôt du genre médecine naturelle, tu n'as qu'à prendre des tisanes. Enfin quoi qu'il en soit, il faut vraiment que tu mettes la pédale douce !

Harley n'est pas un médecin comme les autres. Disons plutôt que c'est un copain, mais qui aurait un diplôme, un cabinet assez prospère et une salle d'examen où, contraint et forcé, je me tiens en ce moment même. Au lycée, Harley et moi on était déjà amis, puis on s'est perdus de vue quand j'ai fait une maîtrise d'anglais et que lui s'est lancé dans la médecine.

« Quel genre de boulot tu penses dégoter avec un diplôme de la fac de médecine ? » Voilà ce que je lui disais quand il m'arrivait de le croiser par hasard.

Des années plus tard, il est devenu mon médecin.

Si cela n'avait tenu qu'à moi, je n'aurais jamais pris ce rendez-vous. Ce n'était pas mon idée, mais celle de Sarah, ma femme. Et le mot « idée » est inexact. « Ultimatum » serait plus juste.

— Va consulter Harley, sinon je demande le divorce. Ou je t'étouffe pendant ton sommeil.

À vrai dire, la menace de divorce ne m'a pas vraiment inquiété. Sarah ne porte pas les avocats dans son cœur et elle préfère encore me supporter plutôt que d'avoir affaire à un de ces messieurs. M'étouffer dans mon sommeil, en revanche, voilà qui serait tout à fait dans ses cordes !

Harley se penche au-dessus de la table d'examen couverte d'un drap en papier.

— Écoute, on a tous des emmerdes et il faut se débrouiller pour s'en sortir. Tu n'es pas le seul à avoir une fille. La mienne a vingt-deux ans. Elle a enfin la tête sur les épaules, mais il y a deux ans elle était trop occupée à s'envoyer en l'air avec un futur artiste conceptuel pour préparer ses examens. Le type faisait des sculptures avec de la viande crue, autant te dire que le jour du vernissage tu avais plutôt intérêt à arriver parmi les premiers.

— Mais je n'y peux rien. Je me fais du souci. Sans arrêt. C'est dans ma nature. Parfois, je ne me contrôle plus.

— Je sais. On m'a tenu au courant.

— Bon Dieu, j'ai essayé de m'améliorer, mais avec Angie...

— Elle a quel âge ?

— Dix-huit ans.

Harley me lance un regard compatissant. Lui-même est passé par là.

— Qu'est-ce que tu as fabriqué ?

— Elle fréquentait un garçon. Un type qu'elle a connu dans le magasin d'accessoires de piscine où elle a bossé pendant l'été. Elle vendait des pastilles de chlore et des produits antialgues et analysait l'eau, et lui s'occupait de l'entretien des bassins du voisinage. Bref, un soir ils ont fini par sortir ensemble.

— Et alors ?

— Elle a commencé à s'attacher à Maître Nageur.

— C'est comme ça que tu l'appelais, Maître Nageur ?

— Pas devant lui ni devant Angie. Juste un surnom que j'ai inventé. Bref, quand elle sortait avec lui, je lui disais toujours de rentrer avant une heure du matin. La plupart du temps, je suis encore debout à cette heure-là, je ne me couche pas pour m'assurer qu'elle rentre saine et sauve. Je lis. Afin de ne pas gêner Sarah avec la lumière, je m'allonge sur le canapé du salon devant la porte d'entrée pour être au premier rang quand Angie franchit le seuil. Même si je somnole, je l'entends arriver.

— Bon, et ensuite ?

— Un soir, j'ai dû piquer un vrai roupillon car quand je me suis réveillé il était deux heures et demie du matin et Angie n'était toujours pas là. Le couvre-feu était passé depuis longtemps ainsi que l'heure à laquelle elle m'avait juré de rentrer. Je l'ai appelée sur son portable. Pas de réponse.

— La suite, je la devine : tu as paniqué ! Après tout, c'est ta spécialité, non ?

— Pas du tout ! Je suis parti à sa recherche. Je connaissais l'adresse de Maître Nageur – il vit chez ses parents – et la marque de sa voiture. J'ai foncé là-bas. La maison était plongée dans l'obscurité, à l'exception d'une lumière au sous-sol.

— Plutôt mauvais signe, marmonne Harley.

— Tu l'as dit ! Alors après avoir tournicoté autour de sa voiture, je me suis dirigé vers la porte.

ıttends ! Tu as frappé ? À trois heures du matin ?
Non ! Je voulais juste m'assurer qu'Angie était à. Je savais que je risquais de réveiller les parents ıître Nageur si je frappais, alors je me suis dit que ɛux, c'était de regarder par la fenêtre du sous-sol. ment basse, la fenêtre, d'ailleurs j'ai dû me mettre oux.
rley ne dit rien, il se contente de fermer les yeux en rant.
Par un interstice entre les rideaux, j'ai découvert on vieux sous-sol : canapé élimé, boiseries aux …
Oserais-je demander qui se trouvait sur le pé ? Ou est-ce trop indiscret de ma part ?
Personne ! Écoute, que les choses soient claires : je ıucune envie de m'immiscer dans la vie privée de lle, je sais ce que fabriquent les jeunes à cet âge-là. c'était une question de sécurité. Je voulais être sûr le n'était pas en danger.
Ainsi, elle n'était pas là. Et Maître Nageur, alors ?
Il n'était pas sur le canapé non plus. Par contre, ıd je me suis relevé, il se tenait juste à côté de moi.
La main dans le sac !
Et son père était là aussi. Ils ont dû entendre la ure arriver et ils sont sortis pour voir ce qui se ait.
Ils ont prévenu les flics, avant ou après ?
Après. Heureusement, quand ils sont arrivés, on t tiré l'affaire au clair. Ils ont compris qui j'étais. tre Nageur m'a juré qu'il avait déposé Angie vers ıuit et demi et qu'elle était probablement dans son

- Tu n'étais pas allé vérifier si elle était dans sa mbre ?
- Mais je l'aurais entendue arriver, j'en étais sûr et tain ! Plus tard Angie m'a avoué qu'elle avait marché la pointe des pieds pour ne pas me réveiller.

— Et c'était il y a combien de temps, tout ce cirque ?

— Un mois. Avant la rentrée des classes. Depuis, Angie ne m'adresse plus la parole. Mais le problème, c'est que maintenant je suis persuadé qu'un type la harcèle.

Harley se laisse tomber dans l'autre fauteuil de la salle d'examen. Il a l'air crevé. C'est le genre d'effet que je produis sur certaines personnes.

— Un harceleur !

— Et ce n'est pas Maître Nageur. Je crois qu'ils ont rompu.

— Comme c'est étonnant !

— C'est ça, ta conception de la médecine ? Se moquer des patients qui se confient à toi ?

— Mais pas du tout. Continue. J'arrête de te juger.

— Elle prétend qu'un type la harcèle, mais tu connais le sens de la mesure des jeunes filles. Si un type s'intéresse à elles et que sa tête ne leur revient pas, elles crient au loup ! Mais c'est vrai qu'il lui téléphone beaucoup et qu'il a tendance à se matérialiser partout où elle va. J'ai peur que ce soit une sorte de cinglé. Mais le truc, c'est qu'après l'incident avec Maître Nageur je ne suis pas vraiment en odeur de sainteté. Dès que j'ouvre la bouche, elle me rembarre.

— Ce n'est pas parce qu'un type lui passe plusieurs coups de fil ou fréquente les mêmes endroits qu'elle que c'est nécessairement un tueur en série.

— Je sais, je sais. Mais j'ai toujours tendance à me faire du souci quand il est question de ma famille. Rappelle-toi tout ce qui nous est arrivé.

— C'est de l'histoire ancienne. C'est terminé.

Harley se penche en avant, comme pour donner à notre conversation un tour plus intime.

— Je ne vais rien te prescrire, sauf si tu trouves que c'est absolument nécessaire. Mieux vaut résoudre tes problèmes sans recourir à des médicaments.

— Je suis bien d'accord avec toi. Je ne veux pas d'ordonnance. Je ne suis pas hypocondriaque ! Encore que si tu diagnostiquais quelque chose, j'imaginerais tout de suite une maladie mortelle.

— Je te conseille de te concentrer sur ton boulot et de moins penser à ce qui se passe chez toi. Ce que tu ressens n'a rien d'exceptionnel. Tous les parents se font du souci pour leurs gosses, mais il faut les laisser vivre à leur guise.

— Bien sûr.

— Quand tu écris, ça t'aide à ne plus penser à autre chose, pas vrai ? N'est-ce pas une bonne façon d'être moins angoissé ?

— En partie.

— Alors, tu travailles sur quoi, en ce moment ? Un nouveau livre ?

— Non, je suis retourné bosser dans un journal, *The Metropolitan*, au service des Informations générales. La littérature ne nourrit pas son homme.

— J'ai bien aimé ton roman où ce type remonte le temps pour tuer l'inventeur du sèche-mains. Ça n'a pas été un best-seller ?

— Pas du tout.

Harvey semble surpris.

— Je travaille sur un article à propos d'un détective privé. Ça fait quelques nuits que je l'accompagne. On planque, comme on dit. Il y a des types qui brisent les vitrines des boutiques de fringues de luxe et volent pour des centaines de milliers de dollars de vêtements. Mon détective est chargé de les coincer.

— Ça me paraît passionnant. Mais j'espère que tu ne risques rien. Tu as assez donné !

Je lui souris d'un air las.

— Ne t'en fais pas. Désormais, je suis en dehors du coup, je me contente d'écrire.

— Très bien. Bon alors qu'est-ce qu'on fait pour la question des médicaments ? Tu as besoin d'une ordonnance ?

— Non, sauf si tu as quelque chose à me conseiller.

Harley se dirige vers une de ses armoires métalliques remplies de pansements, de compresses et de bandages, farfouille dans les étagères et en tire une bouteille de whisky de grande marque dont il verse deux doigts dans des petits gobelets en carton.

— Un remède très efficace, je te le garantis.

2

— Qu'est-ce qu'on s'emmerde ! je lance.

Mais Lawrence Jones ne fait pas attention à moi. Voilà trois heures que nous sommes assis dans sa Buick, un tacot vieux de dix ans garé sur Garvin Avenue, à une centaine de mètres de Brentwood's, le magasin de vêtements de luxe appartenant à Arnett Brentwood. C'est lui qui, avec d'autres commerçants du quartier, finance les services de Lawrence afin de découvrir qui dévalise leurs boutiques la nuit.

— Ça n'a rien d'une mission bidon, m'a-t-il assuré un peu plus tôt. Non seulement Arnett Brentwood et ses confrères veulent identifier et arrêter ces malfrats, mais ils veulent également récupérer leurs marchandises.

Assis derrière son volant, Lawrence ne quitte que très rarement la vitrine des yeux. C'est sans doute la troisième ou la quatrième fois que je me plains du manque de distraction, mais il a compris que la meilleure conduite à tenir à mon égard est de faire comme si je n'existais pas.

Ancien flic, proche de la trentaine, noir, un mètre quatre-vingts, un corps d'athlète. Il est homo, j'imagine que c'est pour ça qu'il est bien plus élégant que moi.

— Désolé ! lâche-t-il au bout de deux minutes d'un silence pesant.

— Pardon ?

— Désolé, si monsieur s'ennuie. Si j'avais pu, j'aurais téléphoné à ces mecs pour leur dire de se dépêcher de cambrioler la boutique afin que monsieur se couche de bonne heure.

— Merci quand même d'y avoir pensé !

Nous reprenons notre surveillance, nous concentrant sur les véhicules qui ralentissent en passant devant Brentwood's. Nous ne sommes pas en banlieue, mais pas non plus en plein centre-ville, la plupart des immeubles du quartier ont deux à trois étages. Brentwood's occupe le rez-de-chaussée, le premier ainsi qu'un local au second. Mais Arnett Brentwood n'habite pas sur place. Son commerce prospère et il préfère vivre dans une jolie villa sur les hauteurs de la ville.

— À ton avis, on doit se concentrer sur une certaine marque de voitures ? je demande.

Lawrence hausse vaguement les épaules.

— Pas vraiment. Sans doute un camion ou un gros 4 × 4. Pour éclater une vitrine en pleine nuit et en fonçant dedans, il leur faut au moins une Honda Civic. Après, ils se précipitent à l'intérieur, ressortent les bras chargés de fringues et les fourrent dans le coffre avant de se tirer. En général, ils opèrent en moins d'une minute.

— Impec ! Un peu comme les équipes techniques de formule 1 qui changent les pneus en dix secondes.

— D'après moi, ils sont au moins deux à trimballer les vêtements, en plus du chauffeur. Brentwood's a déjà été dévalisé une fois, voilà trois mois. Les caméras de surveillance ont enregistré des images assez floues de mecs habillés en noir et cagoulés. On aurait dit un commando. La plupart des autres magasins cambriolés sont dépourvus de caméras, mais il semblerait que ce soit la même bande. Les policiers ont promis de faire des rondes, mais à moins de tomber sur leurs entrepôts, ils ne pourront rien résoudre.

Son portable sonne.

— Ouais ? Rien ici non plus. Ouais, t'as raison. Mais au moins j'ai de la compagnie.

Il me jette un coup d'œil en coin.

— Je te rappelle dans une demi-heure.

Il remet son portable dans sa poche.

— C'était Miles.

— Miles ?

— Miles Diamant. Je travaille beaucoup avec lui. Je lui refile des jobs. Il surveille Maxwell's. Jusqu'à maintenant, cette boutique a été épargnée, mais c'est le genre d'enseigne que la bande adore. Du haut de gamme, des marques italiennes, de grandes vitrines ouvrant directement sur la chaussée. La cible parfaite.

— Miles Diamant ! Un drôle de nom pour un privé !

— Ça compense son look. Petit, chauve et blanc ! Le type idéal pour les planques car il disparaît derrière le volant.

— Tu l'as connu quand tu étais flic ?

— Miles n'a jamais eu la taille requise pour être dans la police. Il a toujours été privé. Il a une femme magnifique, dans les un mètre soixante-quinze, roulée comme une déesse. Une fois, je les ai vus danser ensemble, il avait la tête nichée entre ses seins, l'air aux anges. C'est pas mon truc, note bien, mais s'il est content…

— Alors, la bande va peut-être venir ici, s'il ne se passe rien du côté de Maxwell's ? je demande, plein d'espoir.

Si le quotidien de mon détective se résume à passer ses nuits à jacasser dans une Buick toute rouillée, il y a des chances que mon article ne fasse pas la une.

— J'aurais dû apporter du café. Demain, je n'oublierai pas.

— Ça fait pisser.

Je scribouille quelques notes dans mon carnet : l'ambiance, la rue au cœur de la nuit. Très peu de trafic…

— Minute ! fait Lawrence. Il y a un gros 4 × 4 noir droit devant.

Je relève la tête. C'est un de ces monstrueux Dodge Durango avec une calandre grosse comme une porte de hangar. Mais il passe devant Brentwood's sans ralentir et il n'y a personne à côté du conducteur.

— Fausse alerte ! déclare Lawrence.

Je laisse passer quelques instants avant de reprendre la conversation.

— Comment tu gères l'angoisse, Lawrence ?

— L'angoisse ?

— Ouais. Tu as un boulot stressant, pas mal de soucis, non ? Tu gagnes quand même ta vie en recherchant des types qui sont loin d'être des enfants de chœur. Alors, comment tu te détends ?

Il réfléchit un moment.

— Le jazz.

— Quoi ?

— Je rentre chez moi, je mets un CD d'Oscar Peterson, de Nina Simone ou encore de Billie Holiday ou d'Erroll Garner. Je m'assieds et j'écoute.

— Du jazz. Alors, tu ne prends rien. Tu écoutes juste de la musique.

— Mais t'as rien compris ! Pas n'importe quelle musique. Du jazz. Et non, je ne prends rien. Merde, qu'est-ce que tu veux que je prenne ?

Je le sens sur la défensive.

— Je ne sais pas. Du Xanax ? Des tisanes ?

Lawrence sourit.

— Tu parles, des tisanes, c'est bien mon genre !

Il consulte sa montre.

— C'est l'heure d'appeler.

Lawrence sort de nouveau son portable et compose un numéro. Sans doute celui de Miles Diamant. Et de fait…

— Allez, Miles, décroche !

Il laisse sonner huit fois avant d'abandonner.

— Qu'est-ce qui se passe ?

— Je ne sais pas.

Il gonfle les joues en une drôle de mimique, comme s'il hésitait à faire quelque chose.

— Des fois, tu peux tout simplement pas répondre. Je lui accorde encore une minute.

Nous nous taisons pendant les soixante secondes qui suivent. Ensuite, il compose à nouveau le numéro de Miles Diamant.

— Allô !

Son visage se contracte. Il fronce les sourcils et son regard se fait plus dur.

— Qui est à l'appareil ? Non. Dites-moi d'abord qui vous êtes et je vous dirai peut-être qui je suis.

Je n'entends que vaguement ce qu'on raconte à l'autre bout du fil.

— Oh, merde ! Steve, c'est moi, Lawrence. Bon Dieu ! Il est arrivé quoi à Miles ?

Il écoute attentivement.

— Je serai là dans dix minutes.

À peine a-t-il raccroché que nous fonçons dans Garvin Avenue. Je ne dis rien, j'attends qu'il me mette au parfum.

— Il n'arrivera rien ici ce soir. Mais pour Miles ça chauffe.

Lawrence roule si vite que sa Buick en tremble de dépit.

On déboule sur Emmett Street, une rue pas très longue bourrée de boutiques chic : une bijouterie, un magasin de chaussures, une librairie spécialisée dans les livres d'art, deux temples de la mode féminine et une vitrine qui n'est plus qu'un amas de verre brisé et d'éclats de planches. Parmi les dégâts, seule demeure l'enseigne MAXWELL'S.

Je compte trois voitures de police, deux voitures banalisées reconnaissables à leurs macarons et une ambulance dont les infirmiers ne semblent pas s'agiter beaucoup. Tous les regards sont tournés vers le milieu de la chaussée.

Lorsque nous tentons de nous approcher, un policier en uniforme lève la main comme pour nous dire de rester où nous sommes. Lawrence l'ignore superbement.

— Où se trouve Steve Trimble ?

— Par ici, indique le policier en pointant son doigt.

Nos regards se tournent vers un grand type mince à lunettes, cheveux bruns et courts, fine moustache, agenouillé auprès de l'homme couché à plat ventre à quelques pas du trottoir. Il nous observe un moment avant de se lever et de venir à la rencontre de Lawrence. Rien qu'à les voir, il est évident que ces deux hommes se connaissent bien mais ne s'apprécient guère. Pour preuve, ils ne se serrent pas la main.

— Son portable s'en est sorti indemne. Quand il a sonné, je me suis permis de répondre. Qu'est-ce que Diamant foutait ici ?

Lawrence jette un coup d'œil au corps inerte de Miles.

— Nous surveillions des boutiques susceptibles d'être cambriolées et c'est clair que les craintes étaient justifiées.

Trimble fait la moue.

— Vous étiez copains ?

— On se refilait des boulots. C'était un chic type. Il avait une femme.

— Je la connais de vue, déclare Trimble avec un sourire. Jusqu'à maintenant, on aurait plutôt pensé que ce type avait une sacrée veine.

Il se tourne vers moi.

— C'est qui ?

— Zack Walker. Il collabore au *Metropolitan*.

— Bonsoir !

Trimble me dévisage un instant.

— Qu'est-ce qu'il fout ici ? demande-t-il à Lawrence. Un article sur les types qui n'ont pas pu faire leur trou dans la police ?

Lawrence passe sa main sur sa bouche, comme s'il essayait littéralement de ravaler ses réflexions.

— Tu sais comment les choses se sont passées ?

— Je dirais que M. Diamant a été victime d'un délit de fuite. Un témoin qui promenait son chien à une centaine de mètres de là a déclaré qu'il avait vu un 4 × 4 noir reculer de chez Maxwell's après avoir démoli la façade et écrasé notre homme. Diamant a dû sortir de sa voiture – elle est garée là-bas. Sûr qu'il aurait mieux fait de ne pas bouger.

— Ainsi, ils l'ont écrabouillé, conclut Lawrence.

Une veine bat sur sa tempe. Détail que jusqu'à présent je n'avais pas remarqué.

Trimble n'a pas l'air convaincu.

— Ce n'est pas évident. D'après le témoin, Miles Diamant se tenait derrière le 4 × 4, un de ces monstres motorisés. Il était si court sur pattes qu'ils ne l'ont pcut-être pas vu. Ces engins, ils devraient biper quand ils font marche arrière, comme les camions, tu ne crois pas ?

3

Assise à la table de la cuisine, ma fille Angie néglige le toast que je lui ai beurré au profit de l'état de sa manucure. Soudain son portable se met à gazouiller.

— Merde ! Encore ce pot de colle ! s'écrie-t-elle en regardant l'écran.

Je fais du café. J'en ai vraiment besoin. Il était cinq heures du matin quand je me suis écroulé sur mon lit, et malgré ça j'ai eu du mal à m'endormir. Finalement, j'ai réussi à somnoler à partir de six heures. Il est maintenant huit heures et je me suis levé voilà une demi-heure. Faites le calcul. J'espère, sans trop y croire, qu'une bonne dose de caféine va me remettre sur pied.

Je rêve de me recoucher, mais je dois accompagner Sarah au journal et cette semaine elle commence à huit heures et demie.

— Je n'arrive pas à croire que ce type m'appelle si tôt, râle Angie. C'est déjà suffisamment chiant de l'avoir sur le dos, s'il faut en plus qu'il soit debout à l'aube.

Elle laisse sonner. À la sixième ou septième fois, je cesse de compter, je me concentre sur les huit cuillerées de café de Colombie finement moulu que je verse dans le filtre.

Le silence revient, seulement troublé par un profond soupir d'Angie.

— Et maintenant, il m'envoie un message ! lâche-t-elle en ramenant en arrière les mèches blondes qui lui tombent sur le front.

Paul, seize ans – deux ans de moins que sa sœur –, lui tourne le dos. Il est plongé dans un inventaire exhaustif du frigo, mais il n'a rien perdu des jérémiades d'Angie.

— Je te parie cinq dollars qu'il va rappeler sur le fixe, dit-il en s'efforçant d'attraper un yaourt réfugié au fond du frigo, dont l'accès est défendu par une bouteille de lait, un pot de cornichons et une bouteille de jus d'orange.

Angie croque une bouchée de sa tartine.

— Cette nuit, il m'a appelée cinq fois. J'ai jamais décroché. Mais je suis obligée d'écouter ses messages à la con du genre : « Comment vas-tu ? Je pense à toi. Pourquoi ne me rappelles-tu pas ? Tu aimerais qu'on fasse un truc, un de ces soirs ? » Beurk ! Pas question.

La tête toujours fourrée dans le frigo, Paul y va d'un nouveau commentaire.

— T'es vraiment méchante !

Alors que je me penche vers la poubelle pour jeter quelques grains de café, je remarque que quelqu'un a mis une bouteille de Snapple dedans. En verre, la bouteille. D'après l'étiquette, elle contenait du jus de pomme.

— Qui a jeté une bouteille de Snapple dans la poubelle ordinaire ?

Mes deux enfants me regardent. Angie ne s'est clairement pas remise du coup de téléphone de son pot de colle, quant à Paul, il détache consciencieusement le couvercle de son yaourt. Je le dévisage. C'est lui, l'amateur de jus de pomme. Je prends la bouteille incriminée munie de son bouchon.

— Je vous rappelle que nous disposons de poubelles de recyclage dont l'une est destinée à recevoir les bouteilles en verre. Vous êtes priés d'en faire bon usage. Vous voulez sauver la planète, oui ou non ?

— C'est le cadet de mes soucis ! fait Angie.

— Dis donc, tu participes au festival des relous aujourd'hui, ou quoi ? s'exclame Paul.

— Je ne suis pas rentré avant cinq heures du mat, je réponds.

Paul prend une voix sentencieuse et un air qui l'est tout autant.

— Si tu te couchais à une heure décente, tu ne serais pas aussi grognon, le matin.

Je ne prends même pas la peine de relever et, muni de la bouteille de Snapple, je me dirige vers le débarras, où nous entreposons les deux poubelles de recyclage. Je laisse choir la bouteille dans le panier idoine, où elle se retrouve seule de son espèce.

Au moment où je retourne à la cuisine, Sarah vient d'y faire son entrée. Paul ne perd pas un instant pour la mettre au courant des derniers événements.

— Angie est harcelée par un type.

— Vraiment ?

— Ouais. Mais je crois qu'en fait elle le kiffe. Il est mystérieux.

— Non mais n'importe quoi ! s'exclame Angie.

— Allons, allons ! je dis.

Sarah pousse un profond soupir.

— Tu as préparé le café ?

Je lui désigne le pot fumant.

— Et papa s'exerce pour le festival des pères relous, reprend Paul. Voilà pour les grandes nouvelles de la matinée.

— Il y a deux jours, explique Angie, je l'ai rencontré au Starbucks. J'étais avec des copines et on s'apprêtait à partir lorsqu'il est entré. Il a fait comme si on était les meilleurs amis du monde, il m'a même aidée à enfiler mon manteau !

— Tu parles de qui ? s'inquiète Sarah.

Bonne question, me dis-je. Je l'aurais moi-même posée un peu plus tard. Comme le grand journaliste que je suis.

— Trevor Wylie, répond Angie.

De prime abord, ce nom ne me dit rien.

— Ce soir, je peux avoir la voiture ? demande Angie en changeant brusquement de sujet.

Je me verse à mon tour une tasse de café, j'ajoute de la crème et deux cuillerées de sucre. Sarah est déjà plongée dans le *Metropolitan*, dont elle scrute les gros titres. Elle vérifie si les nouvelles qu'elle a jugées importantes lors de la conférence du soir figurent en bonne place.

— Je n'arrive pas à le croire ! Ils ne parlent pas de ce sexagénaire qui est mort en faisant du skateboard. Ne me dis pas que ça arrive tous les jours ! Un mec de soixante ans. C'est ça qui est intéressant. Quelle bande d'abrutis, dans ce canard !

— Allô ! dit Angie d'un ton agacé. J'ai besoin de la voiture, ce soir. Vous êtes durs de la feuille, ou quoi ?

Sarah et moi échangeons un regard, chacun demandant à l'autre en silence : « Il te faut la voiture, ce soir ? Va-t-on la lui laisser ? »

— Et d'abord, pour faire quoi ?

Angie soupire, le soupir de la fille condamnée à répéter ce qu'elle a déjà dit cent fois.

— J'ai cours et c'est plus facile et plus sûr si je rentre en voiture plutôt qu'en métro.

— Ah bon ! s'exclame Sarah.

— Vous êtes toujours morts de trouille quand je prends le métro, le soir. Alors, si vous ne voulez pas que je me fasse violer, le mieux serait de me laisser la bagnole.

Évidemment, dit comme ça !

Mais on n'a pas le temps de répliquer car la sonnerie du téléphone fixe retentit.

— Ça doit encore être lui, décide Paul. Je te parie qu'il pense que ton portable est déchargé.

— Ne répondez pas ! s'écrie Angie.

Paul consulte l'écran du combiné fixé au mur pour voir le nom du correspondant. Qu'il arrive à déchiffrer ce qui est écrit en minuscules sans le secours de jumelles est proprement sidérant.

— Merde ! C'est pas lui, s'exclame-t-il. Je me suis gouré.

Pourtant, il ne fait pas un geste pour répondre.

— C'est qui ? demande sèchement Sarah.

— Le journal.

— Tu ne peux pas décrocher ? Tu es à deux pas du téléphone !

J'avale une grande gorgée de café. Il est brûlant, mais la chaleur de la boisson me remet un peu d'aplomb. Et je ne parle même pas de l'apport en caféine.

Paul se saisit du combiné.

— Oui ? Une seconde !

Il le tend à sa mère.

— Je t'ai dit que c'était pour toi !

Sans lâcher son journal, Sarah traverse la cuisine et s'empare du téléphone.

— J'étais pourtant certaine que c'était lui, dit Angie en poussant un profond soupir de soulagement, comme si elle venait d'éviter une balle perdue.

— C'est qui, ce type qui t'appelle sans arrêt ? je demande.

— Je te l'ai déjà dit.

— Répète. Je n'ai pas enregistré.

— Trevor Wylie.

— Ce n'est pas un des vieux copains de Paul ? Celui avec de l'acné ?

— Tu te fiches de moi ! crie Sarah dans l'appareil. Je l'ai remplacé hier soir. Il est toujours malade ?

— Tu confonds avec Trey Wilson, intervient Paul, sur la défensive. Sa tête ressemble à un clafoutis. Alors que Trevor Wylie, il est plutôt pas mal, n'est-ce pas, Angie ?

— Ta gueule ! Il n'aurait jamais su que j'existais si tu ne l'avais pas chargé de faire tes petites courses.

— Des petites courses ? Quel genre de courses ?

— Il a débarqué au lycée à la fin de l'année dernière, répond Paul en ignorant ma question. Il est toujours tout seul et porte un long trench-coat. Il se prend un peu pour Keanu Reeves dans *Matrix*. Il a les mêmes lunettes de soleil et s'exprime par monosyllabes. Il a dû redoubler au minimum deux fois car il a au moins vingt ans. Il vient de l'Ouest et je crois qu'il n'a pas de parents. En tout cas, pas ici. C'est un geek total, il m'a aidé à reformater complètement mon ordi.

— À vingt ans, il est toujours au lycée ?

— C'était l'année dernière. Je ne sais pas s'il est déjà inscrit à la fac, mais il ira sans doute à Mackenzie, et Angie et lui pourront faire le trajet ensemble.

Angie lui décoche un regard meurtrier.

— J'aimerais savoir pourquoi ils n'ont pas mis l'histoire du sexagénaire à la une ? proteste Sarah. Quel est l'idiot qui a pris la décision ?

Tout en buvant encore un peu de café, je pose la question qui me turlupine, en veillant à ne pas laisser paraître la moindre panique.

— Alors, ce type, il est dangereux ?

— Non, il est très correct, dit Angie.

— Il ne va pas faire sauter l'école ni tirer dans le tas, si c'est ça qui t'inquiète, lance Paul.

Pense-t-il vraiment que cet argument va me rassurer ?

— Mais c'est un vrai geek, reprend-il. Il passe son temps à inventer des virus. Tu te souviens quand la Bourse de Hong Kong a explosé, eh bien, je crois que c'était lui. Et le virus de l'Apocalypse ? Encore lui ! Son vieux a fait fortune dans les logiciels, il s'est fait des millions de dollars. Mais depuis que Trevor vit sa vie, il se venge de son père en paralysant Internet.

— Comment t'as appris tout ça ?

Paul hausse les épaules.

— Je le sais, c'est tout.

Sarah raccroche et se tourne vers moi.

— Je dois encore travailler tard, ce soir. Et présider la réunion. Bailey s'est fait porter pâle.

Bailey est son patron, le rédacteur en chef des pages locales.

— Vu que je dois participer au séminaire à la fin de la semaine, j'espérais rentrer de bonne heure. C'est raté !

— Quel séminaire ?

— Tu veux que je t'écrive tout noir sur blanc ? Eh bien, pour ton information, sache que tous les responsables de département sont censés se retrouver hors du bureau afin de réfléchir à ce qui pourrait nous faire mieux travailler ensemble, améliorer l'ambiance, développer l'esprit d'équipe. Ensuite, on fait une liste des propositions et des objectifs à atteindre, et sitôt rentrés au bureau on en oublie chaque mot.

— Ça veut dire que je suis privée de voiture ? demande Angie, légèrement inquiète. Mais j'en ai vraiment besoin.

À l'heure actuelle, nous ne possédons qu'une voiture, une vieille Camry. À Oakwood, on en avait deux. Quand on habite la banlieue, où il n'y a ni métro ni lignes d'autobus fiables, on ne peut pas survivre autrement. Mais, une nuit, notre Civic a connu une fin atroce (tandis que Sarah et moi l'avons échappé d'un cheveu, mais c'est une longue histoire que j'ai déjà racontée). Bref, après avoir vendu notre maison et choisi de regagner notre ancien quartier dans le centre-ville, nous avons décidé de ne pas la remplacer.

Notre nouvelle maison est située à Crandall Street, à deux cents mètres du métro et de plusieurs arrêts de tram, nous nous débrouillons parfaitement avec la seule Camry. Pas de problème pour Paul, il va à pied à son lycée. Mais depuis qu'Angie est entrée à la fac voilà quelques semaines, c'est plus délicat, car elle a beaucoup de cours le soir. Ce qui veut dire qu'elle doit marcher pendant près de dix minutes dans l'obscurité avant d'atteindre la station de métro. Quand on s'en est rendu compte, Sarah et moi sommes devenus paranos : pas question qu'elle reste aussi longtemps exposée à tous les dangers.

— À quelle heure tu finis ? demande Sarah.

Angie réfléchit.

— Vers huit heures, huit heures et demie.

— Voilà ce que je te propose : tu prends la voiture et tu passes me chercher au journal en rentrant.

— Et si j'ai envie de traîner avec des copains après les cours ? Je pensais justement prendre un café avec quelqu'un.

— Qui ça ?

Elle se renfrogne aussitôt.

— Quelqu'un. Je ne sais pas qui. Personne en particulier.

Ce qui signifie quelqu'un de très précis.

— Si tu veux la voiture, répète Sarah, tu me prends au passage.

— Oh ! là, là ! Bon, d'accord, je passe te récupérer ! Mais, à ce train-là, je ne me ferai jamais de copains à la fac. J'irai en cours, je rentrerai à la maison et je laisserai les filles qui habitent sur le campus s'éclater à ma place.

Il faut que cette conversation s'arrête. Non seulement je déteste les discussions familiales, mais ma tête est sur le point d'éclater.

— C'est quoi, ton cours, ce soir ?

— Une étude psychosociologique sur les relations homme/femme. Je dois préparer un exposé pour dans dix jours. Qui explique pourquoi les hommes sont si bizarres.

— Pose des questions à ton père ! suggère Sarah.

— Il me faut cinq dollars pour le parking.

Sarah me frôle en allant mettre un toast dans le grille-pain.

— Il faudrait penser à une seconde voiture, je lui glisse au passage.

— Je n'ai pas le temps d'en discuter maintenant.

— Pourtant, ça devient urgent. On a ce genre de problème tous les jours.

Elle ne me répond pas et plonge dans le frigo pour récupérer un pot de confiture de fraises. Notre cuisine est deux fois plus petite que la précédente et nos chambres quatre fois plus.

— Impossible de s'offrir une nouvelle voiture, reprend Sarah. Il nous faut payer les frais universitaires d'Angie, rembourser le crédit immobilier…

Le téléphone retentit une fois de plus. Instinctivement, je décroche sans vérifier d'où vient l'appel. Le combiné se trouve déjà dans le creux de ma main quand Angie hurle :

— Ne réponds pas !

Lorsque je plaque le combiné contre mon oreille, mon tympan est près d'exploser.

— Je ne suis pas là ! rugit-elle.

— Allô ? dis-je.

Ce faisant, je jette un coup d'œil sur l'écran : « numéro inconnu ».

— Salut. Angie est là ?

Très cool, le mec. Du genre à porter des lunettes de soleil.

— Je peux prendre un message ?

— Elle n'est pas là ?

Je répète.

— Je peux prendre un message ?

Silence à l'autre bout du fil.

— Qui est à l'appareil ? finit-il par dire.

À mon tour de marquer une pause avant de répondre.

— Je suis son père.

Angie lève les mains au ciel, roule des yeux.

— C'est pas vrai ! murmure-t-elle.

— Ah ! fait-il. C'est vous, l'écrivain.

Sa remarque me prend au dépourvu.

— C'est exact. J'ai écrit plusieurs livres.

— De la SF.

— Oui.

— À propos de missionnaires.

— Exact, oui.

— J'aime bien ce genre de conneries. Vous avez vu *Matrix* ?

— Oui.

— Le premier était génial, les deux autres nuls.

— Vous voulez laisser un message pour Angie ?

Angie perd patience.

— Je Ne Suis Pas Là !

— Dites-lui que Trevor a appelé.

Et il raccroche.

— Bon Dieu ! Quel connard mal élevé ! je m'exclame, exaspéré par la conclusion brutale de la conversation.

— Qu'est-ce qu'il voulait ? s'inquiète Angie. Vous avez parlé de quoi ?

— Il voulait savoir si j'avais vu *Matrix* et si j'étais l'auteur du livre sur les missionnaires.

— Il a rien dit sur moi ?

— Il voulait que je te dise qu'il avait téléphoné. Tu crois qu'il a lu mon livre ?

Paul, qui vient de terminer son yaourt, interpelle sa sœur.

— Je crois qu'il a envie d'entrer dans ta matrice.

Angie lui fait un doigt d'honneur et quitte la cuisine. Au passage, elle réclame à Sarah ses cinq dollars pour payer le parking à Mackenzie.

La cuisine se vide. Paul part pour le lycée, Sarah monte finir de se préparer. Angie, qui n'a pas cours avant midi, s'est réfugiée dans son antre, où elle doit sans doute pester contre ses fauchés de parents qui n'ont qu'une voiture.

Il est bientôt l'heure de partir au journal. En route, nous échafaudons un plan : je ramènerai la voiture plus tard afin qu'Angie – qui sera rentrée de la fac en tram après ses cours de l'après-midi – puisse l'utiliser le soir. Chaque jour exige une organisation digne du Débarquement.

Quand Sarah conduit, il faut s'accrocher. Elle est la spécialiste des queues de poisson, des brusques changements de file, des zigzags intempestifs. Elle se voit comme un pilote plein d'audace, mais les autres automobilistes la considèrent comme une toquée. Et le lui font savoir avec force bras d'honneur et doigts levés.

— Si on appelle ça l'heure de pointe, ce n'est pas pour rester en queue de peloton, commente-t-elle en doublant des traînards et en visant de nouvelles proies. Au fait, comment ça s'est passé, hier soir ?

Je lui raconte.

— Cet autre détective, il est mort ? demande-t-elle, bouche bée. Ces types, ceux que tu guettais avec Lawrence Jones, ce sont eux qui l'ont tué ?

— C'était peut-être un accident, vu qu'il était plutôt court sur pattes. Apparemment, en faisant marche arrière, ils ne l'auraient pas vu.

— Oh ! Merde ! Tu as appelé la rédac ?

La rédaction en chef.

— Oui, ils m'ont dit qu'ils allaient envoyer un photographe et Cheese Dick.

De son vrai nom Dick Colby. C'est le spécialiste des chiens écrasés et il dégage une odeur de vieux fromage avarié. Malgré ça, c'est à lui qu'on a immédiatement confié l'enquête, alors que je suis tout juste bon à rédiger des portraits sans aucun intérêt de types comme Lawrence Jones.

— Alors, ça risque de faire une bonne histoire ? demande Sarah.

En vraie pro, elle ne montre que peu de commisération. Tôt ou tard, pourtant, elle se rendra sans doute compte que si ces malfrats sont capables de tuer un détective, ils peuvent en tuer un second, j'ai nommé le compagnon de ses nuits.

— Attends voir ! Et s'ils s'étaient pointés au magasin que vous surveilliez ?

— Il n'y aurait pas eu de problème. Lawrence connaît son affaire.

Sarah récapitule.

— Alors ils ont tué ce Miles Diamant ? Ils ont aussi cambriolé la boutique ?

— Ils ont piqué toute la collection Hugo Boss, Versace et…

— On prononce Verzaché. Pas Versace comme rosace.

— Mille excuses. Tu sais, moi, en dehors de Gap…

Sarah coupe la route d'une Mustang avant de poursuivre :

— Tu parles ! Tu n'as pas mis les pieds chez Gap depuis des années. D'ailleurs, tu aurais bien besoin de te faire beau, d'acheter de nouvelles fringues.

— En tout cas, Brentwood's n'est pas mon style. Ils ont uniquement des costumes italiens superchers, des trucs de styliste, des cravates en soie, tu vois le genre.

— Tu as raison. Ce n'est pas pour toi.

— Mais c'est parfait pour Lawrence. Il est vraiment élégant. Pourquoi les homos s'habillent-ils toujours mieux que les hétéros ?

Sarah me fusille du regard.

— Sache que certains hétérosexuels savent être élégants. Au fait, personne ne l'appelle Larry ?

— Non. Il se présente comme « Lawrence Jones, détective privé ».

J'ai pris une voix d'animateur télé.

— Bon. Après l'incident d'hier soir, tu dois avoir de quoi écrire ton article, non ? Pour la couleur locale, tu as été servi.

— Tu m'as promis de me laisser une semaine. J'y retourne ce soir, pour ma troisième nuit.

— Tu ne trouves pas qu'il est temps d'arrêter les frais ? suggère Sarah, manifestement mal à l'aise.

— Ne t'inquiète pas, je ne risque strictement rien.

À cet instant, Sarah se rabat pour éviter une grosse Oldsmobile Cutlass verte.

— Enfoiré ! Ça lui ferait mal de ralentir ?

Quelques secondes plus tard, elle s'engage dans la bretelle qui mène à l'immeuble du *Metropolitan*. Ce qui ne l'empêche pas de tenter de se faufiler le long d'une Mazda. Elle la frôle de si près qu'en baissant sa vitre elle pourrait lui passer une tasse de café. Comme si cela pouvait avoir quelques effets sur le sort de notre voiture, je donne de grands coups de frein imaginaires sur le plancher. Je suis vraiment trop angoissé.

— On a des CD de jazz ?

— Je déteste le jazz, réplique Sarah.

Notre Toyota est trop vieille pour avoir un lecteur de CD. Mais à la maison Sarah écoute souvent de la musique sur notre chaîne. Du rock, surtout des années soixante-dix, Neil Young, Creedence Clearwater Revival, ce genre de chose.

— Pourquoi tu me parles de jazz ?

— Pour rien.

Le fait que Sarah soit mon patron complique parfois un peu notre vie conjugale. Enfin, c'est l'*un* de mes patrons. Au journal, j'en ai tellement qu'il est difficile de les compter. C'est la première fois que je couche et travaille avec la même personne. Voilà presque un an que je suis au *Metropolitan*, après avoir passé des années à écrire des romans de SF sans grand succès. Cela dit, le premier s'est plutôt bien vendu, c'est d'ailleurs ce qui m'a encouragé à laisser tomber un boulot bien rémunéré pour devenir un écrivain à plein temps. Mais comme tous les auteurs le savent, à moins d'être Tom Clancy ou un ex-Président rédigeant ses Mémoires, impossible d'entretenir une famille et de rembourser un prêt immobilier sans un salaire qui tombe tous les mois. Ce que j'engrange désormais.

Au *Metropolitan*, je rédige des articles de fond. En effet, au vu de mon expérience et de mes quatre romans, la rédaction a jugé que j'avais dépassé le stade des informations générales. À ma vive surprise et à celle de Sarah, je fais donc partie de l'écurie des grands reporters et me trouve sous ses ordres. Sans jamais me l'avouer – il se trouve que je l'ai appris grâce à la Rumeur –, elle a envoyé une note de service rageuse à Bertrand Magnuson, directeur de la rédaction, où elle exprimait ses doutes.

« Si je ne peux rien obtenir de lui à la maison, croyez-vous réellement que ce sera différent au journal ? »

Que les choses soient claires. Depuis longtemps, la rédaction est un immense lupanar où tout le monde couche avec tout le monde, les mariés entre eux, les célibataires entre eux, et même quelques mariés avec quelques célibataires. Le chef de Sarah lui a probablement répondu d'un bref message : « D-V ». Ce qui, en langage *Metropolitan*, signifie : « Débrouillez-vous ! »

— Tu connais ce Trevor Wylie ? je demande à Sarah en changeant de sujet.

Sarah réfléchit un instant.

— Celui qui téléphone à Angie ? Non, pas vraiment. C'est celui qui a la tête comme un clafoutis ?

— Non, c'est un autre.

— Alors, je ne l'ai jamais vu.

— Ce gamin ne me plaît pas.

— Qu'est-ce que tu lui reproches ?

— Il n'arrête pas d'appeler Angie, de se pointer par hasard dans tous les endroits qu'elle fréquente. Je me demande s'il ne l'espionne pas.

— Mais c'est pas ce que tu faisais, quand tu me draguais ?

— En tout cas, il ne me revient pas. Tu devrais en parler avec Angie. Essaie d'en savoir plus à son sujet, dis-lui de se méfier.

— Parle-lui, toi !

— Elle m'en veut encore à cause de l'incident avec Maître Nageur.

— J'avoue qu'elle n'a pas tort. D'ailleurs, je voudrais bien savoir pourquoi Harley ne t'a pas prescrit un calmant. À mon avis, tu as besoin de te faire soigner.

4

À peine assis à mon bureau, mon téléphone sonne.

— Zack Walker à l'appareil.

— C'est Lawrence. Tu as réussi à dormir ?

— Pas beaucoup. Et toi ?

— Non. J'ai fini par retourner sur les lieux pour continuer ma conversation avec Trimble et glaner quelques informations. Mais je n'ai pas récolté grand-chose.

— C'est quoi exactement, vos rapports ? On dirait que ce n'est pas l'amour fou.

— On faisait équipe, quand j'étais flic.

— Vous étiez coéquipiers ? Tous les deux ?

— Ouais, enfin, un de ces jours, je t'expliquerai. Tu es toujours partant ?

— Et comment ! Après ce qui est arrivé à Miles, j'ai eu peur que tu ne m'emmènes pas.

— Non. Pas de problème. Retrouve-moi à dix heures, ce soir, devant le Doughnut Palace à côté de Brentwood's. À cette heure-là, il y aura encore trop de circulation pour qu'ils tentent quelque chose. S'ils agissent, ce sera plus tard.

— Tu crois qu'ils vont se pointer le lendemain du casse où ils ont tué un type ?

— Franchement, non.

— Désolé de te demander ça, mais tu ne passerais pas par Crandall, par hasard ?

S'il ne me prend pas au passage, je serai obligé de sauter dans un taxi pour laisser la voiture à Angie.

Lawrence se tait. Il doit essayer de localiser notre adresse dans son propre petit atlas personnel.

— Si. Pourquoi ?

— Je n'ai pas de voiture, ce soir. Mais si ça te dérange, j'appellerai un taxi, et le journal me remboursera…

— Non, tu es sur mon chemin. Donne-moi l'adresse exacte. Je serai là vers dix heures moins le quart.

Lawrence passe me prendre dans sa vieille Buick – sa « voiture de fonction », comme il l'appelle –, qu'il utilise pour le boulot. Quand il veut impressionner son monde, il sort la BM ou la Jaguar.

Nous faisons tout de même une escale au Doughnut Palace.

— Ne commande pas de café, m'ordonne-t-il. Sinon, tu vas vouloir pisser toutes les vingt minutes.

J'ignore ses recommandations et j'achète un double crème, deux doses d'aspartame et une demi-douzaine de doughnuts.

— Tout à fait cohérent ! Pourquoi tu n'as pas pris une dose d'aspartame supplémentaire, tu aurais pu te permettre encore deux beignets de plus.

Nous reprenons notre position de la veille, sur Garvin Avenue, à une centaine de mètres de Brentwood's.

— Qu'est-ce que tu as dans ton sachet ? me demande Lawrence au bout de quelques minutes. Des doughnuts au chocolat ?

— Tiens, tiens ! Qui donc s'est fichu de moi, tout à l'heure ?

— Avoue ! Tu en as au moins un.

Je fouille dans mon sachet, trouve le doughnut au chocolat recouvert d'un glaçage et le lui tends avec une serviette en papier.

— Oh, le pied ! dis-je après avoir pris une gorgée de café. Béni soit l'inventeur du café ! C'est la seule boisson qui me permet de tenir le coup.

— D'accord. Mais quand ta vessie sera sur le point d'exploser, ne songe pas à utiliser ma trousse de secours.

Il jette un regard éloquent vers la banquette où trône une bouteille en plastique vide munie d'un bouchon.

Lors de notre première sortie, Lawrence m'a expliqué que c'était la pièce maîtresse de son équipement de surveillance.

— Quand tu planques et que ta cible est susceptible de bouger d'un moment à l'autre, pas question de chercher des toilettes ou de te glisser dans une rue sombre pour aller vider ta vessie.

Lawrence trifouille la radio, trouve une émission de jazz. Des notes de piano.

— Erroll Garner ! affirme-t-il. C'est un extrait de *Concert by the Sea*.

Il baisse le son mais le laisse suffisamment fort pour battre la mesure en tapant sur le volant.

J'en profite pour le remercier d'être venu me chercher à la maison.

— Nous avons un problème de voiture.

— Ah bon. Quel genre de problème ?

— Une seule ne nous suffit plus.

Je lui raconte tout. Nos négociations quotidiennes pour acheminer tout notre monde à destination et les réticences de Sarah à l'idée de dépenser de l'argent pour une seconde voiture.

— T'as de la chance, ton problème tombe pile au bon moment. Qu'est-ce que tu fais, demain ?

— Comme d'habitude.

— Eh bien, demain, il y a une vente aux enchères du côté d'Oakwood. La municipalité se débarrasse de voitures et de marchandises diverses saisies sur des trafiquants de drogue et autres criminels. Il y a aussi des objets volés qui n'ont jamais été réclamés : leurs propriétaires ont touché l'assurance et ne se dérangent pas pour récupérer ce qu'ils ont perdu.

— Et alors ?

— C'est comme ça que j'ai eu ma Jaguar. Tu pourrais trouver un truc pas mal sans te ruiner. J'ai des relations dans le circuit, et notamment Eddie Mayhew. Il connaît son affaire. Il m'a dit qu'on allait vendre tout un lot de marchandises appartenant à Lenny Indigo.

— Ce nom me dit quelque chose.

— Il vient d'en prendre pour vingt ans. Il a fallu une vraie coopération entre les flics locaux et les fédéraux pour réussir à le coincer pour trafic de stups, rackets en tout genre et une flopée d'autres crimes. Ils ont saisi des millions de dollars de coke, ses voitures et quelques gadgets. Indigo était mêlé à tout : drogue, boîtes de strip-tease, prostitution, cambriolages. Son organisation est toujours en place, un connard se démène afin que la fête continue et Indigo contrôle les choses depuis sa cellule. En tout cas, si tu cherches une voiture avec un beau pedigree, je sais où tu peux la trouver.

Je suis un peu sceptique.

— Je veux bien, mais juste pour y jeter un œil. Ça peut même faire un bon article. Mais je ne suis pas prêt à acheter quoi que ce soit. Ce matin, Sarah était catégorique. On n'a pas d'argent.

— Allons quand même y faire un tour. Une fois, j'y suis passé juste pour voir et j'ai acheté une belle Ford. Je l'ai revendue une semaine plus tard en empochant cinq mille dollars de bénef. Ça commence après le déjeuner. Je passerai te prendre.

Pendant quelques minutes, nous regardons en silence les voitures qui circulent dans les deux sens devant Brentwood's. Les mannequins sans tête, malgré l'éclairage des vitrines réduit de moitié, exhibent leurs vêtements de luxe.

— C'est ici que tu t'habilles ? je demande à Lawrence.

Il porte un pantalon noir, une chemise en soie foncée, une veste de sport noire qui, à vue de nez, doit coûter plus cher que la totalité de ma garde-robe.

— Ça m'arrive. Le patron m'a promis un costume si je découvre qui est derrière ces casses. Mais, après ce qui est arrivé hier, il a sans doute changé d'avis. Il doit penser qu'on n'a pas été à la hauteur.

— Tu as pris quelqu'un d'autre pour t'aider, maintenant que Miles est…

J'hésite.

— … parti ?

— Non. À mon avis, ils ne vont plus s'attaquer à Maxwell's. Leur prochaine cible, c'est ici.

— Alors, les flics devraient être là, non ?

— Ils ont promis de jeter un œil, d'augmenter les rondes. Tiens, quand on parle du loup…

Une voiture de la police municipale s'approche, ralentit en passant devant la boutique puis continue sa route.

— Mais ils n'ont pas suffisamment d'effectifs pour protéger toutes les cibles éventuelles. Voilà pourquoi nous planquons ici.

Peu de temps après le passage du véhicule de police, une Honda Accord surbaissée et dotée d'enjoliveurs flambant neufs passe devant Brentwood's en se traînant comme une limace. Ses vitres teintées empêchent de discerner le nombre des passagers.

— C'est eux ?

Lawrence fait la moue.

— Je ne sais pas. Possible. Mais on cherche plutôt un gros 4 × 4 ou un camion. Le conducteur de la Honda vient peut-être en éclaireur : il inspecte les environs avant de prévenir ses potes. Je n'y vois rien, avec ces maudites vitres.

L'Accord disparaît.

— J'ai l'impression que le chauffeur était seul, mais je n'en suis pas sûr. En tout cas, je me souviendrai de la voiture, avec tous ses chromes. Si elle repasse, je vérifierai.

Il inscrit un truc dans le carnet qu'il tient sur ses genoux.

— Qu'est-ce que tu fais ?

— Je note son numéro d'immatriculation.

Drôlement rapide, mon détective ! Moi, je n'ai même pas pensé à regarder la plaque.

Du coup, je sors mon carnet et jette quelques notes : « Honda rouge », « attente », « doughnuts ».

Après un bref instant d'hésitation, je lui pose la question qui m'intrigue :

— Alors, comme ça, tu étais flic ?

— Je me suis mis à mon compte il y a trois ans, répond Lawrence en hochant la tête. Mais j'ai gardé des copains dans la boîte. Ils me mettent sur des coups et m'aident quand j'ai besoin d'une identification.

— Pourquoi as-tu renoncé à l'uniforme ?

Lawrence ne quitte pas Brentwood's de l'œil tout en grignotant son beignet qui dégouline de chocolat.

— Oh ! Je ne sais pas. Divergence de points de vue, sans doute.

— Tiens ! Amis du soir, bonsoir !

Un gros 4 × 4 noir arrive en sens inverse. Ses vitres sont encore plus opaques que celles de la Honda et aussi noires que la carrosserie et les pare-chocs.

— Comment tu appelles ces monstres ? je demande.

— Un Annihilator. Au départ c'était un véhicule militaire, mais les civils en ont voulu. Ils les ont donc aménagés en ajoutant direction assistée, lecteur de CD, airbags. Désormais, les bonnes bourgeoises friquées peuvent déposer leurs gosses à l'école dans des engins qui lançaient des missiles sol-air ! Plus ridicules, tu meurs !

L'Annihilator ralentit devant Brentwood's. Lawrence se raidit. Il coupe la radio et saisit le volant à pleines mains. Un frisson me parcourt, comme si j'avais plongé un doigt de pied dans de l'eau glacée.

Le monstre continue encore quelques mètres très lentement, puis accélère vivement et s'éloigne.

— Voilà qui est intéressant ! s'exclame Lawrence.

— Pourtant tu m'as dit qu'ils ne reviendraient pas ce soir.

— Je me suis peut-être trompé. Il fallait bien que ça arrive.

Soudain, je pense à la plaque d'immatriculation.

— Tu as eu le temps de relever le numéro ?

— Il était masqué par un cache. Impossible de distinguer le moindre chiffre. J'y arriverai peut-être s'ils se repointent.

J'avale une gorgée de café, j'ajoute quelques notes dans mon carnet.

— Une Honda rouge ! remarque Lawrence. Elle arrive dans notre direction. Impossible de savoir si c'est la même. Viens ici !

— Comment ?

— Pose pas de question !

Il me tire vers lui et m'enlace. Sa joue se colle à la mienne, ses lèvres ne sont qu'à un millimètre de ma bouche. Il a chaud et dégage une vague odeur d'after-shave. Après un instant d'hésitation, je lève mon bras droit et le passe autour de son épaule.

Quand la Honda nous croise, Lawrence relève la tête d'un air décontracté afin de mieux l'observer. Malgré ma position, je peux voir que ses enjoliveurs sont des modèles de série.

— Ce n'est pas notre voiture, confirme Lawrence en me libérant et en s'appuyant contre sa portière. Désolé, je ne voulais pas te faire des avances. Mais si c'était la même voiture, je craignais qu'ils nous repèrent. Deux types assis la nuit dans une voiture, ils planquent forcément. Deux types qui se font des mamours, c'est autre chose. Mes félicitations ! Tu n'as pas appelé ta maman au secours !

— Pas de quoi paniquer.

— Ne t'en fais pas. Tu n'es pas mon genre.

Je ne suis pas vexé mais presque.

— Qu'est-ce que tu veux dire ?

Lawrence me toise de haut en bas.

— Simplement que si tu étais gay, je ne te draguerais pas.

— Ah bon !

— Ça n'a rien de personnel.

— Bien sûr que non. Rien de personnel !

— Tu pourrais te fringuer un peu mieux.

Nous nous taisons à nouveau. La circulation est inexistante.

— Je vais te reposer ma question. Pourquoi as-tu quitté la police ?

Lawrence lâche un profond soupir. Soudain, il a l'air épuisé.

— Ça ne peut pas être publié.

— Ne t'inquiète pas, tu peux y aller, dis-je en glissant mon stylo dans la spirale de mon carnet.

— J'ai été promu inspecteur il y a huit ou neuf ans et, à la fin, je faisais équipe avec Steve Trimble, que tu as vu hier soir. Un type correct, je l'avais connu quand nous étions tous les deux de simples agents. Marié, avec un gosse qui doit être à l'université, maintenant. Le fait que je sois noir et homo ne semblait pas le déranger.

— Dans ton service, ils étaient au courant ?

— Je ne me cache pas, mon vieux. Je suis ce que je suis. Si ça ne leur plaît pas, qu'ils aillent se faire foutre. Donc, pas de problème avec Trimble, on s'entendait bien, j'ai fait la connaissance de sa femme, j'allais parfois chez eux, on sortait ensemble des fois.

» Un soir, on a eu un appel. À l'époque, nous étions déjà inspecteurs et on bossait sur une affaire, je ne me souviens plus de laquelle. Bref, on a reçu cet appel signalant des coups de feu dans le quartier des entrepôts. Comme nous étions tout près, j'ai suggéré d'aller y faire un tour. Steve était d'accord. On a roulé doucement, vitres baissées, à l'affût du moindre signe suspect. Il était tout à fait possible qu'on se soit déplacés pour rien : une vieille dame qui avait entendu une pétarade et avait pris peur.

» Nous étions engagés entre deux grands immeubles industriels quand soudain une voiture a déboulé devant nous, un de ces modèles surbaissés aux vitres teintées. Steve a collé le gyrophare rouge sur le toit et s'est arrêté au milieu de la chaussée pour bloquer le passage. Ce n'était peut-être rien, mais c'était quand même bizarre, cette voiture qui déboulait de nulle part alors que le trafic était inexistant.

» On lui a fait signe de stopper, mais il a braqué, est monté sur le trottoir. Le temps qu'on sorte de notre voiture, revolver au poing, Steve a tiré dans les pneus. Les vitres étaient teintées et sans savoir le nombre des passagers ça aurait été trop risqué de viser la lunette arrière. Il a raté son coup, mais le conducteur a perdu le contrôle de son véhicule et percuté un poteau téléphonique, une centaine de mètres plus loin. Un gamin est sorti de la voiture et s'est enfui. Steve l'a poursuivi à pied et moi, j'ai fait demi-tour tout en téléphonant pour obtenir des renforts. Je voyais Steve courant dans une ruelle, l'arme à la main.

Lawrence se passe la langue sur les lèvres, comme s'il avait la bouche sèche.

— Plus tard, nous avons appris que ce gosse revenait d'un deal qui avait mal tourné. Pas pour lui, enfin jusqu'à notre arrivée. Il avait été acheter de la drogue, mais au lieu de payer le dealer, il l'avait buté. Il avait la coke et le fric ! Pour lui couper la route, j'ai contourné le pâté de maisons. Il est arrivé au bout de la ruelle en même temps que moi, avec Steve juste derrière lui.

» J'ai réussi à le bloquer contre un mur avec la voiture. J'étais à dix mètres de lui. Avec Steve, on a crié au gosse qu'on était de la police et qu'il devait poser son arme. Je suis sorti de la voiture. Le gamin tenait son pistolet le long de son corps. Je n'avais pas encore dégainé. Il était clair qu'il nous descendrait s'il le fallait. Mais au moment où il a levé son arme pour m'allumer, je savais que Steve aurait le temps de l'abattre avant. Puis le gosse a tiré.

— Sur toi ?

— Ouais. Sa balle a pénétré dans le haut de la portière. Une chance sur un million qu'il m'ait raté. La suite s'est déroulée très vite, mais quand je la revois dans ma tête, elle passe au ralenti. J'ai dégainé, visé et je l'ai touché d'une balle dans la poitrine.

— Il est mort ?

— Oui.

— Et tu t'es demandé pourquoi c'était toi qui avais dû le descendre. D'autant que ton coéquipier l'avait toujours eu en ligne de mire, mais qu'il n'avait pas tiré.

— J'y ai pensé, oui.

— Qu'est-ce que Trimble t'a raconté pour se justifier ?

— Il m'a dit qu'il était prêt à faire feu mais que je l'avais devancé.

Lawrence secoue légèrement la tête.

— Tu n'as pas cru à son histoire, hein ?

— Il était mort de trouille, ce couillon. Et j'ai failli y laisser ma peau. Résultat ? J'ai tué un gosse.

— C'était qui ?

— Antoine Mercer, dix-sept ans, un des larbins de Lenny Indigo. Oui, de cette ordure ! Après ça, je n'ai plus voulu dépendre de quelqu'un d'autre. Mieux vaut ne dépendre de personne.

— Il y a eu des retombées ?

— On s'est fait lyncher dans la presse. Un gosse abattu par des policiers. Ton journal s'en est donné à cœur joie.

Je me sens un peu honteux.

— Les choses ont fini par se calmer. J'ai continué à faire équipe avec Steve, mais ça ne collait plus. Je n'avais plus confiance en lui. Et j'avais des doutes quant aux autres. La décision m'a sauté aux yeux : puisque je ne pouvais compter que sur moi-même, je devais me débrouiller seul.

— Tu as démissionné ?

— Oui. Dans l'ensemble, j'avais été un bon flic. J'aimais résoudre les affaires, imaginer des scénarios, faire mon devoir. Mais il fallait désormais que je sois seul à la barre.

— Merci de t'être confié à moi.

— Tu m'as posé la question et voilà, réplique-t-il avec un petit haussement d'épaules. Je n'en parle pas souvent. T'es un peu couillon, mais un couillon sympa, alors pourquoi pas ? Les nuits sont longues, si on se tait. Tiens, à propos, un Annihilator noir en mission de reconnaissance vient vers nous.

Cet énorme 4 × 4, avec son look militaire et ses vitres teintées, avance tel un prédateur, ses phares engoncés dans un réseau impressionnant de tiges métalliques qui ressemblent plus aux dents d'un requin qu'à des barres de calandre. Cette fois encore, il ralentit devant Brentwood's.

— Ils apprécient ce qu'ils voient, affirme Lawrence. Je te parie qu'ils se préparent.

À ce moment, venant de l'autre direction, la voiture de police fait une nouvelle apparition elle aussi. Sans gyrophare ni sirène, elle poursuit son petit bonhomme de chemin. Quand le chauffeur du 4 × 4 l'aperçoit, il donne un grand coup d'accélérateur et s'éloigne.

— Les flics leur ont foutu la trouille, commente Lawrence alors que l'Annihilator passe devant nous. Il se pourrait qu'ils reviennent plus tard, mais j'en doute. Pas ce soir.

Il tourne la clé de contact.

— Qu'est-ce que tu fabriques ? je demande en attrapant mon gobelet de café avant qu'il tombe.

Lawrence est déjà en train de faire demi-tour.

— Tu arrêtes la surveillance ? Et si ce n'est pas eux et qu'on cambriole le magasin pendant notre absence ?

— Oh ! T'inquiète ! C'est bien eux !

Il accélère pour ne pas perdre de vue l'Annihilator.

— Tant que nous savons où ils se trouvent, la boutique ne risque rien.

L'excitation me gagne. Mon cœur bat deux fois plus vite. Nous sommes en chasse. Tout d'un coup, mon article prend un tout autre intérêt.

— Où est le couvercle de mon café ? je demande en regardant par terre. Et puis merde ! Je n'ai vraiment plus besoin de caféine pour rester éveillé.

Et je jette mon gobelet par la fenêtre.

5

Le chauffeur de l'Annihilator ne soupçonne sûrement pas qu'on le suit car il n'accélère pas. Lawrence Jones reste à quelques voitures derrière lui. Soudain les feux arrière indiquent qu'il freine et l'énorme véhicule s'engage dans Belvenia Street.

— Il n'a pas mis son clignotant. Tu n'as qu'à l'arrêter pour infraction au Code de la route ? Comme ça, on n'a même pas à s'en faire pour Brentwood's.

Lawrence ignore ma remarque. Il tourne sec à la suite du 4 × 4, qui remonte la rue puis vire à gauche sans prévenir.

— Il se dirige vers Wilson, constate Lawrence. J'espère qu'il va arrêter les frais et rentrer chez lui. On va pouvoir découvrir d'où il sort et qui il est. Tu as ton carnet à portée de main ?

— Ouais.

— Tu arrives à déchiffrer sa plaque d'immatriculation ?

Impossible, même en plissant les yeux.

— Non.

L'Annihilator prend à droite puis très vite à gauche.

— Oh, merde ! murmure Lawrence.

Il a parlé d'un ton enjoué, mais je discerne une note d'inquiétude dans sa voix.

— Quoi ?

— Je crois qu'on est repérés. Il tourne en rond au hasard pour voir si on le file. Il nous faudrait une autre bagnole qui le suive aussi, histoire d'endormir sa méfiance. Bordel !

— Peut-être qu'il tue juste le temps avant de repartir vers Brentwood's.

Lawrence jette un coup d'œil attentif au 4 × 4, juste au moment où celui-ci passe sous l'éclairage puissant d'un lampadaire.

— J'essaie de voir à travers ces vitres teintées combien ils sont là-dedans.

— Ces fenêtres sont drôlement sombres, je fais remarquer. Pas facile de... Regarde ! Il s'arrête !

Et de fait, le véhicule s'immobilise tranquillement le long du trottoir.

— Il va falloir que je passe devant lui. Surtout, ne tourne pas la tête dans sa direction. Rien qui puisse éveiller ses soupçons.

— Et si je lui montrais mes fesses ?

Notre vieille Buick dépasse l'Annihilator garé tous feux éteints. Si on ralentissait, on pourrait sans doute compter les passagers, mais il est évident que Lawrence ne veut pas attirer l'attention sur nous.

Dix mètres plus loin, je me risque à regarder en arrière. Les portières sont toujours fermées et personne ne fait mine de sortir. Tout d'un coup les phares s'allument et le mastodonte noir démarre pour venir se mettre derrière nous.

— Regarde devant toi ! me hurle Lawrence.

J'obéis et je guette l'Annihilator dans le rétroviseur extérieur.

— C'est mauvais ! Très mauvais, ça ! s'exclame Lawrence. Ah, je déteste me faire avoir ! Tu sais ce qu'ils font, en ce moment ?

— Non, quoi ?

— Ils relèvent mon immatriculation, voilà ce qu'ils font.

— C'est grave ?

— En principe, oui, mais comme j'ai de fausses plaques, ce n'est pas un problème.

— Je croyais que c'était interdit.

Lawrence me fait une grimace ironique.

— Dis donc, t'as cru qu'on était dans un épisode du *Club des Cinq* ?

Au lieu de relever le sarcasme, je préfère contre-attaquer.

— Et toi, Sherlock, tu comptes faire quoi, maintenant ?

— Conduire normalement comme si on l'ignorait, pour le persuader qu'il se trompe et qu'on ne le suivait pas.

Le véhicule se rapproche de nous. La lumière de ses phares qui se reflètent dans le rétroviseur côté conducteur éblouit Lawrence.

— Putain d'engin ! marmonne-t-il.

Il a l'air furieux, et je suis prêt à parier qu'il prend sur lui pour ne pas accélérer et laisser ce char d'assaut dans un sillage de poussière.

— Nous allons continuer tout droit jusqu'à Wilson Street, annonce-t-il calmement.

Ce que nous faisons, juste au-dessous de la vitesse autorisée, comme deux types peinards en train de se balader. À cinq mètres derrière nous, l'Annihilator conserve la même allure et illumine toujours l'intérieur de la Buick de ses foutus phares.

— Le moment de vérité est arrivé, fait Lawrence en mettant son clignotant.

Il tourne tranquillement à droite, un virage impeccable comme s'il était en train de ramener sa vieille grand-mère dans sa maison de retraite.

Le SUV nous colle au train. Pas la peine de le confier à Lawrence, mais je commence à ressentir quelque inquiétude. Et par « quelque inquiétude », je veux dire une trouille bleue.

Une sorte de rugissement se fait entendre derrière nous. La lumière nous inonde. Le monstre touche presque notre pare-chocs. Soudain résonne un coup de klaxon, aussi puissant que la corne d'un bateau entrant dans un port et tellement fort que je le sens jusque dans mes os.

— Il est complètement dingue, ce mec !

Lawrence appuie sur l'accélérateur et nous décollons. Le moteur du SUV s'emballe à son tour.

Je me permets un pronostic.

— Ma parole, il veut nous rentrer dedans.

— Il va pas se gêner. Accroche-toi !

Il donne un brusque coup de volant à droite qui nous propulse dans une rue perpendiculaire. Après une sérieuse embardée et un dérapage des quatre roues, nous prenons de la vitesse. Le 4 × 4, en raison de sa masse, n'a pas la possibilité de négocier un virage à aussi vive allure. Détail qui n'a pas l'air de gêner le conducteur. Le monstre grimpe sur une pelouse, laboure une haie, défonce une barrière et écrabouille un vélo qui se trouve sur son passage.

— Lawrence, si tu as l'occasion de t'arrêter, je sortirai volontiers de la voiture.

À ce moment-là j'entends des bruits bizarres. *Clac. Clac. Clac.*

Lawrence ne dit rien. Les mains agrippées au volant, il fait des zigzags tout en surveillant le rétroviseur.

Clac. Clac.

— Lawrence… je commence, alors que l'Annihilator, à plus de cinquante mètres de nous, envoie valser sur le trottoir une moto garée en travers de sa route.

— Oui ?

— Pardon de te poser la question mais, à ton avis, ces bruits sourds, ça vient d'où ?

Au lieu de répondre directement à ma question, Lawrence fait un signe de tête en direction de la boîte à gants.

— Il y a quelque chose d'utile là-dedans.

Je brandis un dossier de voyage fourni par le Touring-Club.

— Une carte de Floride ?

— Continue à chercher.

Derrière plusieurs cartes routières, des paquets de mouchoirs en papier, un rouleau de ruban adhésif et une carte grise, je trouve un petit revolver.

— Et au fait, vu que je conduis, c'est à toi de l'utiliser.

Funeste idée ! La dernière fois que j'ai eu une arme en main, j'ai détruit un bureau.

— Ça dépasse tout à fait mes compétences, Lawrence. Gérer une situation incluant des armes à feu n'est absolument pas dans mes cordes. Et puisque nous parlons de mon rôle dans cette affaire, dis-toi que je ne suis somme toute qu'un spectateur et…

Et… la vitre arrière de la Buick explose.

— Bordel ! s'écrie Lawrence en donnant un coup de volant si soudain que je suis projeté contre la portière. Passe-moi ce putain de revolver !

Je le lui tends. Il conduit toujours des deux mains, mais seul son pouce droit entoure le volant tandis que ses quatre autres doigts sont serrés sur la crosse du revolver.

— Tu sais comment on se débarrasse d'un crocodile ?

— Non.

Lawrence a haussé le ton. À cause de la fenêtre arrière détruite, il y a beaucoup de bruit dans la voiture. Sans même parler de l'Annihilator qui se rapproche à toute allure.

— Ils sont plus grands, plus forts et plus rapides que les humains, mais leurs virages ne valent rien. Donc si un crocodile te court après, le mieux est de tourner en rond. Ils sont incapables de tourner. Eh bien, on va entraîner le crocodile qui nous traque dans un lieu où on pourra faire tout un tas de cercles.

Nous passons devant un panneau indiquant le plus grand centre commercial de la ville. Le magasin Sears apparaît bientôt… flanqué d'un immense parking entièrement vide.

Les pneus de notre Buick crissent alors que nous y entrons. Une fois de plus, l'Annihilator manque le virage mais compense en roulant sur les trottoirs que ses énormes roues écrasent comme si c'étaient des barres de Kit Kat.

— C'est là que la rigolade commence, déclare Lawrence en faisant de vastes cercles. Je vais le rattraper et, une fois derrière lui, je lui rendrai la monnaie de sa pièce.

— Quelle monnaie ? Quelle pièce ?

— Il nous a craché quelques pruneaux dessus et je vais lui rendre la politesse.

— Tu vas conduire et tirer en même temps ?

— Si tu ne peux pas manier un flingue, tu sais au moins comment tenir un volant, non ?

— Tu plaisantes, ou quoi ?

— Ne me dis pas que conduire une bagnole compromet ton intégrité de journaliste.

Alors, quelle autre option que de me pencher, prêt à prendre le volant en cas de besoin ?

Le SUV fait tout son possible pour nous rattraper, mais son équilibre est précaire. C'est peut-être ça, le plan de Lawrence : forcer le SUV à basculer. Si c'est le cas, j'approuve complètement.

Malgré tout, le conducteur semble maître de son véhicule, qu'il se garde bien de pousser à fond. En vérifiant sa position, que vois-je ? Un pistolet au bout d'un bras habillé de cuir. Et, croyez-moi, cette arme est beaucoup, *beaucoup* plus grosse que celle que tient Lawrence.

La Buick dérape dans un crissement de pneus. Un enjoliveur se détache et va rouler sur le macadam en direction du magasin. Mais Lawrence connaît son affaire. En fait, nous nous trouvons maintenant bel et bien derrière le mastodonte.

— OK, prends le volant.

Je l'attrape aussi fort que possible tandis que Lawrence tient le revolver de sa main gauche. Il sort son bras par la fenêtre et commence à tirer.

Il tire deux fois, mais l'Annihilator se déporte sur la droite. Il m'arrache le volant et change de trajectoire.

— À toi !

Je reprends le volant tandis qu'il se penche par la fenêtre et tire deux autres coups de feu.

— Merde !

— Tu l'as eu ?

— Je ne crois pas. Et même si je l'ai eu, ce truc est aussi coriace qu'un putain d'éléphant.

Devant nous, le mastodonte vient d'amorcer un virage en catastrophe. Bizarre... Il se dirige vers l'extrémité du parking, là où le terrain grimpe en pente raide vers la bretelle qui mène à l'autoroute.

— Qu'est-ce qu'il fout ? C'est n'importe quoi !

On aperçoit les feux arrière de l'Annihilator qui s'allument brièvement. Après un léger coup de frein, il fonce en direction du talus dans un nuage de poussière. Ses phares avant dansent dans la nuit comme des sunlights. Le véhicule se cabre, résiste. Il est clair que, même pour ce type d'engin, passer le remblai n'est pas évident.

— Il va chercher l'autoroute, commente Lawrence. Il s'est créé son propre raccourci, cet enfant de salaud.

Au sommet du remblai, l'Annihilator se dirige à droite vers la bretelle et, dans un nouveau rugissement, il file attraper l'autoroute. Pas question pour la vieille Buick de Lawrence d'escalader le remblai. Et le temps de faire le tour pour récupérer la bretelle d'accès, il est plus que certain que nos petits camarades de jeu se trouveront chez eux, bien au chaud dans leur lit.

Lawrence arrête la voiture. Nous restons silencieux pendant un moment en écoutant les cliquetis du moteur – on dirait qu'il cherche à reprendre son souffle.

— Je me suis bien fait baiser, dit finalement Lawrence.

— Je préfère que ça soit toi plutôt que moi !

6

Je rentre à la maison vers trois heures du matin et, au lieu de me faufiler en silence dans notre chambre sans déranger Sarah, j'allume la lumière, je me laisse tomber sur le lit à côté d'elle sans ménagement.

— Écoute, c'est incroyable ! je lance. Nous les avons suivis, ils nous ont suivis, les choses se sont envenimées, ils ont commencé à tirer, on les a entraînés dans le parking du centre commercial, on s'est collés derrière eux, alors Lawrence a essayé de tirer dans leurs pneus, ils ont grimpé la colline et ils ont fichu le camp, bordel, c'est vraiment incroyable !

Sarah lève la tête, tout ensommeillée.

— Quoi ?

Je lui répète mon histoire, mais cette fois plus calmement. Elle me pose deux questions précises et, quand j'ai terminé, s'exclame :

— Tu es tombé sur la tête, ou quoi ?

— Pas du tout. Lawrence était en pleine possession de ses moyens. C'est un pro.

— Oh mais si, tu es tombé sur la tête !

J'émets un grognement avant de me rendre compte qu'elle a peut-être raison. Tout d'un coup, je sens que mon café et mes doughnuts ont envie de me quitter. Après tout, les poursuites en voiture agrémentées de coups de feu ne font pas partie du champ d'activité traditionnel d'un ancien auteur de science-fiction devenu journaliste. Ma respiration est saccadée. Je crois même que je tremble légèrement. Sarah me serre dans ses bras.

— Tu te conduis comme un imbécile. Tu sais que tu n'es pas taillé pour ce genre d'aventures et n'as rien d'Indiana Jones. D'ailleurs, si tu t'y essayais, c'est avec un tube de Maalox que tu te promènerais, au lieu d'un fouet glissé dans ta ceinture.

— On y retourne demain soir, je murmure dans ses cheveux.

Elle me repousse sèchement.

— Tu as vraiment perdu la tête.

Elle est tellement furieuse qu'elle pourrait me frapper.

Je lève les mains autant en signe de protestation qu'en un geste d'autodéfense.

— Cette fois, on ouvrira l'œil. C'est très différent. On sait ce qui nous attend. Et Lawrence va parler aux flics.

— Explique-moi ! Tu prends un bazooka, cette fois ? Une arme assez grosse pour abattre un 4 × 4 ?

Je rétorque le plus sérieusement du monde :

— Je laisse Lawrence décider du choix des armes. Ce n'est pas mon domaine.

Sarah va dans la salle de bains et claque la porte derrière elle.

— Ton enquête est terminée ! me crie-t-elle. Écris avec ce que tu as. Ça fera un bon article.

Attends, de quoi parle-t-on, là ?

— Qui est dans la salle de bains ? Ma femme ? Ou mon chef de service ?

Sarah ouvre la porte brusquement.

— Choisis ! fait-elle, la mine sombre.

— C'est ce que tu dirais à Cheese Dick Colby ? S'il était sur ce reportage, tu lui retirerais l'histoire juste au moment où il tombe sur des infos de première main ? Et tout ça parce qu'il pourrait être amoché ?

— J'en sais rien. Je ne couche pas avec Colby.

— Tu m'étonnes ! Je ne sais même pas comment il fait pour partager son lit avec lui-même ! Ça, c'est un mystère. Tu t'es déjà approchée de lui ?

Sarah retourne s'enfermer dans la salle de bains. Je déboutonne ma chemise et retire mon pantalon. Je suis censé faire quoi, moi ? Lui présenter mes excuses ? Suis-je coupable ?

Peut-être que oui, peut-être que non. En tout cas, si j'ai appris une chose en vingt ans de mariage, c'est qu'on gagne toujours à s'excuser.

Aucun bruit ne provient de derrière la porte. Je m'en approche et frappe.

— Écoute, je…

La porte s'ouvre et Sarah apparaît en larmes. Elle m'enlace et enfouit son visage contre mon torse.

— Désolée ! Mais je ne veux pas qu'il t'arrive quelque chose. J'ai déjà failli te perdre une fois, cela me suffit.

Ni elle ni moi ne fermons vraiment l'œil pendant les trois heures suivantes. Ce qui signifie que c'est ma seconde nuit d'affilée sans sommeil. Quand Sarah ne contemple pas le plafond, elle se serre contre moi sous les couvertures et dit qu'elle va annuler son séminaire de direction.

— Ne fais pas ça. Tout va bien.

— Ça n'a pas de rapport avec toi. Je n'ai pas envie d'y aller, voilà tout.

— Mais si. Peu importe l'intérêt de la réunion. Au moins, ça te sort du bureau pendant deux jours. Et pense aux buffets qu'ils vont vous servir.

— C'est vrai, répond-elle, calmée. Ils doivent nous nourrir.

Aux aurores, nous sommes dans la cuisine. J'entends le bruit sourd du journal contre la porte d'entrée.

Je me précipite pour le récupérer et passe aussitôt en revue les titres de la une.

— Si personne n'a entendu les coups de feu tirés dans le centre commercial et s'il n'y a pas de rapport de police, écrire un article n'a plus de sens, je dis en revenant dans la cuisine. En fait, en pondant un papier, je ferais même un sacré cadeau aux types de l'Annihilator – en supposant, bien sûr, qu'ils soient abonnés au *Metropolitan*. Ils sauraient qui les a repérés et abandonneraient leurs activités.

— Eh bien, ce serait une bonne chose, non ?

— Tiens, c'est ma femme qui parle et non plus mon chef de service ! Nous voulons, au contraire, qu'ils se repointent. Nous voulons que l'affaire soit résolue et classée.

— Voilà ton café. Je vais prévenir Magnuson. Si un membre de son équipe est impliqué dans une fusillade – et même si ce n'est pas lui qui a tiré –, en tant que directeur de la rédaction il doit être mis au courant. À mon avis, il préfère que ses reporters gardent une certaine distance.

Magnuson est un pilier de la rédaction depuis trente ans, un vétéran qui a connu tous les combats importants et les scandales juteux des années soixante et soixante-dix, et qui a la réputation d'être un patron impitoyable. Autre caractéristique : des yeux noirs qui vous transpercent.

— Tu pourras lui parler de ma part ?

Sarah me lance un regard mauvais.

— Si Magnuson veut te parler, il s'adressera à toi et à personne d'autre, crois-moi.

Je m'assieds à la table. En feuilletant la première section du *Metropolitan*, je tombe sur une pub de voiture.

— Oh ! Ça me fait penser ! J'avais presque oublié !

Je raconte à Sarah que Lawrence et moi avons l'intention d'assister à une vente aux enchères organisée par la municipalité en début d'après-midi. C'est l'occasion, paraît-il, d'acheter une voiture pour une bouchée de pain. Il doit passer me prendre avant le déjeuner.

— On en a parlé hier, rétorque Sarah en glissant un toast dans le grille-pain. Je te rappelle que nous n'avons pas le budget pour une nouvelle voiture. Et que claquer même trois balles pour une vieille casserole ne rime à rien.

— Mais en cas de besoin absolu, dis-moi combien on pourrait se permettre de dépenser ?

— Je n'en sais rien. Sept mille dollars, ou peut-être huit. De toute façon, cette conversation ne mène à rien.

Paul, qui vient d'arriver dans la cuisine, nous a évidemment entendus.

— Une vente aux enchères ? On m'a dit qu'on pouvait se dégoter une voiture pour que dalle. Prends une BMW, papa !

Paul apprend à conduire. Je préfère ne pas penser aux dégâts qu'il pourrait infliger à une luxueuse voiture allemande.

— Et surtout pas de boîte automatique, ajoute-t-il. C'est bon pour les filles !

Comme je ne vois pas l'intérêt de me lancer dans une discussion sur les avantages et les inconvénients d'un véhicule que je ne vais même pas acheter, je me plonge dans le journal. À côté de la pub, le titre d'un entrefilet attire mon attention. C'est une dépêche de l'Associated Press relatant une fusillade dans un parc en Californie. Un adolescent a tiré sur plusieurs élèves de sa classe avec qui il était pourtant ami.

— La couleur n'a pas d'importance, continue Paul. Ce jaune vif, ça peut être sympa. Mais BMW fait pas de modèles jaune vif. Ou alors peut-être leurs petites décapotables, mais sûrement pas la série 5 ou la série 3. De toute façon, quand tu roules dans une voiture trop voyante, les flics te contrôlent sans arrêt. S'il y a des voitures de dealers à cette vente, il devrait y avoir plein de BMW. Les dealers les adorent.

Une petite conférence édifiante à partir de laquelle je déduis que ce garçon, âgé de seize ans, passe la plupart de son temps dans sa chambre face à son ordinateur, fourre son nez là où il ne devrait pas, va sur le genre de sites qui vous apprennent à fabriquer des bombes ou à tuer des gens à l'aide d'un stylo.

— Certainement pas une BMW, assène Sarah. Et même aucune autre marque. On ne peut pas se permettre d'avoir une seconde voiture.

— Et si le dernier bouquin de papa est acheté par un producteur de cinéma ?

Petit ricanement dédaigneux de Sarah.

— Le livre de ton père n'a pas assez bien marché pour attirer les gens du cinéma, Paul.

Je lève la tête de mon journal, bien décidé à faire comme si je n'avais pas entendu. Sur ces entrefaites, Angie arrive, avec une serviette autour des cheveux.

— C'est quoi, cette histoire de voiture ?

Paul la met au courant.

— Achète un Hummer, décrète Angie.

Dans ma tête, je revois les phares de l'Annihilator, tels les yeux d'un dragon baignant la Buick d'une lumière glacée.

— Une chose est sûre : nous n'aurons jamais de Hummer, de Suburban ou d'Annihilator. Ces monstres emboutissent les autres voitures, polluent l'atmosphère, consomment des tonnes d'essence, sont gigantesques et…

— OK, papa, c'est bon, on a compris. Les gros 4 × 4 sont nuls, les petites bagnoles sont bien.

D'après la dépêche de l'Associated Press, le garçon en Californie était renfermé. Un solitaire. Obsédé par la contre-culture. Il avait du mal à nouer des amitiés. Il aimait prendre les gens en photo à leur insu et les afficher ensuite sur le Net. Il avait eu un faible pour une fille, mais celle-ci l'avait repoussé et quelque chose en lui s'était alors cassé. Il avait trouvé le revolver de son père dans un tiroir, l'avait emporté dans le parc où il savait que les élèves de sa classe se retrouvaient le soir pour boire en cachette et fumer des joints. Et là, il avait tiré sur trois de ses condisciples.

Tous les élèves interviewés avaient dit : « Oui, il était plutôt étrange comme mec. » Son geste n'avait pas l'air de les surprendre spécialement, mais pourtant aucun d'eux n'avait signalé son comportement bizarre. Personne n'avait imaginé que ça en valait la peine. Jusqu'à ce qu'il tue trois d'entre eux.

— Ce garçon, Trevor, il a encore appelé ? je lance en coupant court à la conversation sur les voitures.

Angie me regarde. À son air, je devine qu'elle pèse le pour et le contre. Va-t-elle m'adresser la parole autrement que pour m'intimer l'ordre de ne pas répondre au téléphone ? L'incident avec Maître Nageur est vieux de plusieurs semaines, maintenant.

— Deux fois. Et hier soir, chez Deb, mon portable a sonné à cinq reprises. Et il faut que je vérifie qui appelle à chaque fois car on ne sait jamais, ça pourrait être…

Elle s'interrompt net.

— Oui, ça pourrait être qui ? demande Sarah.

— Personne en particulier. Ou n'importe qui d'autre. Il appelle en numéro masqué, du coup je ne réponds à mon téléphone que quand je vois un numéro qui s'affiche. Mais je crois qu'il a compris le truc car à la fin il a appelé d'une cabine et je suis tombée dans le panneau.

— Tu n'as pas été trop méchante avec lui, j'espère, dis-je en finissant de parcourir l'article du journal.

Angie pousse un soupir.

— J'ai été… polie. Il m'a demandé où j'étais. Comme il m'a prise de court, je lui ai répondu : « Chez Deb. » « Deb Chenoweth ? » il a fait. J'ai répondu que oui et il s'est lancé dans une tirade comme quoi lui et moi on était amis depuis longtemps et ainsi de suite. Finalement, je lui ai dit que je devais filer. Et c'est vrai qu'avec Deb on avait décidé d'aller chez Jennifer. Et juste quand on est sorties, on est tombées sur Trevor dans la rue.

Angie s'interrompt et nous regarde.

— Vous ne comprenez pas ? La maison de Deb est super loin de là où il habite. On venait juste de raccrocher, ça veut dire qu'il était déjà sur place. Donc il savait où j'étais. Il a dû me suivre. À côté de chez Deb, il y a une supérette 7-Eleven avec un téléphone payant. On s'est dit qu'il m'avait appelée de là.

— C'est un psychopathe, lâche Paul comme si c'était un fait tout à fait anodin. On m'a dit qu'une fois il a ébouillanté un lapin. Comme cette femme dans le film.

— C'est des conneries ! Tu inventes ! s'écrie Angie.

— D'accord, mais c'est bien le genre de mec à ébouillanter un lapin. Tu te rappelles ce film ? Avec Michael Douglas qui se tape la bonne femme dans la cuisine ?

Sarah lance à notre fils un regard lourd de sens. Soudain, j'ai une petite pensée pour le peintre Norman Rockwell, avec ses jolis tableaux de la famille américaine parfaite. Dieu merci, le pauvre homme n'est plus de ce monde !

— En tout cas, il est zarbi. C'est peut-être pour ça qu'il t'aime.

Cette fois, j'interviens.

— Bon, ça suffit !

— Mais tu devrais être contente, continue Paul. Toutes les filles le trouvent super. Elles adorent les mystérieux solitaires comme lui. En plus il est canon. Et c'est un compliment, moi qui suis un hétéro pur et dur !

— Pas mon type, rétorque Angie. Mais peut-être le tien, Paul. Visiblement, tu l'aimes assez pour le laisser faire tes courses.

— De quoi tu parles ? je demande.

— Rien. Angie, tu la boucles. Je te dénonce pas, moi !

Il est temps que je fasse preuve d'autorité.

— Tu parles de quoi, là ? je demande d'une voix forte.

— Rien du tout. Je plaisante, c'est tout, dit Angie.

Bon, je vois bien qu'il est inutile d'insister, mieux vaut se concentrer sur la question de Trevor Wylie et la sécurité d'Angie.

— Je devrais sans doute avoir une conversation avec lui.

Inutile de vous dire l'effet que produit cette simple déclaration. Angie explose. Littéralement, c'est comme si une grenade éclatait dans sa tête.

— Formidable ! Parfait ! Exactement comme tu as fait avec Irwin. Vraiment génial !

Irwin ! Voilà, Irwin ! C'était ça, le prénom de Maître Nageur.

Sur ce, elle quitte la pièce avec fracas.

Pendant un moment, la cuisine est plongée dans le silence. Un silence rapidement rompu par Paul.

— En fait, ce serait plutôt marrant, si tu le faisais.

Pour toute réponse, je lui lance un regard lui intimant clairement l'ordre de dégager.

— Sympa, l'ambiance ! s'écrie Sarah tandis que je l'accompagne jusqu'à la porte.

Je préfère ne pas relever.

— Si je trouve une voiture qui convient, je t'appelle.

— C'est où, cette vente ?

— Après Oakwood.

Sarah se permet un sourire espiègle.

— Tu devrais passer voir Trixie. Je suis sûre que Lawrence serait ravi.

Trixie Snelling est une de nos anciennes voisines, du temps où nous habitions encore Oakwood. Et, tout comme moi à cette époque, elle travaille de chez elle. Elle n'écrit pas de livres de science-fiction, mais cela dit, sa branche d'activité ferait un très bon roman. Trixie est fouetteuse de profession et elle exerce dans un sous-sol décoré dans le plus pur style du marquis de Sade.

Quand nous sommes devenus amis, je pensais encore qu'elle était comptable. Un soir, après toute une série de circonstances au cours desquelles j'ai découvert la véritable nature de son gagne-pain, elle m'est venue en aide. Nous sommes restés amis, même si maintenant nous n'avons plus la possibilité de prendre ensemble notre café quotidien.

— Tu as raison, il faut qu'on fasse signe à Trixie, un de ces jours.

— Bon, dit Sarah d'un ton hésitant, si tu vois un joli petit modèle et que c'est une excellente occasion...

— Tiens ? Tu changes d'avis ?

— Ou alors une décapotable. Ça serait amusant.

— Tu affirmes qu'on ne peut pas se payer une autre voiture, mais tu veux une décapotable ?

— Bon, oublie ! Laisse ton chéquier à la maison. Et reviens seulement avec un bon article pour le journal.

Je lui ouvre la portière de la Camry.

— Dis, Sarah, j'ai un truc à te demander : si tu étais gay, tu me trouverais séduisant ?

Sarah me connaît suffisamment bien pour savoir qu'il est plus simple de répondre à cette question que de chercher à savoir ce qui se cache derrière.

— Voyons voir, si j'étais gay, je serais lesbienne, donc je dirais que non, tu n'es pas mon type.

— Mais non, arrête ! Je ne plaisante pas. Si tu étais homo, est-ce que je serais ton type ?

— Tu me demandes si, puisqu'en tant que femme hétéro je te trouve séduisant, je te trouverais séduisant en tant que gay ?

— À peu de chose près, oui.

Sarah fait semblant de réfléchir.

— Non, pas du tout !

Je dois avoir une mine déconfite car elle se reprend aussitôt.

— Si ! Super sexy. Je te plaquerais immédiatement sur le capot de cette voiture.

Elle laisse passer une seconde avant d'ajouter :

— Enfin, sur le ventre, j'imagine.

— Attends, ta première impulsion, c'était quand même de dire non.

— Eh bien, je crois que les gays attachent davantage d'importance à leurs tenues.

— C'est la manière dont je m'habille, c'est ça ?

— Disons que tu as toujours l'air un peu chiffonné. Mais si tu te décidais à améliorer ta garde-robe, je serais ravie de t'aider. Cela dit, en tant qu'hétéro, je trouve ton absence de style tout à fait attachante. Bon, c'est pas tout, j'adorerais prolonger cette conversation, mais malheureusement je dois y aller. J'ai des millions de choses à faire au journal avant de partir pour ce séminaire à la noix. Allez, embrasse-moi, espèce de monstre échevelé !

Je m'exécute, puis Sarah démarre et disparaît dans la rue.

7

Il m'arrive de penser que tout est la faute de mon père.

Il s'inquiétait de tout – et j'imagine que ça n'a pas changé. Depuis la mort de ma mère, il y a dix ans, nous n'avons plus tellement de rapports. Il vit à la montagne au bord d'un lac où il loue des chalets à des pêcheurs et il y a fort à parier qu'il a choisi ce lieu pour sa tranquillité.

Il m'a fait don de son côté incroyablement chicaneur et de son goût pour la catastrophe imminente. D'après ce qu'on m'a dit, ce sont ces raisons qui ont amené ma mère à quitter le domicile familial pendant presque un an, quand j'avais une dizaine d'années.

Nous étions la seule famille à avoir un extincteur à chaque étage de la maison et les consignes d'évacuation en cas d'incendie placardées sur la porte de chaque chambre. Tous les soirs, papa se sentait obligé de vérifier les verrous de la porte d'entrée. Nous devions faire couler l'eau froide de la douche avant d'ouvrir le robinet d'eau chaude pour éviter de nous brûler. Et, nous serinait-il : « Je dois économiser chaque mois une partie de mon salaire au cas, plus que prévisible, où je serais licencié le mois suivant. »

Aucun incendie ne s'est jamais déclaré chez nous. L'eau de la douche ne nous a jamais ébouillantés. Papa n'a jamais été viré. Il pouvait donc affirmer avec fierté que sa stratégie était payante.

Aujourd'hui, c'est moi qui m'inquiète. La moindre bricole me fait transpirer d'appréhension. Pendant un moment, la sécurité des membres de ma famille et les problèmes de protection sont même devenus une véritable obsession. Obsession qui s'est retournée contre moi d'une manière assez spectaculaire, mais peut-être êtes-vous déjà au courant.

C'est en raison de cette lourde hérédité que j'ai cédé à Sarah et que je suis allé voir Harley, mon supermédecin, pour qu'il m'aide à canaliser cet aspect de ma personnalité. Mais, à dire vrai, j'ai l'impression qu'alors même que je fais tous les efforts pour cesser de m'inquiéter je ne cesse de me retrouver dans des situations inquiétantes.

Pour preuve, il y a seulement quelques heures, j'étais dans une voiture avec des types armés à mes trousses. Si, par le passé, il m'est arrivé de débloquer le cran d'arrêt d'une arme, personne ne m'avait jamais tiré dessus. Bref, le type de l'Annihilator aurait mieux visé, nous serions, Lawrence et moi, deux macchabées partageant le même salon funéraire d'une entreprise de pompes funèbres, le tout en compagnie du regretté Miles Diamant.

Le simple fait de repenser à ces événements, et j'ai le cœur qui bat à cent à l'heure. Il faut que je m'asseye et que j'éloigne de ma vue le journal avec son article sur l'ado cinglé.

Ce n'est pas seulement ma virée nocturne avec Lawrence qui me perturbe. C'est cette histoire entre Angie et Trevor Wylie. Je n'arrête pas de penser à Keanu Reeves, tapi dans l'ombre avec son long manteau noir, un pistolet dans chaque main crachant des balles tous azimuts. Et le tout en dansant le limbo.

Je ne connais pas Trevor Wylie, mais je parie qu'il n'est pas capable de faire ça.

Sans cet article sur la fusillade de Californie, je serais sans doute bien plus cool. Mais c'est le genre de faits divers dont les journalistes se régalent, ces derniers temps. Les employés des postes ayant cessé de canarder leurs collègues, place aux adolescents meurtriers. C'est la nouvelle tendance du moment : le jeune parfaitement tranquille qui, au dire de tous, n'aurait pas fait de mal à une mouche, et qui soudain pète les plombs. Le solitaire, un peu geek sur les bords, se transforme en tueur fou.

Est-ce que cette description colle à Trevor ? Sans doute pas. Quand Angie se plaint qu'il la « harcèle », c'est une hyperbole typique du langage post-adolescent. Quelqu'un d'un peu admiratif et attentionné est immédiatement classé dans la catégorie des harceleurs.

À l'évidence, Angie ne veut pas que je m'en mêle ni que je parle à Trevor. En fait, j'ai l'interdiction de parler à ses amis.

Je récupère le journal et jette un nouveau coup d'œil à l'article. « Les autres jeunes tenaient le garçon à l'écart de leur groupe. Cependant, il leur semblait inimaginable qu'il apporte un jour un fusil à l'école et qu'il exécute certains des élèves de sa classe, dit le rapport de police. »

Pour la seconde fois, je repousse le journal. C'est une vraie malédiction que d'être doté d'une imagination qui vous permette d'envisager les pires scénarios aussi clairement !

Il est temps de penser à autre chose. À des femmes tout de cuir vêtues, par exemple.

J'ai les coordonnées de Trixie dans mon carnet. Elle a deux numéros : un personnel, l'autre professionnel. J'appelle le premier.

— Bonjour.

La voix est charmante, pas de doute, c'est sa ligne perso. Un jour, j'ai composé par erreur son autre numéro. C'était comme téléphoner à la chanteuse Eartha Kitt : la température de mon corps avait grimpé de trois degrés en une seconde.

— C'est Zack.

— Salut ! Ça fait un bail que tu n'as pas fait signe. Comment ça va ?

— Bien, très bien. Et toi ?

— Je ne peux pas me plaindre.

— Le boulot, ça marche ?

— Je suis imperméable à la récession. Même quand l'économie s'effondre, il y a toujours des types qui veulent être ligotés et fouettés. Si tu veux prendre rendez-vous, tu t'es trompé de numéro.

— Non, c'est personnel.

— Parce qu'à ton avis les séances de fouet n'ont rien de personnel ?

— En effet !

Trixie et moi n'appartenons pas au même monde. Et je dis cela sans arrière-pensées. Simplement, son job est ce que mes enfants définiraient comme « dingue ». Il est même aussi un peu dangereux et probablement non autorisé. Mais sa franchise, son honnêteté et son empressement à me venir en aide quand j'en ai eu besoin ont fait d'elle une vraie amie.

— Ça fait longtemps qu'on ne s'est pas parlé, j'avais envie d'avoir de tes nouvelles. C'était sympa quand on habitait à côté, on pouvait prendre un café de temps à autre.

— Généralement, quand tu avais des problèmes. C'est le cas aujourd'hui ?

— Disons que je suis un peu stressé.

— Rien à voir avec ton état de l'an dernier, j'espère ?

— Non, cette fois je n'essaie pas d'échapper à une accusation de meurtre.

Et je lui raconte ma nuit avec Lawrence.

— Comment un type comme toi, si normal, peut-il se fourrer dans de telles emmerdes ?

— C'est un don ! Ah ! Et puis il y a l'histoire de ma fille.

— Attends, je n'y suis plus. Ta fille ?

— An...

— Oui ! Angie ? Comment va-t-elle ? Toujours folle de photos ?

— Pas suffisamment pour qu'on lui installe une chambre noire comme à Oakwood. De toute façon, en première année de fac, elle a beaucoup de travail et plus tellement de temps pour s'amuser. Elle vit toujours à la maison et va en cours tous les jours. Je pense qu'elle se dirige vers un cursus de psycho assez poussé.

— Peut-être qu'elle sera capable de découvrir ce qui ne tourne pas rond chez toi.

Je souris.

— Bon, dis-moi ce qui se passe avec elle, reprend Trixie.

C'est là que j'évoque Trevor Wylie.

— Je crois que tu te biles pour rien. Résumons : un type s'entiche d'elle, mais elle n'est pas intéressée. T'inquiète, un jour ou l'autre il finira par comprendre.

— Tu as sans doute raison. Mais se pointer comme ça chez sa copine ? Tu ne penses pas qu'il l'a suivie ?

— Angie est une fille intelligente ?

— Absolument.

— Elle sait se débrouiller. S'il y avait un vrai problème, elle te le dirait.

— Peut-être.

Je n'ai pas l'air très convaincu. Mais Trixie insiste.

— Je te dis que ça va aller. Parle-moi de Paul. Il jardine toujours ?

— Moins, depuis que nous avons déménagé. Il passe son temps à pianoter sur son ordinateur.

— La prochaine fois que tu viens dans le coin, dis-le-moi. Tu pourras me raconter tout cela en détail.

— Justement, avec mon copain détective on va à une vente aux enchères de voitures pas très loin de chez toi. Autour de l'heure du déjeuner.

— L'heure du déjeuner ? Ça ne colle pas. J'ai un client. À propos, il faut que je repasse ma tenue de chef scout et que je retrouve les escarpins à talons aiguilles qui vont avec.

— Les chefs scouts portent des talons ?

— Cette scoute-là, oui. Oh, merde ! J'espère que j'ai toujours les cookies que j'ai achetés à la vente de charité des guides. Je dois en avoir une boîte dans le congélateur.

Je l'entends aller et venir dans la maison.

— Les voilà ! Je les mets à décongeler tout de suite.

— Ton client aime manger des cookies ?

— Disons que ça fait partie de la mise en scène.

— Bon allez, je te laisse, Trixie. Merci de m'avoir écouté.

Je traînasse dans la maison pendant trois heures jusqu'à ce que j'entende une voiture dans l'allée : une Jaguar quatre portes, bleue.

— La Buick est chez le garagiste. Ils vont remplacer la vitre arrière, explique Lawrence.

Après avoir pris soin de fermer la maison à double tour, je prends place dans la Jaguar.

— Super ! je dis en passant la main sur les sièges en cuir et le tableau de bord en ronce de noyer.

— Elle appartenait à un Jamaïcain qui tenait le trafic de drogue des quartiers nord. Il s'est fait piquer. Les flics ont confisqué pratiquement tout ce qu'il possédait. J'ai eu la voiture aux enchères. Tu cherches une Jag ?

— À supposer que je cherche une voiture, ça n'est sûrement pas une Jag. Le big chef dit qu'on ne peut pas se payer de voiture pour le moment.

— Le big chef ?

— Sarah.

— Ah, d'accord.

— Je n'ai même pas pris mon chéquier, au cas où je serais tenté.

— Si tu changes d'avis, pas de problème. J'ai le mien. Tu me rembourseras après.

— Hum ! Le fait est que Sarah s'est un peu adoucie, tout à l'heure. Elle parlait même d'une décapotable. Enfin, c'était juste pour rire sans doute. Elle ne veut pas que je dépense d'argent.

— Parfois, être gay a du bon. Au moins, on n'est pas soumis à la volonté d'une femme.

— Tu as quelqu'un dans ta vie ?

— Je vois un garçon. Il s'appelle Kent, il dirige un restaurant, le Blaine's, dans le quartier est. Un Blanc de trente-six ans.

— Vraiment ?

Lawrence éclate de rire.

— Je l'ai rencontré avant de quitter la police. Mais on est ensemble depuis peu. Peut-être que cela va devenir sérieux, qui sait ?

Sur l'autoroute qui mène à Oakwood, je me décide à bénéficier des conseils éclairés de Lawrence.

— Écoute, c'est tout à fait hypothétique, mais voilà : quelqu'un que tu connais pourrait bien – j'insiste sur le conditionnel : pourrait bien – être harcelé par un mec. Elle croit que ce type la suit, il apparaît partout où elle se trouve. Ça la dérange, mais il ne fait rien de dangereux, il ne la menace pas ou un autre truc du genre.

Lawrence est tout ouïe.

— D'ailleurs, elle n'en fait pas tout un plat. Pour elle, ce mec est juste un pot de colle, rien de plus.

— OK, répond Lawrence. Mais toi, tu en fais tout un plat. Que sais-tu de lui ?

— Il a une petite vingtaine d'années et il semble vivre tout seul. Ses parents sont sur la côte Ouest, ou quelque part par là. C'est un geek. Il est fou de *Matrix*, il a même adopté le look de Neo, tu sais, les lunettes noires et le long manteau. Et, d'après la rumeur, il est plutôt beau gosse. Mais c'est un solitaire.

— Et il suit ta fille depuis quand ?

Je suis sur le point de lui rappeler qu'il s'agit d'un cas hypothétique, mais à quoi bon ?

— Pas depuis longtemps. Je dirais deux semaines. Il téléphone sur son portable plusieurs fois par jour mais aussi à la maison. Hier, il a appelé pendant le petit déjeuner. Angie ne voulait pas répondre, donc j'ai pris l'appel. En ce moment, elle est à la fac et je crois qu'il…

— Il a un nom ?

— Wylie. Trevor Wylie.

— OK.

— L'autre soir, il était comme par hasard devant la maison d'une des copines d'Angie, alors que c'est à l'autre bout de la ville.

— Il l'aurait donc suivie jusque là-bas ? C'est ce que tu penses ?

— Oui.

— Il a une voiture ?

— J'imagine, mais je n'en suis pas sûr.

— Et qu'est-ce qu'elle lui dit, dans ces cas-là ? Ta fille, c'est Angie, n'est-ce pas ?

— Oui. Elle n'est pas du genre à employer les grands moyens. Telle que je la connais, elle a dû lui dire de lui foutre la paix, limite polie. Elle ne prend jamais ses appels. N'importe qui avec deux sous de jugeote aurait déjà compris le message.

— Certaines personnes sont un peu bouchées…

Tandis que nous empruntons la bretelle de sortie vers Oakwood, je regarde par la vitre. Depuis l'autoroute, on aperçoit des centaines de nouveaux pavillons de banlieue, pratiquement tous semblables.

— Tu ferais quoi, si tu étais à ma place ?

— De deux choses l'une : soit tu ne bronches pas. Et il y a en effet toutes les chances que ce type soit inoffensif et que cette histoire se résolve d'elle-même…

— Soit ?

— Soit tu te renseignes sur lui pour en savoir plus. Cette solution devrait te rassurer, ou alors te confirmer que tu as raison de t'inquiéter.

— Et comment je fais ? Je le piste ?

— Dis donc, Zack, tu n'as pas retenu la leçon de ton maître ! Ce que tu peux faire, c'est surveiller Angie.

— Quoi ?

— Tu veux savoir s'il harcèle vraiment ta fille ? En l'ayant à l'œil, tu verras bien s'il la suit ou non.

Je secoue la tête, incrédule.

— C'est dingue. Je ne peux pas pister ma propre fille.

Pourtant, tout en rejetant cette idée, je suis déjà en train de fomenter un plan. Est-ce que je me déguise ? Nez en caoutchouc et fausses lunettes ? En admettant qu'Angie emprunte notre Camry et que Trevor la suive dans sa propre voiture, comment pourrais-je les filer, si nous n'avons pas de seconde voiture ? Enfin pas encore…

Arrête, Zack, tu divagues ! je me dis.

Quel genre de père envisagerait, même une minute, de suivre les déplacements de sa fille ? Et quelle serait la réaction de sa femme, si elle apprenait que son mari se livre à une surveillance pareille ?

Je prends mon ton le plus calme.

— Non, c'est impossible.

— Bon, je pensais simplement tout haut. Tu as une autre option : demander à quelqu'un de s'en charger. Moi, si tu veux, ajoute-t-il après un instant.

— Non ! Ne le prends pas mal, mais nous n'avons pas assez d'argent pour engager un détective privé. Bien sûr, si on s'offrait un pro, ce serait toi.

Lawrence se permet un sourire.

— Ne t'en fais pas pour l'argent. Ton article, quand il sortira, va me rapporter plein de boulot.

Je proteste mais, je dois l'admettre, plutôt mollement.

— Pas question d'accepter un service contre une parution.

— Oublie ça, mon pote !

Lawrence laisse passer un bon moment avant de reprendre la parole.

— Quand il s'agit de la famille, il faut suivre son intuition. Si tu flaires un truc louche, c'est qu'il y a sans doute un truc louche. Décrypter les signaux est le meilleur des systèmes. Exemple : si un type a des doutes sur la fidélité de sa femme parce qu'elle rentre tard de son boulot, qu'elle ferme la porte quand elle est au téléphone et qu'elle s'habille plus sexy que d'habitude, il y a toutes les chances qu'elle couche avec un autre type. Si tu sens que ce Trevor est bizarre, c'est qu'il est probablement bizarre.

— Mais bizarre ne veut pas toujours dire dangereux.

— Vrai. Suis ton instinct. Un autre conseil, mon pote : ne laisse personne faire du mal à quelqu'un que tu aimes. Dans ce cas, ne tergiverse pas !

— Je t'écoute.

— Et ne rate pas le coche.

— Ce qui signifie ?

— Je vais te raconter un truc qui s'est passé il y a quelques années. Un soir, j'entre dans un drugstore en plein milieu d'un hold-up. J'étais encore flic à l'époque, mais comme je n'étais pas en service, je ne portais pas mon arme réglementaire. Un type pointe un revolver sous le nez de l'employée en lui criant de vider sa caisse.

— Oh ! là, là !

— Donc je m'immobilise. Le type me voit et me dit de reculer. En même temps, je remarque qu'il remue son nez d'une drôle de façon et renifle. C'était la saison du rhume des foins. Il a du mal à respirer. Non seulement il exige le blé de la caisse mais aussi une boîte d'antihistaminiques. Il est hypernerveux et, même s'il obtient ce qu'il veut, il risque de tirer. C'est clair : le type a des allergies et va se taper une crise d'éternuements. Pas question de cracher sur cette aubaine. Alors j'attends le bon moment.

— L'éternuement.

— La tension s'accentue. Il va éternuer d'une seconde à l'autre, je le sens, et ce sera alors l'occasion ou jamais d'agir. Tout à coup il explose. Un éternuement à faire voler les vitres. Je l'attrape au moment où il ferme les yeux. Il ne m'a pas vu venir, le type.

— Comment tu sais que c'est *le* moment ?

— Si tu ne le sais pas, c'est que ce n'est pas le moment.

Nous arrivons devant un immeuble en briques rouges, flanqué d'un immense parking protégé par une haute barrière métallique. Derrière sont garés des centaines et des centaines de véhicules.

— Allons examiner toutes ces bagnoles qui brillent au soleil, dit Lawrence en coupant le contact. Imagine qu'on en trouve une avec un énorme stock de coke dans le coffre ! Toi et moi, on pourra prendre notre retraite, peinards.

8

— Il faut qu'on trouve Eddie, m'annonce Lawrence. Ce n'est pas le commissaire-priseur, mais il supervise tout le business. Il te donnera tous les renseignements que tu veux, mais n'hésite pas à te tirer s'il te tape sur le système.

Lawrence passe une tête dans le bureau pour se renseigner. Apparemment, Eddie est quelque part à l'extérieur.

Quand Lawrence le hèle, le susnommé Eddie est en train de regarder à travers le pare-brise d'une Cadillac pour vérifier que le numéro d'identification de la voiture correspond bien à la feuille qu'il a en main. C'est un homme mince de taille moyenne qui frise les cinquante ans. Ses lunettes à monture noire et les six stylos qui dépassent de sa poche de chemise lui donnent un air studieux. Ses cheveux courts et frisés sont gras. Il est clair que ce type n'a pas pris de douche depuis longtemps.

— Salut, Lawrence, ça boume, mec ? Ça boume ?

Derrière ses lunettes, il plisse ses petits yeux de myope.

— Ça baigne, Eddie. Et toi, ça va, la vie ?

Eddie hausse les épaules.

— Bof, tu sais, débordé, vraiment débordé. Tout le temps des nouvelles marchandises, tout le temps.

— Et ta bourgeoise ?

Je regarde Lawrence. Il a vraiment dit « bourgeoise » ?

Eddie fait la grimace du type qui vient de sentir une odeur sacrément déplaisante.

— Bof, tu sais, elle arrête pas de jacasser, elle arrête pas. Elle veut que je l'emmène voir sa sœur à Milwaukee, ce printemps. Quand elles sont ensemble, elles font que parler, et patati et patata.

— Ils ont plein de bonne bière par là-bas, fait remarquer Lawrence, histoire de lui faire miroiter une once de réconfort.

— Ouais, de la bonne bière, ouais. Ce que je voudrais, ce que je voudrais vraiment, c'est qu'on m'endorme pendant le voyage pour ne pas avoir à écouter le verbiage de ma femme.

— Difficile, si c'est toi qui conduis, non ?

— Ouais, je sais, je sais. C'est perdu d'avance.

Puis le voilà qui devient soudain très calme.

— Bof, peut-être que ça ira, ouais, ça ira. Ça peut changer d'ici le printemps, non ?

— Eddie, je voudrais te présenter mon copain Zack Walker, fait Lawrence. Zack est journaliste au *Metropolitan*. Il va écrire sur les ventes aux enchères. Il y aura aussi quelques photos.

— Super, ouais, super. C'est un bon journal, le *Metro*, je le lis, je le lis tout le temps.

— Merci, dis-je.

Puis je lui explique que je vais faire un reportage sur le vif à propos de l'achat d'une voiture aux enchères. Il me répond qu'il serait ravi de me consacrer un moment et de me renseigner. Là-dessus, Lawrence s'éclipse pour s'inscrire et jeter un coup d'œil aux voitures disponibles.

Eddie me fait l'article.

— On a des bateaux, des motos, des meubles, des stéréos de luxe, ouais, on a de tout. Des fois, des gens nous communiquent des enchères par écrit. Celui qui propose la plus grosse offre gagne.

— Un peu comme ces enchères silencieuses que le lycée de mon fils organise parfois, pour rassembler des fonds, ce genre de chose.

— J'sais pas, j'ai pas d'enfants, j'en ai jamais eu. Mais les trucs qu'ils vendent au lycée de votre gosse n'ont sans doute pas été saisis à des dealers ou à des trafiquants, si ?

— Non, vous avez sûrement raison.

— Aujourd'hui, nous vendons aux enchères avec un commissaire-priseur. La routine. C'est surtout des 4 × 4 et des berlines, et deux bateaux. De la bonne qualité, vraiment de la bonne qualité. Venez voir, je vais vous montrer, ouais, je vais vous montrer.

On s'approche d'un lot de voitures d'occasion dans lequel ont été rajoutés quelques bateaux, motos et camping-cars.

Je jette quelques notes sur mon carnet.

— Vous en connaissez la provenance ?

— Certaines marchandises viennent d'un gang de motards, des mauvais gars, mais vraiment mauvais. D'autres appartenaient à des vendeurs de drogue, des gros bonnets et aussi des petits trafiquants ambitieux mais qui se sont fait piquer parce qu'ils étaient trop cons. Y a aussi des patrons qui ont boursicoté de travers et à qui on a confisqué leurs BMW classieuses et leurs bateaux. Je connais l'origine de tout ce qu'on a. Ça fait partie de mon boulot et c'est intéressant. C'est toutes les petites affaires de la pègre qui sont empaquetées là, dans ces bagnoles.

— C'est clair.

— Vous pouvez me demander n'importe quoi. Allez, allez, demandez-moi ce que vous voulez. Allez.

— Hum, d'accord.

Je lui montre une Mustang impeccable.

— Dites-moi tout sur celle-là.

— Attendez une minute, une minute. OK, je sais.

Ce brave Eddie semble carburer au super sans plomb.

— Bobby Minor, vingt-quatre ans, a acheté cette caisse avec le blé qu'il s'est fait en dealant du crack dans les quartiers nord. Un V8 sous le capot, vingt-cinq mille kilomètres au compteur. Allez vérifier, allez-y, vérifiez, pour voir si je me trompe.

Un peu malgré moi, j'ouvre la portière et je jette un coup d'œil sur le tableau de bord : vingt-quatre mille sept cent quatre-vingts kilomètres.

— Pas mal du tout !

— Demandez-moi autre chose. Ouais, allez, demandez-moi.

Je ne suis pas sûr de pouvoir supporter ça très longtemps. Bon, allez, je lui accorde encore deux questions.

— Très bien. L'histoire de cette moto, alors.

Très sûr de lui derrière ses lunettes rondes, Eddie fait le tour de la bécane.

— Harley-Davidson, du gang des Snake Eyes, vaguement associés aux Hell's Angels, qui font dans les boîtes à putes. Son proprio, c'était Buzz Crawley, « Casse-Noix » de son petit nom. Vous devinez pourquoi ?

Le rire d'Eddie est tonitruant.

— Allez, devinez, devinez !

— J'ai une petite idée.

— Il allait voir les gars qui devaient du fric au gang, leur serrait les couilles avec une paire de tenailles et les baladait tout autour du parking. À se tordre de douleur, hein ? Ouais, à se tordre de douleur.

Et de rire encore plus fort.

— Oui, à se tordre, c'est ça.

J'ai arrêté de griffonner sur mon carnet.

— Vous voyez cette Land Rover ? Prise à des truands jamaïcains. Cette petite mignonne argentée ? Elle était dans le garage de Lenny Indigo avant qu'il se fasse coffrer. Ce camping-car vert, le Winnebago, c'était…

— Vous êtes imbattable, Eddie ! Maintenant il faut que j'aille bavarder avec des gens qui ont l'intention de faire une offre, pour donner un côté vécu à mon article.

— Bonne idée. Mais si vous avez besoin d'un autre renseignement, je suis à votre disposition.

Il grimace en se penchant vers moi.

— Si vous connaissiez ma femme, vous sauriez pourquoi je passe autant d'heures ici, pourquoi j'évite d'être à la maison. Vous êtes marié ?

— Oui.

— Alors vous me comprenez, hein ? Vous me comprenez, ouais, je vois que vous me comprenez.

— Bon, merci encore !

Et je m'éloigne.

Ce matin, j'ai appelé le service photo du journal pour qu'ils m'envoient un photographe sur les lieux. Dans le temps, j'ai été reporter-photographe pour un autre quotidien, mais mon nouveau patron semble se satisfaire de mes seuls talents d'écriture.

Je repère Stan Wannaker, un de nos meilleurs éléments, le genre de baroudeur qu'on rencontre généralement en Afghanistan, au Pakistan, ou dans un autre de ces pays en « -stan » où les gens se tirent dessus et font péter des bombes parce qu'ils n'ont rien d'autre à faire. À l'évidence, couvrir un événement aussi banal qu'une vente aux enchères de la police n'a rien pour le réjouir.

— Salut, Stan !

Je l'interromps alors qu'il prend la photo d'un type en train d'inspecter une Lexus.

Il me regarde par-dessus le viseur.

— Salut ! Zack ? C'est bien ça ?

Il sort de sa poche sa feuille de reportage bleue pour confirmer notre rendez-vous. Je suis relativement nouveau dans l'équipe et, vu que je déteste avoir du sable dans les chaussures et que la chaleur me donne des boutons, nos chemins ne se sont jamais croisés.

Je ne peux pas m'empêcher de poser la question qui me brûle les lèvres.

— Comment se fait-il que tu bosses sur une histoire comme ça ?

— Je suis là histoire de souffler. Jusqu'à ce que ça pète quelque part, ce qui ne saurait tarder.

Stan est un célibataire d'une quarantaine d'années qui vit dans un minuscule appartement en ville. Contrairement à la plupart d'entre nous, il n'a donc pas d'obligations familiales et peut filer à tout moment au pôle Nord, à Taïwan ou aux Malouines. Son gilet de reporter et son jean semblent flotter autour de sa maigre silhouette.

— Quel genre de photos tu veux, Zack ?

— Je viens d'arriver. Il faut que je parle aux gens pour sentir le truc.

— OK. Je vais fouiner de mon côté. Appelle quand tu as besoin de moi.

Je pars retrouver Lawrence, qui, brochure à la main, examine une décapotable Saab.

— Bonne occase ?

— Pas vraiment.

— Je vais parler à des acheteurs.

— Prends ton temps. La vente ne commence que dans une demi-heure.

Je me promène, carnet et crayon à la main, accostant les chalands. Certains sont des fonctionnaires d'affectations diverses – flics, pompiers, employés de bureau – qui savent à l'avance les dates de ces ventes et ne manquent pas d'y assister. D'autres sont des gens comme vous et moi, inscrits sur des listes de diffusion ou sur des sites qui, moyennant finance, les tiennent au courant des enchères de voitures.

Un comptable me raconte qu'il trouve très cool que sa voiture actuelle, une Lexus, ait appartenu à un dealer de cocaïne de sale réputation.

— Comme ça, je peux baratiner ma copine, ma petite touche d'originalité, si vous voulez.

Un crétin fier d'être un salaud par procuration !

Même si beaucoup de ces voitures partent à des prix imbattables, je n'en vois aucune qui colle à mon budget. La plupart comportent un prix de départ et j'imagine qu'une BMW série 7 vendue vingt-cinq mille dollars est une affaire, mais c'est bien plus que ce que je peux dépenser.

Je viens de bavarder avec un gars qui va enchérir sur une Land Rover 1998 qu'une course-poursuite avec des flics a pas mal amochée.

— Elle ne vaut presque rien, mais je peux entièrement la réparer, me confie-t-il.

Tout d'un coup je tombe sur le modèle compact argent quatre portes qu'Eddie a mentionné un peu plus tôt. Discrètement élégante avec sièges-baquets, toit ouvrant et suffisamment d'espace à l'arrière. Deux personnes semblent également intéressées. Une femme qui, à vue de nez, a dans les soixante ans, et un petit bonhomme chauve bâti comme un extincteur. Quand il passe à côté de moi en tournant autour de la voiture, je remarque qu'il a beau porter un costume sur mesure, celui-ci lui va comme des guêtres à un lapin. La preuve que même en dépensant des fortunes en retouches il est impossible d'améliorer le plus luxueux des vêtements. Il tousse, avale une gorgée de la bouteille de jus de fruits qu'il tient dans sa main droite, tousse encore une fois. De l'index de sa main gauche, il fait cliqueter un porte-clés bien fourni. Sans doute celui de sa femme ou de sa fille : on ne voit pas souvent une poupée Barbie de cinq centimètres ornant le trousseau d'un homme.

— Elle est chouette, hein ? fait la femme, qui vient de remarquer que nous admirons tous les deux la même voiture. La Virtue est bien mignonne. Parfaite pour ma fille.

Je pense moi aussi qu'elle serait parfaite pour la mienne, si le prix convient.

Le bonhomme mal fringué donne des coups dans les pneus, tousse, prend une gorgée de jus et m'observe alors que j'examine l'intérieur de la voiture. J'inspecte le tableau de bord, et les jauges qui sont disposées au centre et tournées vers le conducteur. Il y a plusieurs boutons dont je ne devine pas l'usage, avant de réaliser qu'ils commandent le lecteur de CD. Un lecteur de CD !

Je pars à la recherche de Lawrence.

— Dis-m'en plus sur les Virtue.

— Fabriquées par une boîte japonaise. C'est une voiture hybride.

— Une quoi ?

— Une hybride. Deux moteurs. Un marche à l'essence, l'autre est électrique. Quand tu t'arrêtes à un feu, le moteur électrique se met en route et économise l'essence. Quand tu redémarres, le moteur à essence prend le relais. Économie de carburant et pratiquement zéro pollution.

— D'accord, dis-je en me souvenant de ce que j'ai lu au sujet des hybrides dans les pages autos du journal. Est-ce que c'est le modèle dont les batteries se rechargent automatiquement ?

— Oui. D'ailleurs tu l'as devant les yeux.

— Elle devait appartenir à un dealer particulièrement respectueux de l'environnement. Comme quoi personne n'est totalement mauvais.

— Vrai ! rétorque Lawrence. Par exemple, Hitler était sympa avec son chien.

Il examine à son tour la Virtue.

— Elle a l'air en bon état. Pas trop de kilomètres au compteur. Et on m'a dit qu'elle était d'une grande fiabilité.

— Et la mise à prix est carrément raisonnable, j'ajoute en jetant un coup d'œil sur la liste des modèles en vente.

Je me glisse derrière le volant.

— Elle me plaît.

Je vérifie tout : la taille de la boîte à gants, les vide-poches des portes avant et arrière, le bouton de commande du coffre, celui du toit ouvrant.

— Elle est bien équipée. Et, Lawrence, tu sais ce que j'aime ?

— Dis-moi.

— Le message qu'elle véhicule. Elle annonce que son propriétaire fait attention à la planète, qu'il est pour la préservation de l'écosystème.

— Oui ! Les filles adorent ce genre de truc.

— Certaines.

— Alors tu vas essayer de l'avoir ?

Je suis nerveux. J'ai la bouche sèche et le souffle court, comme chaque fois que je m'apprête à dépenser beaucoup d'argent.

— Je crois que ça vaut le coup. Mais je vais passer un coup de fil à Sarah.

J'extirpe mon portable de ma poche et je compose le numéro du *Metropolitan*.

— Infos générales !

C'est sa voix.

— Salut, c'est moi. Je suis à la vente. Je nous ai peut-être trouvé une voiture.

— Tiens donc...

— Écoute-moi. C'est la perfection. Dépense peu d'essence, idéale pour les trajets d'Angie à la fac et, d'après Lawrence, elle tombe rarement en panne.

— C'est une décapotable ?

— Non.

— Ah bon.

— Dis donc, je te reconnais plus, là !

— Je n'ai pas dit qu'il fallait que ce soit une décapotable. Je demandais, c'est tout. Quelle couleur ?

— Argent.

— J'adore pas, mais ça peut aller. Combien ?

Quand je l'informe que la mise à prix est de huit mille dollars, j'entends presque son souffle se couper.

— C'est à peu près ce que tu m'avais fixé, non ? Si je vois que ça monte trop, je laisse tomber.

— Promis ?

— Juré.

— Et, Zack, fais attention ! Surtout pas de gestes spontanés comme te gratter l'oreille. Tu pourrais te retrouver propriétaire sans même le savoir.

— Je ne suis pas complètement idiot. Oh, merde !

— Quoi ?

— J'ai fait exprès de ne pas prendre mon chéquier. Remarque, c'est sans importance : Lawrence m'a proposé de l'acheter. Je le rembourserai après. Comme ça...

— Je t'interdis de me prendre en photo, connard !

Je me retourne : le petit chauve au trousseau de clés Barbie vient de plaquer sans ménagement Stan Wannaker sur le capot d'une Ford Explorer.

— Connard toi-même, réplique Stan dont les deux appareils suspendus autour du cou se balancent comme d'énormes colliers.

— Donne-moi ta pellicule ! hurle le type.

— Va te faire voir, répond Stan.

Il a l'habitude de fréquenter des sales types, et dans des pays beaucoup plus dangereux que celui-là. Alors pas question qu'il cède à un abruti court sur pattes, mal embouché et mal fringué.

— Je ne te cadrais même pas ! Je prenais une photo d'ensemble. Faut te faire soigner, mon pote !

Le type est face à Stan – enfin, autant qu'il peut l'être avec ses quinze centimètres de moins. Posant sa bouteille de jus de fruits sur le capot de l'Explorer, il plante son index dans le torse de Stan, hurlant et crachant.

— Tu vas me la donner, cette pellicule, oui ou non ?

Stan se recule, sans doute pour éviter les postillons du type.

— Écoute, tête de nœud, je suis là pour le *Metropolitan*. Alors si tu veux ma pellicule, tu n'as qu'à passer par ton avocat. Et si tu ne retires pas ton doigt immédiatement, je te le casse en deux.

Le petit chauve est sur le point d'exploser, ou de cogner. Stan, pourtant téméraire, m'a tout l'air d'être prêt à s'esquiver vite fait en cas de besoin.

Sauf que le chauve semble s'apercevoir qu'il est en train d'attirer l'attention. Délaissant voitures, bateaux et motos, les gens observent la scène en se demandant s'il faut intervenir ou au contraire ne pas s'en mêler. Les lèvres serrées, le type regarde autour de lui en respirant fort par le nez qu'il a aussi aplati que large. Il bouscule Stan une dernière fois avant de se hâter vers la sortie.

Je m'approche aussitôt de Stan.

— Ça va ?

Impassible, Stan vérifie que ses appareils n'ont pas été endommagés.

— Putain ! Pendant un instant, j'ai cru que je me trouvais à un poste de contrôle en Afghanistan.

— Un dingue ! Il pétait les plombs.

— Un poseur de bombes suicidaire qui a oublié la dynamite ! rigole Stan. Il a bien fait de se tirer. Trop de témoins, là. Parfois je suis si violent que je me fais peur à moi-même.

Rassuré, je rejoins Lawrence.

— Allez, on enchérit sur la Virtue. Mais pas au-dessus de huit mille cinq cents dollars. Peut-être huit mille six cents, mais c'est tout. Bon, on va jusqu'à huit mille neuf cents.

Et voilà que je recommence à transpirer.

— Quand tu es stressé, tu es trop mignon, remarque Lawrence.

9

La femme d'un certain âge qui avait des vues sur la Virtue laisse tomber à huit mille huit cents. Quant à moi, je m'abstiens de tout geste intempestif pour qu'on ne m'attribue pas, par erreur, un yacht à cent mille dollars.

Une fois la paperasse remplie, la voiture est à nous. Pas n'importe quelle voiture, mais un modèle économique et écologique. Pourtant, quand je serai à la maison, je me sentirai comme Charlie Brown, le héros de *Snoopy*, avec son arbre de Noël maigrelet.

En réalité, je ne possède pas encore la voiture. C'est Lawrence qui fait le chèque. Quand je l'aurai remboursé à la fin de la journée, il établira le transfert du titre de propriété.

On s'est séparés devant l'hôtel des ventes, Lawrence dans sa Jaguar et moi dans la Virtue. Mon premier trajet va me conduire au journal. Le nombre de kilomètres au compteur est relativement bas. L'habitacle est impec. Aucune trace de cendres sur l'allume-cigare et le cendrier n'a pas l'air d'avoir contenu autre chose que des papiers de bonbon. Un dealer de shit qui ne fume pas ? Incroyable, non ? D'après Lawrence, ce petit bijou de propreté a appartenu à la femme ou à la fille du dealer. Sinon, comment expliquer son état ?

Elle est à peu près de la même taille que notre vieille Civic. Plus élégante ? Oui. Plus nerveuse ? Pas nécessairement. Quand j'appuie sur le champignon pour me glisser dans la circulation de l'autoroute, je la trouve un tantinet, disons... anémique. Cela dit, comme je n'ai jamais eu l'intention d'acheter un bolide, je suis plutôt tranquille : ma nouvelle acquisition me convient parfaitement. En plus, à la moitié du prix du modèle neuf, c'est une super affaire. Il y a des moments où j'ai l'impression que le moteur ne tourne pas tant elle est silencieuse, c'est-à-dire quand je suis arrêté au feu et que le système électrique prend la relève. Ce n'est que lorsque je redémarre et prends de la vitesse que je sais que la voiture fonctionne toujours.

Je trouve une place payante dans la rue, au coin de l'immeuble du *Metropolitan*, et passe les portes où les journaux sortis des presses sont empilés et ficelés avant d'être chargés dans les dizaines de camions. Je fais un détour par la cafétéria du deuxième étage avant de monter à la salle de rédaction, au quatrième.

Mon bureau est en réalité un espace de travail séparé de trois autres journalistes par des cloisons à mi-hauteur. Une fois installé, j'allume mon ordinateur et j'attrape mon carnet de notes dans la poche de ma veste. À peine ai-je tapé la première phrase de ce qui deviendra un article sur les enchères que je sens une présence derrière moi.

Je pivote sur ma chaise et ce faisant me coupe l'index sur la tranche de mon carnet. C'est Sarah.

— Salut, je fais tout en apercevant une fine ligne rouge sur mon doigt.

— Salut. Il s'est passé quoi, pendant que tu me téléphonais ? Tu as raccroché sans prévenir et tu ne m'as pas rappelée. Si tu essaies de me faire avoir un infarctus, c'est gagné.

Sur le moment, je ne vois pas de quoi elle parle. Je n'ai pas l'impression d'avoir écourté abruptement notre conversation. Et puis ça me revient.

— Ah oui ! Un fou s'en est pris violemment à Stan. Rien de dramatique. Il en a vu d'autres.

— Et comment je pouvais le savoir ?

Je n'ai jamais vu ma femme s'adresser aux membres de son équipe sur ce ton.

— On peut parler d'autre chose ? je propose.

Elle prend une profonde inspiration.

— Tu es sur quoi, maintenant ? demande-t-elle, excédée.

Je suce mon index qui brûle atrocement.

— L'article sur la vente aux enchères. Un sujet passe-partout que *Metro* peut publier n'importe quand, avec les photos de Stan.

— OK. Quelle longueur ?

— Environ une demi-page.

— Tu as de la place. On a plein d'espace dans la rubrique de demain.

Bienvenue dans l'univers des médias. Tout le monde se fout du contenu de votre reportage, du moment qu'il est de la bonne taille.

— Et l'article sur Larry ? reprend Sarah. C'est...

— Lawrence.

— D'accord, Lawrence ! Tu vas le faire bientôt parce que j'ai dit au patron que la situation s'était envenimée.

— Tu étais obligée de lui en parler ?

— Oui, Zack ! Si Magnuson l'apprend par quelqu'un d'autre, il m'en voudra de ne lui avoir rien dit. Et je serai grillée à la rédaction.

— D'accord ! Mais j'espère que tu lui as bien expliqué que c'était complètement fortuit. Que je n'avais pas prévu d'être la cible d'un tireur fou.

— Oui, oui. Au fait, il veut te voir.

Mon estomac se serre.

— Tu plaisantes ?

— Il m'a dit : seriez-vous assez aimable pour demander à M. Walker de venir dans mon bureau ? Bien sûr, ai-je répondu. Il n'avait pas l'air enchanté à l'idée que tu aies participé à une fusillade. Enfin, disons aussi qu'il avait du mal à l'imaginer.

— Et pourquoi ? je demande, un peu agacé.

— Il ne te voit pas comme un journaliste va-t-en-guerre, prêt à risquer sa vie pour un reportage.

Et elle ajoute en souriant, la main sur mon épaule :

— Bien sûr, il ne te connaît pas comme moi je te connais. Qu'est-ce qui est arrivé à ton doigt ?

— Je me suis coupé avec une page de mon carnet. Ça fait un mal de chien. Tu as des pansements dans ton bureau ?

Sarah soupire.

— Puisque Magnuson t'a convoqué, ce serait bien de lui présenter de nouveaux éléments.

— On y retourne ce soir. À mon avis, le dénouement est proche et je vais pouvoir emballer le truc.

— Tu ne peux pas l'écrire maintenant ? Tu dois avoir assez à raconter : le cambriolage, le type écrasé. Tu veux quoi de plus ? Ce n'est pas à toi de trouver les types qui ont dévalisé le magasin de vêtements. C'est le boulot de Lawrence. Si ça doit vous prendre encore un mois, c'est trop long. J'ai besoin que tu sois disponible.

— En fait, tu ne veux pas que j'y aille. C'est ça, non ?

— Pas du tout. C'est en tant que chef de service que je te parle.

— Tu mens ! Je le vois bien, ton cou est tout rouge.

— Arrête de regarder mon cou !

Elle prend soudain un air pensif.

— Bon, cela ne marche pas, c'est clair.

— Quoi ? Entre nous ?

— Mais non, idiot ! Notre couple va très bien. C'est notre relation professionnelle qui pose un problème. Le fait que tu dépendes de moi, que tu bosses pour moi. Je déteste ça.

— Tu ne me trouves pas à la hauteur ? Parce que, si tu envisages de me faire une mauvaise évaluation annuelle, je crois qu'on peut trouver une sorte d'arrangement.

Et je lui jette un de mes regards coquins les plus aboutis.

— Oh, tais-toi !

— Je dois admettre que la situation est parfois troublante. Par exemple, quand j'adresse la parole à une autre journaliste, je ne me demande pas quelle est la couleur de ses sous-vêtements.

— Même quand tu parles à Sylvia, de la rubrique Sports ?

— Même à Sylvia.

— Tu es bien le seul ! Je suis sûre qu'elle s'est fait refaire les seins. Mais là n'est pas la question. Puisque tu insistes, sache que, premièrement : ce genre de remarque est contraire au règlement maison sur le harcèlement sexuel. Deuxièmement : de quelle couleur est mon soutien-gorge ?

J'observe sa chemise : bleu marine. Bon, cela ne va pas être facile. En plus, Sarah a les bras croisés.

— Je parie pour le noir avec la fermeture sur le devant, je lance.

Sarah fait mine de réfléchir mais ne dit rien.

— Alors, j'ai raison ?

— Je ne te le dirai pas ! Au fait, j'ai oublié de te demander : comment s'est passée la vente aux enchères ?

Je m'arme de courage, puis je me lance.

— Nous avons une nouvelle voiture.

Sarah marque un temps d'hésitation.

— Combien ?

— Dans nos moyens. Et puis c'est un modèle dont nous pouvons être fiers.

Ma femme lève les yeux au ciel.

— Ne me dis pas que tu as acheté une BM !

— Non, non, pas fiers dans le sens bling-bling. Je parle d'environnement et d'écologie, là.

— Allez, dis-moi, fait Sarah, l'air soupçonneux.

— Une Virtue.

— Une quoi ?

Je fais de mon mieux pour lui expliquer le concept de la voiture hybride.

— Une voiture électrique, conclut-elle, pas vraiment convaincue.

— Moitié électrique seulement.

— Tu nous as acheté une voiture qui a besoin de se brancher ? Et combien tu as dépensé ?

— Pas tellement.

Elle se renfrogne clairement.

— Combien ?

— À peine plus de huit mille.

— Plus ? C'est-à-dire ?

— Neuf cents.

— Dollars ?

— Non, huit mille neuf cents.

— C'est le budget de six mois qui s'envole.

— Ne t'en fais pas ! On va économiser un maximum sur l'essence. Tu verras. C'est une bonne occasion.

Sarah secoue la tête.

— La vie était plus simple quand je ne devais te supporter qu'à la maison.

Elle tourne les talons en direction de son bureau. Et moi, je me remets à taper sur mon ordinateur. Peu après, des mains se posent sur mes épaules et je sens un parfum que je connais bien.

— Tu avais raison.

C'est Sarah, qui se penche vers moi et murmure dans mon oreille.

— À propos de quoi ? dis-je, les yeux fixés sur mon écran.

— Noir, avec la fermeture devant.

Et elle s'en va. Je me serais bien retourné pour lui sortir un commentaire approprié, mais il se trouve que je suis contraint de garder une partie de mon anatomie bien à l'abri des regards sous mon bureau, et ce pour un petit moment.

La tête de Stan apparaît derrière la cloison.

— Tu as bien deviné pour le soutien-gorge. Personnellement, je n'étais pas sûr qu'elle en portait un.

— Stan, comme tu le sais sans doute, Sarah est ma femme.

— Ah ! Je me disais bien aussi !

Il pose une planche-contact sur mon bureau.

— Les photos de la vente. J'ai donné un double à la rédac-chef, au cas où.

Je jette un coup d'œil aux clichés. Grâce au talent de Stan, aux angles de ses prises de vue et à son éclairage, quelque chose d'aussi banal qu'une rangée de voitures devient original.

— Très bien, dis-je.

Stan ne réagit pas. Il est habitué aux compliments de gens bien plus importants que moi.

Un cliché attire mon attention.

— C'est le type ?

— Qui ?

— Celui qui voulait récupérer ta pellicule. C'est lui, là ?

Le petit chauve en colère figure sur le côté gauche de la photo, un peu comme par hasard. En fait, Stan a fait le point sur deux types qui examinent le moteur d'une Pontiac.

— Oui, je crois que c'est lui. Quel con ! Je ne le photographiais même pas.

— Hé, Walker ?

C'est Cheese Colby, le spécialiste des chiens écrasés : un costaud dans les cinquante ans. Et Cheese, nul besoin de perquisitionner son armoire de toilette pour savoir qu'on n'y trouverait pas une once de déodorant.

— Salut, Dick !

— Merci pour le coup de fil de l'autre soir. Donc tu as pigé que c'est moi qui m'occupe du spectacle ? Toi, tu te contentes du bla-bla.

— Pas de problème, Dick. J'espère qu'un jour on me fera suffisamment confiance pour rédiger des grands papiers comme les tiens.

Mais Cheese est imperméable au sarcasme, de toute évidence.

— Tu travailles sur quoi, en ce moment ? il me demande.

— Un sujet.

— Toujours ton truc avec le détective ?

Il se penche sur mon bureau – ce qui m'oblige à retenir ma respiration – et regarde la planche-contact.

— Bordel ! Mais c'est Barbie Bullock ! Qu'est-ce qu'il fout là ?

— Qui donc ?

Je plonge littéralement sur les clichés, pour mieux les voir mais aussi pour échapper aux aisselles de Colby.

Celui-ci pointe le doigt vers le type qui a bousculé Stan.

— Lui. Son vrai nom est Willy Bullock, mais tout le monde l'appelle Barbie Bullock. Il s'efforce de diriger le business de Lenny Indigo depuis qu'il est sous les verrous pour vol et trafics en tout genre.

— Je connais, on voit son nom un peu partout.

— Le second de Lenny, Donny Leppard, a été lui aussi mis au frais. Mais il va sortir dans moins d'un an. Inutile de dire que Barbie, pendant ce temps, se donne un mal de chien pour faire du bon boulot. Il paraît d'ailleurs que Lenny aimerait bien en faire son bras droit à la place de Donny.

— Pourquoi les gens l'appellent Barbie, ce clown ? demande Stan.

— Il les collectionne. Il en a des centaines. De toutes sortes, des plus rares aux plus classiques.

— Sur son porte-clés, il y a une Barbie miniature. J'ai cru que c'était un truc emprunté à sa femme ou à sa fille. C'est marrant, mais j'aurais imaginé qu'un type collectionnant les Barbie s'exposerait aux plaisanteries.

— À ma connaissance, le dernier mec qui a osé se moquer de Barbie a eu quelques soucis : on lui a collé la figure devant l'hélice d'un Evinrude en marche. T'es pas en train d'écrire un truc sur Barbie, j'espère ?

Colby m'observe avec méfiance, comme si j'allais lui piquer son boulot.

— C'est un hasard s'il figure sur une de mes photos, intervient Stan. Avec Zack, on travaille sur un autre sujet. Alors relax !

Tandis que Colby renifle avec suspicion, je me recule, des fois qu'il lui viendrait de nouveau l'envie de se coller contre moi.

— Ça te fait quoi d'avoir emmerdé une figure de la pègre ? je demande à Stan, une fois que Colby est parti.

— Écoute, vieux, quand tu as emmerdé un taliban, tout le reste te paraît de la gnognote en comparaison.

10

En moins d'une heure, j'ai bouclé l'article sur la vente aux enchères, annoncé à la rédaction que je l'avais envoyé au desk, et me voici dans le bureau de Sarah. Elle lit les dernières nouvelles sur son ordinateur.

— Ton mari est là, j'annonce.

— Je sais.

— Cheese Dick est passé me voir.

— Et alors ? demande Sarah en fermant les yeux.

— Il a fait son numéro et puis il est parti. Pour son prochain papier, tu ne pourrais pas l'envoyer enquêter sur les piscines ? Ou sur les soins esthétiques ?

— Je te retrouve plus tard à la maison. Et n'oublie pas de passer voir le directeur de la rédaction avant de quitter le journal.

Je n'ai pas oublié, même si j'ai caressé l'idée de faire semblant. Je déambule jusqu'à son bureau. Sa secrétaire garde l'entrée, comme s'il s'agissait du saint des saints.

— M. Magnuson désire me voir.

— Vous êtes ?

Rien de tel pour vous remonter le moral qu'être considéré comme un inconnu par la secrétaire du grand patron.

— Zack Walker. Je travaille ici.

Elle lui passe un coup de fil d'une voix si basse que je ne comprends rien à ce qu'elle lui raconte.

— Il vous recevra dans un petit moment, m'annonce-t-elle quand elle a terminé.

Je fais les cent pas pendant cinq minutes devant sa porte close, tel un gamin convoqué par le proviseur. Enfin, elle s'ouvre et Magnuson en personne me fait signe d'entrer.

De taille très moyenne, les épaules légèrement voûtées, le crâne orné de cheveux gris, il dégage une certaine élégance. Pourtant, il est en bras de chemise, j'aperçois sa veste qui pend au dos de son fauteuil de cuir, derrière son grand bureau en chêne.

— Monsieur Walker, quel plaisir de faire votre connaissance ! Nous ne nous sommes pas parlé depuis que vous avez intégré le journal, n'est-ce pas ?

— Non, je ne le pense pas.

— Prenez un siège.

Je m'assois en face de lui. Il pousse vers moi un épais dossier rouge, barré d'un gros titre : RÈGLEMENT ÉDITORIAL.

— Avez-vous reçu ce manuel quand vous avez été engagé ?

— Euh... Je crois que oui.

— Je vais devoir le modifier.

— Vraiment ? Et pour quelles raisons ?

— J'ai oublié quelque chose. J'aurais dû y penser avant de le faire imprimer. J'ai été terriblement négligent.

Je ne veux pas lui poser la question, mais je m'y sens contraint.

— Vous avez oublié quelque chose ?

— Oui, j'ai omis de préciser que le personnel du *Metropolitan* ne devait pas participer à des fusillades.

— Ce n'est pas tout à fait exact. J'étais dans la voiture de la personne qui a tiré. Je me suis contenté de tenir le volant pour lui permettre de faire feu.

— Je vois.

Étrangement, cela n'a pas l'air de le rassurer.

— Dites-moi, voilà quelques années, vous avez travaillé pour la concurrence, n'est-ce pas ?

— En effet. J'étais au *Leader*.

Magnuson prend le temps de la réflexion.

— Au *Leader*, les journalistes participaient-ils à des fusillades ?

— Pas régulièrement. Pourtant, une nuit, deux journalistes sportifs qui avaient trop bu ont commencé à se tirer dessus à propos d'un match de hockey sur glace, les Leafs contre les Sabres. J'ignore où ils avaient déniché leurs armes.

Magnuson penche la tête, cligne des yeux.

— Monsieur Walker, est-ce un de vos traits d'humour ?

J'avale ma salive avec un peu de difficulté.

— Si c'était le cas, c'est raté !

— Je me suis renseigné à votre sujet, rétorque Magnuson en se calant dans son fauteuil. Vous savez ce qu'on m'a dit ?

— Je n'ose vous le demander.

— Les gens vous trouvent casse-pieds.

— Vous ne devriez pas croire tout ce que dit ma femme.

J'espère le dérider un peu, mais c'est un fiasco total.

— Lorsqu'on vous a engagé au *Leader*, vous a-t-on fourni un carnet de notes, un stylo, un magnétophone en même temps qu'un calibre 45 ?

— Nullement.

— Je me suis donc dit que si les reporters du *Leader* étaient autorisés à participer à des fusillades et à des courses-poursuites en voiture, vous avez sans doute cru qu'il en était de même à la rédaction du *Metropolitan*. On ne vous a pas prévenu du contraire, quand vous avez été engagé ?

— Comprenez que les événements de la nuit passée sont dus à une suite inhabituelle de circonstances…

Il se penche et agite un doigt vers moi.

— Ici, nous relayons l'actualité. Nous n'essayons pas de la créer. C'est parfait quand nous en sommes les témoins, mais, en général, nous ne tenons pas le volant afin qu'une tierce personne puisse tirer dans tous les sens. Vous comprenez ce que je vous dis ?

— Absolument.

— Très bien. Puisque vous m'avez compris, il est peut-être inutile que je modifie le manuel.

— Oui, je pense que c'est inutile.

— Excellent. Bonne journée, monsieur Walker.

Les choses étant claires, je me lève et quitte le bureau. Je sais désormais qu'il vaut toujours mieux se retrouver au beau milieu d'une fusillade que d'essuyer les foudres de Bertrand Magnuson. Ce n'est pas le type de l'Annihilator qui signe ma feuille de salaire. Si on compte que maintenant j'ai cette nouvelle voiture à payer et les études de ma fille à financer, je pense qu'il n'est pas hasardeux de décréter que ce sont les Magnuson de ce monde qui vous rendent la vie dure.

11

J'ai mal choisi mon moment pour quitter le journal. C'est l'heure de pointe et il me faut plus d'une demi-heure pour rentrer.

Comme je m'approche de la maison, une Jaguar bleue vient dans ma direction. Je m'avance le plus possible dans notre allée pour permettre à Lawrence de se garer derrière moi.

— Timing parfait, dis-je en allant à sa rencontre.

— Suis là pour mon fric.

Il laisse le moteur tourner, pour me faire savoir, j'imagine, qu'il n'a pas le temps de jacasser.

— Attends-moi là ! je dis avant de grimper les marches du perron quatre à quatre.

Sur un des fauteuils en osier de la terrasse, je remarque un sac à dos que je ne reconnais pas, mais je ne m'arrête pas et fonce dans mon bureau récupérer mon chéquier avant de ressortir aussi sec.

— La voiture te plaît ? me demande Lawrence tandis que je remplis un chèque de huit mille neuf cents dollars.

— Jusque-là, ça va.

Il inspecte discrètement la maison et le garage.

— Sympa, cet endroit. Vous n'y êtes que depuis un an, n'est-ce pas ?

— Exact. On a déjà habité dans cette rue avant de tenter une incursion en banlieue.

Je pointe mon doigt vers une des maisons.

— Là-bas !

Au moment de lui tendre le chèque, je vois qu'il plisse les yeux, visiblement captivé par quelque chose au bout de notre allée.

— Tu as de la visite.

— Comment ? dis-je en me retournant.

— Quelqu'un se planque derrière le garage. Je viens de le voir se faufiler.

— Sérieux ?

Il hoche la tête. Nous nous dirigeons vers le garage. Lawrence me fait signe de prendre par la droite tandis qu'il oblique à gauche. S'il est derrière le garage, comme le prétend Lawrence, le mystérieux visiteur aura du mal à nous échapper.

Et de fait, nous nous trouvons rapidement face à un jeune homme – plutôt un garçon d'ailleurs : à peine vingt ans, mince, cheveux blonds ternes coupés court, en jean noir et longue veste noire, avec des lunettes de soleil.

Coincé, je dirais même plus piégé, il devrait être gêné, mais pas du tout ! Il nous scrute d'un air tranquille, limite provocant.

— Vous désirez ?

Je reconnais sa voix.

— C'est toi, Trevor ?

Petit hochement de tête.

— Et vous, vous êtes M. Walker.

Il fait un pas vers moi. À cet instant, je remarque qu'il dissimule quelque chose dans les hautes herbes du jardin.

— Ravi de faire votre connaissance, dit-il.

Comme je ne vois pas d'autre possibilité, je lui serre la main.

— Qu'est-ce que tu viens de planquer ?

— Hein ?

— Par terre ! je précise en pointant mon doigt vers ses pieds.

Trevor s'avance légèrement et nous découvrons un pack de six bières. Des canettes de Budweiser.

— Quelqu'un les a mises là, affirme Trevor.

— Pas toi ?

— Non, pas moi !

— Si tu n'es pas venu cacher des bières derrière mon garage, qu'est-ce que tu fiches ici ?

— J'essaie de retrouver mon chien.

S'il s'adressait à un débile mental, son ton ne serait pas différent.

— Vraiment ! Il se serait égaré entre le garage et la haie ?

Il enlève enfin ses lunettes de soleil et me fixe de ses yeux bleu acier.

— Oui.

— Je ne vois pas de chien.

— Parce que je ne l'ai pas encore trouvé.

Lawrence intervient enfin, sa voix de méchant flic vient mettre un terme à notre petit badinage.

— Trevor, tu habites où ?

Lentement, prudemment, le garçon reporte son attention vers Lawrence.

— Pas loin. J'ai une chambre sur Ainslie, à une centaine de mètres d'ici. Quand je le lâche, mon chien erre souvent dans le coin. Mais je sais comment le retrouver.

— C'est-à-dire ? lâche Lawrence.

— Par satellite, répond Trevor en souriant.

À mon tour d'être sceptique.

— Tu surveilles ton chien par satellite ?

À la manière dont le garçon tourne sa tête vers moi sans se presser, il est clair qu'il nous prend pour des demeurés.

— Oui, par satellite. Grâce à un programme informatique comme on en installe dans les nouvelles voitures.

Il suffit d'appuyer sur un bouton et on entre en contact avec des gens qui savent toujours où on se trouve. Si votre airbag explose, ils vous localisent, envoient une ambulance sur les lieux de l'accident. Bien sûr, je n'aurai jamais une voiture comme ça. Je détesterais que General Motors puisse savoir où je suis à chaque seconde. Et se permette de revendre ce genre d'information. À votre avis, qui dégote les contrats du gouvernement pour mettre au point cette technologie militaire ? Des firmes comme General Motors, évidemment ! La main gauche ignore ce que fait la main droite !

La musique de *La Quatrième Dimension* résonne dans ma tête.

— Tu veux dire que tu as ce programme informatique dans ta poche ?

D'un geste de la main, il nous fait signe de le suivre. Arrivé sur la terrasse, il s'empare du sac à dos inconnu.

Il s'apprête à le poser sur le capot de la Jaguar, mais c'est sans compter Lawrence.

— Pose-le donc par terre, mon vieux.

Trevor ne se le fait pas dire deux fois. Lawrence a quelque chose dans la voix qui enlève toute velléité de rébellion, même quand, comme Trevor, on se prend pour un dur.

En ouvrant son sac, il lève tout de même la tête vers Lawrence.

— Puis-je savoir qui vous êtes ?

— Je m'appelle M. Jones.

Trevor se tourne vers moi.

— Un ami à vous ?

Je le dévisage. Il ne manque pas de culot, ce gamin ! C'est quand même lui qu'on vient de surprendre sur une propriété privée !

— Quel est votre métier, monsieur Jones ? Je parie que vous êtes flic.

— Tu t'y connais en flics, n'est-ce pas, Trevor ?

— Non, mais je sais reconnaître un représentant de l'autorité quand j'en vois un. À votre démarche, à votre voix. Vous vous attendez à ce qu'on obtempère.

— J'étais un policier. Désormais, je suis ce qu'on appelle un indépendant.

— Vous voulez dire un agent de sécurité ?

On est mal partis ! Si Lawrence décide de lui régler son compte, j'espère qu'il fera cela proprement.

Mais au contraire il reste parfaitement calme.

— Non, fait-il d'un ton glacial, je suis détective privé.

Trevor écarquille les yeux.

— Pas mal ! C'est la première fois que je rencontre un détective privé. Auriez-vous un permis ou une carte que je pourrais voir ?

— T'as envie que je t'écrase la tête par terre ?

Trevor reste de marbre. Pourtant, au lieu de continuer à fanfaronner, il prend un ton plus conciliant.

— J'aimerais simplement savoir si vous avez le droit de m'interroger. M. Walker, lui, est sur son domaine, cela l'autorise à me demander la raison de ma présence ici et je comprends qu'il soit contrarié. Mais je ne comprends pas votre rôle à vous.

Il n'y a pas à dire : ce gosse a du cran.

Lawrence scrute Trevor, tel un cobra prêt à se précipiter sur sa proie. Puis, sans se presser, il sort de la poche de sa veste une carte de visite qu'il lui tend.

— Tiens, dit-il, tu peux te la foutre au cul !

Trevor jette un regard sur la carte, sourit et la glisse dans son jean.

— Merci.

— De rien. Un jour, si tu veux qu'on prenne ta femme en filature parce que t'es cocu, fais-moi signe.

Trevor lui décoche un nouveau sourire.

— Ce ne sera pas utile. Il existe maintenant tant d'autres façons de savoir exactement ce que font les gens que les types comme vous se retrouveront bientôt au chômage.

— Et si tu nous montrais ce que tu trimballes dans ton sac ? je demande.

Il en extrait un ordinateur portable dont l'écran est déjà allumé.

— Connexion Internet sans fil, explique Trevor. Cela me permet de l'utiliser partout.

— Incroyable ! je m'exclame. Mais dans quel but ?

— Regardez ! Voici le plan du quartier.

Je me penche. Lawrence fait de même. Trevor a raison. On voit clairement Crandall et ses alentours dans un rayon de cinq cents mètres. Ainsi qu'un point lumineux qui se déplace.

— Qu'est-ce que c'est ? je demande.

— C'est Morphée.

— Morphée ?

— Mon chien. C'est son nom. Je crois qu'il revient par ici.

Le point lumineux semble traverser l'avenue.

— Il doit pourchasser un écureuil. Ou chercher un endroit pour faire pipi.

— Comment ça marche ?

Trevor hausse les épaules pour signifier que ce n'est pas sorcier.

— Il porte un petit émetteur dans son collier qui envoie un message vers un satellite, et je le récupère ici.

Trevor se tourne vers Lawrence.

— Je suis sûr que vous utilisez ce genre de matériel, dans votre boulot.

Son ton implique clairement qu'il n'en croit pas un mot. Lawrence préfère se taire.

Je ne suis pas convaincu. Jusqu'au moment où Trevor se met à crier.

— Morphée ! Viens ici, mon chien !

Déboule une chose miteuse et noire, haute comme un mouton, de race mélangée, un cinquième bouledogue et le reste de provenance indéterminée. Il saute dans les bras de Trevor.

— Salut, Morphée ! Tu sais que je ne t'ai jamais perdu de vue !

Il jette ses bras autour du cou de son chien, colle son visage contre sa gueule, sans s'occuper de la bave qui coule sur sa veste. Il nous désigne un petit disque de la taille d'une pièce de monnaie rivé au collier de l'animal.

— C'est ça.

— Tu te l'es procuré comment ? je demande.

— Par mon père, dit Trevor en se relevant. Il est dans l'informatique. Il est riche. Il m'envoie des tas de gadgets par la poste.

— Tu n'habites donc plus avec tes parents ?

— Nous avons décidé d'un commun accord qu'il était préférable que je vive seul.

Lawrence intervient.

— Trevor, arrête tes conneries. Tu n'es pas venu ici pour retrouver ton chien.

— C'est vrai, répond Trevor. J'espérais tomber sur Angie, pour lui montrer ce petit joujou. Et aussi voir si elle aimerait mon chien.

— Angie n'est pas là, dis-je sans en être certain.

Je n'ai fait qu'entrer et sortir de la maison. Si elle est là, sachant que Trevor l'attend dehors, elle se cache sans doute au sous-sol.

— Tant pis, je lui passerai un coup de fil plus tard.

Il remet ses lunettes, glisse son sac sur son épaule.

— Allez, Morphée, on se tire !

Lawrence et moi le regardons en silence, tandis qu'il se dirige vers Crandall Street, son chien trottinant sagement à côté de lui. Arrivé à l'angle, il monte dans une vieille Chevrolet noire. Morphée bondit sur la banquette arrière. Sa voiture est une épave et son pot d'échappement fait un boucan d'enfer. Il passe devant nous sans nous regarder.

Lawrence scrute attentivement la Chevrolet et se dirige vers sa Jaguar.

— Je vais demander un contrôle sur ce gosse. Que ça te plaise ou non.

Après ma première rencontre avec Trevor, je ne peux pas dire que je sois fou de lui.

— Ce n'est pas moi qui t'en empêcherai !

Lawrence prend place derrière son volant.

— Je t'appelle plus tard, faut que j'aille préparer le terrain à Brentwood's. J'en ai déjà parlé à la police. Dès qu'on repère quelque chose, si ça arrive, je les préviens. Pas de poursuite infernale, ce soir.

— Parfait.

J'ai droit à un petit signe de tête, et il s'éloigne.

Au même moment, Paul apparaît au coin de la rue. Il ne porte ni lunettes de soleil ni trench-coat noir. Bref, un gosse normal. Le sac à dos sur l'épaule, il revient du lycée.

— Salut ! me dit-il.

Puis il aperçoit la Virtue. Il stoppe net et l'examine avec attention. Pas question que je l'autorise à la conduire, alors qu'il n'a pas encore son permis. Je me prépare à une bagarre serrée.

Je me trompe sur toute la ligne !

— Ne me dis pas que t'as acheté ça ?

— Mais si. Aujourd'hui, à une vente aux enchères. C'est une voiture formidable. Tu as des objections ?

— Tu ne crois quand même pas que je vais conduire une caisse pareille quand j'aurai mon permis. C'est un modèle pour les écolos. Ça m'étonne que tu aies pu monter la côte jusqu'ici. Elle a rien sous le capot.

— Elle a un toit ouvrant.

Mais il ne m'entend pas. Il se dirige vers la maison en secouant la tête de droite à gauche, totalement dégoûté.

Être le seul à vouloir sauver la planète, ce n'est pas toujours une sinécure !

12

J'entre dans la maison derrière Paul.

— Angie ! je crie en montant l'escalier jusqu'au premier étage.

Je frappe à sa porte.

— Angie, tu es là ?

Pas de réponse. Je l'entrouvre tout doucement.

— Angie, tu es rentrée ?

Sa chambre est vide. Je redescends, j'aperçois vaguement Paul dans la cuisine et je passe ma tête dans l'escalier qui mène au sous-sol.

— Angie ? je répète.

— Elle n'est pas là ! affirme Paul.

C'est évident. Je m'appuie contre le plan de travail de la cuisine pour réfléchir et surtout pour me calmer. Mon cœur bat un peu vite après ma course à travers toute la maison. Au fond, je suis quand même rassuré qu'elle ne soit pas tombée sur Trevor. Il n'en reste pas moins que j'ignore où elle est.

— Papa, dis-moi ? À la vente, ils n'avaient pas une BM bon marché ?

— Où est ta sœur ?

Paul me regarde de son air supérieur.

— En cours, évidemment ! Elle ne peut pas être encore rentrée.

Idiot que je suis !

— Bien sûr ! Elle ne peut pas être ailleurs !

Je me ressaisis et sors une bière du frigo.

— J'peux en avoir une ?

— Non.

— Ça ne serait pas ma première, tu sais. Et puis il vaudrait mieux que je boive une petite mousse sans me cacher, en compagnie de mon père.

Soudain, je me rappelle le pack de six dissimulé dans les hautes herbes.

— Parce que tu bois en douce ? Tu en achètes en cachette ?

Il rougit.

— Bien sûr que non.

— Si c'est le cas…

Le téléphone sonne. Je saisis le combiné.

— Allô ?

— Salut, papa !

— Angie ! je m'exclame d'un ton un peu trop enthousiaste. Nous étions justement en train de parler de toi.

— Nous qui ?

— Paul et moi. On se disait que tu étais sans doute en cours.

— Ben oui. Je suis à la fac, ajoute-t-elle, un peu gênée.

— Je sais, je sais. On pensait à toi, rien de plus.

— Est-ce que maman est là, par hasard ?

— Non, elle est au journal. Je peux faire quelque chose pour toi ?

Je perçois un vague soupir annonciateur de négociations.

— Je peux avoir la voiture, ce soir ? J'ai une tonne de choses à faire, des courses au centre commercial, des recherches pour un devoir et…

— J'ai une surprise ! On a une nouvelle voiture.

Je sens Angie hésiter au bout du fil, comme si elle craignait d'avoir mal compris.

— Tu es sérieux ? Pas pour remplacer la Camry, mais une vraie seconde voiture ?

— Absolument.

— Extra ! Quel genre ?

— Tiens ! Je te propose de venir te la montrer. Ensuite, je te ramènerai à la maison.

— Si tu veux.

— Je te préviens, elle ne va peut-être pas te plaire. Certains membres de la famille n'ont pas applaudi en la voyant.

Je surveille Paul du coin de l'œil. Il a pris une bière dans le frigo et fait semblant de la décapsuler en guettant ma réaction. Je fais non de la tête.

— L'important, c'est qu'elle ait quatre roues ! dit sagement Angie. Passe me prendre devant le Galloway Hall à cinq heures et demie, à la fin de mes cours.

J'ai à peine le temps d'ordonner à Paul de remettre la bière à sa place que le téléphone sonne à nouveau. C'est Sarah.

— Le séminaire commençant de bonne heure demain matin, le journal nous offre une nuit d'hôtel afin d'être frais et dispos. Ça nous évitera de nous lever aux aurores et de nous taper une heure et demie de route à l'aube.

— Sympa !

— Je quitte donc le bureau à l'instant et je passe à la maison pour prendre quelques affaires. J'avalerai un truc sur le pouce et puis Bev... Tu vois qui c'est ? la responsable de l'étranger ?

— Oui.

— Bev assiste aussi à ce séminaire. Elle viendra donc me prendre vers six heures et nous partirons ensemble.

Il est déjà quatre heures passées.

— Si tu arrives avant cinq heures, on se croisera. Mais j'ai promis à Angie d'aller la chercher à cinq heures et demie. Je vais préparer le dîner.

Quand Sarah apparaît, un rôti de porc aux champignons mijote sur le feu. Elle s'affale sur une chaise de la cuisine.

— J'ai vu la voiture dans l'allée.

J'attends la suite.

— Elle est plutôt mignonne.

— Tu le penses vraiment ?

— Ouais. Elle va nous être utile. Mais je n'ai pas trouvé la prise pour brancher le câble électrique.

— Seulement quand elle est en panne d'essence.

— Elle me plaît bien, admet Sarah. Angie va l'utiliser pour aller à la fac. Une bénédiction.

— Sauf que Paul la déteste, dis-je.

Sarah hausse les épaules. Il arrive un moment où l'on ne peut tout simplement plus se préoccuper de ce qu'un adolescent aime ou déteste.

Une fois que tout est prêt, j'appelle Paul pour le dîner. Mais celui-ci s'empare de son assiette avant de filer au sous-sol. Vu que pour ma part je mange debout près de l'évier, Sarah est finalement la seule à être convenablement assise à table. Cependant, comme elle est pressée, elle ingurgite sa tranche de rôti à la vitesse d'une gamine qui ne veut pas faire attendre son petit ami.

— Devine qui j'ai vu rôder derrière la maison, quand je suis rentré !

Sarah me regarde, la bouche pleine.

— Hein ? grogne-t-elle.

— Trevor Wylie.

— Hein ?

— Absolument.

Je lui rapporte la conversation que j'ai eue avec Lawrence et le garçon. Je lui parle du chien Morphée. Du programme informatique, du pack de six bières.

Sarah avale un grand verre d'eau pour faire passer toute sa nourriture.

— D'après ce que tu me dis, il n'a pas l'air très net, mais en même temps il y a des tas de jeunes dans son genre. Et puis ils évoluent. Il est sans doute inoffensif.

— Tu devrais faire sa connaissance.

— Tu te souviens ? Au début ? J'habitais sur la route 74. Un soir tu es venu avec l'intention de grimper jusqu'à ma chambre. Quand tu as escaladé la haie, tu as déchiré ton pantalon...

— Je sais ce que tu vas me raconter.

— Tu l'as déchiré en passant de l'autre côté et tu as continué les fesses à l'air.

— Je ne comprends pas...

— Quand mon père a entendu ton raffut, il est sorti voir ce qui se passait et il t'a trouvé en caleçon.

Un souvenir qui continue à me torturer.

— Sauf que tu t'intéressais aussi à moi, alors qu'Angie n'en a rien à faire, de Trevor.

— Faux ! À l'époque tu ne m'intéressais pas !

— Vraiment ?

— Oui, vraiment. Mais je me suis habituée à toi. Et j'ai eu beaucoup de mal à convaincre mon père de m'autoriser à fréquenter un garçon qu'il avait trouvé en caleçon dans notre jardin !

— Tu racontes n'importe quoi ! Je portais une chemise très longue qui me descendait presque jusqu'aux genoux, personne n'a vu mon caleçon.

Sarah hoche la tête.

— Tu as raison. Tu étais l'image même de la dignité.

— Donc, tu trouves ça normal que Trevor se promène dans notre jardin ?

— Il avait son pantalon ?

— Oui.

— Alors tu n'as rien à dire !

Je termine mon repas, rince mon assiette dans l'évier et l'abandonne là. Ce n'est pas le moment de dévoiler à Sarah mon programme pour la soirée.

— Je dois y aller, dis-je en l'embrassant. Tu trouveras sur le comptoir une note détaillée de mes faits et gestes des deux prochains jours. Et tu pourras toujours me joindre sur mon portable.

Sur ce, je sors en courant. La Camry de Sarah bloque notre nouvelle Virtue, ce qui m'oblige à un nombre considérable de manœuvres.

La circulation étant fluide, il me faut moins d'un quart d'heure pour atteindre la fac. Je profite de cette belle soirée pour ouvrir le toit et laisse parfois pendre ma main pour sentir la brise.

J'ai oublié qu'il faut payer un péage pour pénétrer sur le campus. Je proteste auprès du gardien qui me remet un ticket.

— Je viens seulement chercher quelqu'un.

Il me regarde sans me voir. Ce genre de plainte, il doit l'entendre à longueur de journée.

— Si vous ressortez dans moins de cinq minutes, c'est gratuit.

Comme je suis dix minutes en avance, je vais en être de ma poche. Je prends mon ticket et m'avance lentement sur le vaste campus aux immeubles couverts de vigne vierge. Avec son moteur de machine à coudre, la Virtue parcourt en silence les rues étroites, dont certaines sont pavées.

Je me gare le long du trottoir, à peu de distance de Galloway Hall. Vu qu'Angie ignore la marque de la voiture, le mieux c'est que je sorte de la Virtue pour qu'elle me repère. Je me cale donc contre la carrosserie en me tournant vers la porte.

Un quart d'heure plus tard, Angie fait son apparition. Elle m'aperçoit, agite la main et se dirige vers moi. J'ai droit à un petit baiser, après quoi elle se recule pour inspecter la voiture.

— Elle me plaît.

— Dis-le à ton frère.

— T'occupe pas de lui ! Alors, je peux m'en servir pour la fac ?

— Pas tous les jours, mais quand tu en auras vraiment besoin.

— Je peux l'essayer ? me demande-t-elle en en faisant le tour.

Je l'observe et, pour une fois, je me sens l'esprit totalement tranquille. Elle est ici, avec moi, en toute sécurité, loin de Trevor. Tandis qu'elle inspecte la Virtue, je lui trouve un air adulte.

Je lui lance les clés et, sitôt derrière le volant, elle joue avec les différents boutons.

— Phares, radio, lecteur de CD ? C'est ça ?

— On dirait bien.

— Et un toit ouvrant. J'adore les toits ouvrants. C'est notre premier !

Angie tourne la clé, penche la tête, semble perplexe.

— Je n'entends rien. Elle a démarré ?

— Ne t'en fais pas. Elle a bien démarré. Passe la vitesse et roule !

Elle suit mes instructions et nous voilà partis.

— Elle est tellement silencieuse ! C'est dingue !

— Oui, je sais. À propos, tu es au courant ? On doit payer pour entrer sur le campus chercher quelqu'un.

— Oui, quelle bande de cons ! Mais ne t'en fais pas.

— Qu'est-ce que tu veux dire ?

— Je connais une autre sortie.

— Tu es sérieuse ?

Elle a un petit sourire narquois, comme lorsqu'elle était enfant et qu'elle volait le goûter de son petit frère. Un sourire qui signifie qu'elle a des secrets, qu'il existe une part de sa vie dont je ne sais rien.

— Tu passes par ici en longeant le côté de Galloway – elle tourne à droite – jusqu'à une allée étroite.

— Devine qui était à la maison, quand je suis rentré !

— Oh non ! C'est pas vrai !

— Il a prétendu qu'il cherchait son chien.

— Quel genre de chien ?

— Un clébard miteux, je ne peux pas dire mieux. Ils vont très bien ensemble.

— Oh ! Tu sais, je ne le déteste pas vraiment. Mais il est un peu trop zinzin pour moi. Ce look veste noire et bottes, c'est pas mon style. Ah ! La voilà !

Elle ralentit, tourne dans une allée pavée à peine plus large que la voiture, et roule maintenant au pas.

— Qu'est-ce que tu fabriques ? Où va-t-on, bon sang ?

— C'est ma sortie secrète. Je ne paie jamais le parking.

— Mais ce n'est même pas une route. Juste un chemin. Et puis ta mère et moi, on te donne toujours de l'argent pour payer le parking.

— Si ça vous plaît de financer mon parking, je ne vais pas refuser. Je mets l'argent de côté pour mes frais éducatifs.

— Pour faire la fête, par exemple ?

— Pas du tout !

Elle regarde droit devant elle.

— Un de ces jours, ils vont s'apercevoir du truc et fermeront l'issue. J'aurai alors besoin de l'argent.

— Ça mène où ?

— Sur Edward Street. Il y a une petite chaîne au bout qu'il suffit d'enlever. En général, il n'y a pas de cadenas.

— Il y a plutôt intérêt, sinon tu vas devoir faire la plus longue des marches arrière.

Comme je l'ai dit, ce chemin à peine plus large que la Virtue se faufile entre Galloway Hall et un autre immeuble. Les véhicules utilitaires ne peuvent pas l'emprunter à cause des ponts couverts de vigne vierge, leurs arches sont si basses que je pourrais les toucher en sortant ma main. Je ne suis pas content.

— Angie, tu as tort de resquiller.

— Oh, papa, toi et ta mentalité de boy-scout ! Tu te fais de la bile pour tout. Je suis étudiante. Je dois économiser sur tout ce que je peux.

— Et le ticket qu'on te donne quand tu entres ? Il n'est jamais validé ou vérifié ? Un jour, tu donneras au péage un vieux ticket et tu devras payer des centaines de dollars de parking. Voilà ce qui te pend au nez !

Angie me tapote le genou.

— Allez, papa, prends tes calmants. Et va enlever la chaîne.

Je lui obéis, mais je tremble de peur à l'idée d'être découvert et arrêté par les types de la sécurité. Angie avance, je remets la chaîne à sa place et remonte à côté d'elle.

— Qu'est-ce que tu me disais sur Trevor ? demande-t-elle en tournant sur Edward Street.

— Il a un drôle d'ordinateur qu'il veut te montrer.

— Tous les prétextes sont bons ! Il en invente tous les deux jours. Il m'a appelée cet après-midi en se faisant passer pour Neo. Tu te rends compte !

— Neo ?

— Papa, tiens-toi au courant ! Le personnage de *Matrix*. Oh, mon Dieu ! Papa ! Promets-moi de ne rien faire d'idiot.

— Tu veux dire comme avec…

Je cherche désespérément le prénom de Maître Nageur.

— C'est ça.

— J'en suis encore désolé. Je sais que tu m'en as voulu pendant longtemps.

— Tu m'étonnes !

— Et je regrette que vous ayez rompu à cause de moi.

— Bof ! Je sors vaguement…

Elle s'arrête là.

— Tu sors vaguement avec ? j'insiste.

— Laisse tomber, dit-elle avec un petit sourire en coin. Dorénavant, tu n'en sauras pas plus que nécessaire. Et il se trouve qu'en ce moment tu n'as pas besoin d'être au courant.

Elle accélère un peu.

— Elle est sympa, cette voiture, mais elle manque de nerfs.

Avec patience et pédagogie, je lui explique le fonctionnement d'une hybride.

— Alors elle a des piles à l'intérieur ? demande Angie. Comme la télécommande.

— Non, pas ce genre de piles. De grosses batteries qui se rechargent constamment pour alimenter le moteur électrique qui remplace le moteur à essence. C'est bon pour l'environnement, tu vois ?

— On pourrait fourrer dedans nos détritus à recycler ?

Une fois à la maison, je lui dis que son dîner l'attend dans la cuisine.

J'ai droit à une grimace contrite.

— Je sors, ce soir. Je dois me changer.

Elle disparaît dans sa chambre.

Paul, qui nous a entendus rentrer, crie depuis le sous-sol :

— Papa ! Un certain Lawrence a téléphoné. Il faut que tu le rappelles !

Je m'exécute aussitôt.

— Dis-moi, l'heureux propriétaire de deux voitures, peux-tu te propulser jusqu'à Brentwood's ? J'ai des bricoles à faire et je te rejoindrai directement pour notre planque.

— À quelle heure, notre rendez-vous ?

— Je dirais vers les onze heures. Ne te gare pas devant le magasin, mais dans une rue adjacente.

Voilà qui me convient parfaitement. Plus c'est tard, plus j'aurai de temps pour mettre au point ce plan qui germe dans ma tête et dont je n'ai pas parlé à Sarah.

— Ce sera mon dernier soir. Au journal, ils s'impatientent et Sarah est morte de peur à l'idée que je traîne avec toi.

Lawrence ricane un peu.

— Je ne suis pas très optimiste. Après la corrida d'hier soir, nos amis du 4 × 4 risquent de faire profil bas. Mais qui sait ? Je me suis bien gouré, hier.

— C'est vrai.

— Au fait, à propos de ce Wylie, figure-toi qu'après notre rencontre j'ai glané quelques infos.

— Tu es sérieux ? je murmure en dissimulant le téléphone, comme si je ne voulais pas que les enfants m'entendent...

... alors que je suis seul dans la pièce.

— Qu'est-ce que tu as découvert ?

— Je préfère t'en parler plus tard, quand on se verra. Ça me donnera le temps de vérifier une ou deux choses.

— Tu ne veux vraiment rien me dire ?

— Ça peut attendre. Au fait, autant se retrouver devant le Doughnut Palace vers dix heures trente. Je serai dans ma Buick. Le garage a réussi à remplacer ma vitre.

Il raccroche.

Merde ! Il aurait quand même pu me mettre au parfum ! Ma fille est poursuivie par un dingue et lui, il ne m'en parlera que « plus tard » !

Je songe un instant à le rappeler, mais je renonce. Il enquête sur Trevor bénévolement, pour me rendre service, je ne vais pas me montrer exigeant. Il est néanmoins clair comme de l'eau de roche qu'il a découvert quelque chose sur ce garçon. Il faut donc que j'agisse, et au plus vite. Quand je retrouverai Lawrence ce soir, il est possible que moi aussi j'aie des informations à lui communiquer.

Je n'ai pas des tonnes de préparatifs à faire avant de passer à l'action. D'après Lawrence, un détective amateur n'a pas besoin de grand-chose, si l'on excepte l'indispensable bouteille pour pisser pendant une planque.

J'entre dans le débarras situé entre la cuisine et la porte de derrière, où l'on entrepose les deux poubelles de recyclage : une pour les bouteilles et les boîtes métalliques, l'autre pour les journaux. La première ne contient que la bouteille en verre de jus de pomme Snapple que j'ai jetée hier matin. J'ai encore des efforts à faire pour que cette famille se soucie enfin de l'avenir de la planète !

Je plonge ma main et m'empare de la bouteille. Elle a encore son bouchon, cela fera l'affaire. Me voici prêt pour ma première planque.

13

La chance est avec moi : quand je suis revenu à la maison en compagnie d'Angie, Sarah était déjà partie pour son séminaire. Je n'aurais pas su comment lui expliquer mon plan, l'incident avec Maître Nageur est encore trop frais dans les esprits. J'imagine la scène.

— Où vas-tu ? me demande Sarah.

— Oh, simplement suivre Angie comme son ombre pour voir si Trevor la harcèle.

— Bon, amuse-toi bien !

Pure fiction ! Il est évident que Sarah désapprouverait mon idée. Une intrusion dans la vie privée d'autrui. Une attitude inqualifiable. Que rien ne justifie, pas même mes inquiétudes au sujet d'Angie.

Elle n'aurait pas tort. Peut-être.

Mais la question n'est pas là. Je ne cherche pas à découvrir ce que fait ma fille. Mais ce que fait Trevor Wylie. Et la façon la plus simple de l'apprendre est de la surveiller. Je n'ai pas besoin de connaître l'emploi du temps de Trevor minute par minute. Je veux seulement savoir s'il a Angie dans le collimateur.

Bien sûr, je pourrais être franc avec elle. Lui parler de mon plan. Lui dire de ne rien changer à ses habitudes. Lui expliquer que je ne cherche pas à m'immiscer dans sa vie.

Mais cela poserait pas mal de problèmes. Angie est presque une adulte maintenant, l'idée que son père suive ses moindres faits et gestes pourrait lui déplaire. Non, à bien y réfléchir, je ne vois pas trop comment la persuader du bien-fondé de la chose. Le mieux est donc de ne rien dire et d'agir seul. Voir où cela me mène. Puis, en fonction du résultat, je pourrai toujours lui en parler, surtout s'il y a des décisions à prendre. Comme celle de faire appel à la police. Au cas où Trevor Wylie constituerait une réelle menace.

Une demi-heure après notre retour, Angie redescend l'escalier quatre à quatre. Remaquillée, coiffée, changée. Elle est superbe, je l'avoue, mais comme bien des pères, la beauté de ma fille n'est pas qu'une source de contentement. Bien sûr je suis fier d'elle, mais la vérité c'est que je n'en dors plus la nuit.

— Je sors dans deux minutes ! dit-elle.

Je suis dans le salon. Nonchalamment allongé sur le canapé, je regarde les infos en buvant du café. L'image même du père cool.

— Tiens, je dois sortir moi aussi ! dis-je.

Ça y est, le moment est venu de déclencher l'Opération Trevor.

Je me lève et j'attrape mon blouson dans la poche duquel j'ai déjà glissé la bouteille de Snapple. Elle dépasse très nettement.

— Où vas-tu ? demande Angie.

— J'ai quelques courses à faire avant de retrouver Lawrence, ce détective privé dont je fais le portrait pour le journal.

Elle remarque la bosse dans mon blouson.

— Qu'est-ce que tu as dans ta poche ?

— De l'eau minérale, au cas où j'aurais soif.

Au moment où je m'apprête à sortir, Paul apparaît.

— Où tu vas ?

— Je viens de le dire à ta sœur. J'ai deux bricoles à faire avant de rejoindre Lawrence Jones.

Alors que je commence à me sentir coupable de mentir à mon fils, je pense au pack de bières. Je suis pratiquement sûr qu'il était caché là pour Paul. Trevor a l'âge d'acheter légalement de l'alcool et c'est lui qui ravitaille mon fils.

Il va falloir que Paul et moi ayons une petite conversation. Mais pas maintenant. Des choses plus urgentes m'attendent. J'ai du pain sur la planche. Tel Philip Marlowe, le célèbre privé, je vais m'aventurer dans la nuit pour combattre les forces du mal…

Paul me ramène à la réalité.

— Et si j'ai une urgence, moi ? Angie se tire, tu sors, maman n'est pas là et il n'y a pas de voiture.

Je pêche un billet de vingt dollars dans mon portefeuille et le lui tends. Paul le contemple, incrédule.

— Si tu as un problème, prends un taxi, dis-je.

— Un taxi ? Pour de bon ? Et si finalement je décide de ne pas sortir ?

— Alors tu me rendras mes vingt dollars.

— Non, je suis quasiment sûr que je vais avoir besoin de sortir.

Angie m'interpelle depuis la cuisine :

— Je peux avoir la Virtue ?

Je jette un coup d'œil dans l'allée : la Virtue bloque la Camry. Comme je ne veux pas perdre du temps à changer les voitures de place, je refuse.

— Non, j'en ai besoin.

— Dommage ! Le toit ouvrant va me manquer.

Je leur dis au revoir, m'installe au volant de la Virtue, place la bouteille de Snapple dans le porte-gobelet et mets le contact.

Peuh ! Peuh ! Peuh !

Putain ! Je tourne la clé une nouvelle fois.

Peuh ! Peuh ! Peuh !

C'est quoi, ce bordel ! Ma nouvelle voiture refuse de démarrer. J'essaie une troisième fois et… elle démarre. Bon, j'ai de la chance. Je descends notre allée et tourne à gauche sur Crandall. Dès que je suis hors de vue de la maison, j'appuie sur l'accélérateur. Dire que la voiture bondit serait mentir ! Ça doit être caractéristique des hybrides ! L'espace d'un instant, je crains de ne pas faire le tour du pâté de maisons assez vite pour suivre le départ d'Angie, mais peu à peu la Virtue atteint sa vitesse de croisière. J'arrive pile au moment où Angie sort en marche arrière de notre allée et tourne à gauche sur Crandall. Bon. Tout marche à la perfection. Je suis excité comme une puce. J'entre dans la peau du personnage. Je me surprends même à murmurer : « Salut, ma belle ! » dans ma barbe. Comme Sam Spade dans *Le Faucon maltais*. Ou c'était Philip Marlowe ?

Je vérifierai plus tard.

Ce que j'ignore et ce dont je ne m'aperçois que lorsque Angie arrive au bout de la rue, c'est que le feu rouge de la Camry ne fonctionne pas du côté gauche. C'est ennuyeux par principe, mais le fait est que cela va me faciliter la tâche pour la suivre à une certaine distance.

Une autre chose contrariante dont je me rends compte, c'est qu'Angie néglige d'utiliser les clignotants. Rien quand elle tourne au bout de Crandall, puis rien encore quand, un kilomètre plus loin, elle vire à gauche.

Je vais devoir lui en parler.

Enfin, dès que j'aurai trouvé le moyen de lui expliquer comment je m'en suis aperçu. C'est la faute de Sarah. Angie a dû hériter de son mépris des règles de conduite.

Non seulement je surveille la Camry mais aussi les voitures alentour, à la recherche de la Chevrolet noire de Trevor Wylie. Mais, pour l'instant, rien à signaler.

Angie tourne dans Elmdale, une longue rue avec des cafés, des restaurants exotiques et tout un tas de boutiques. Je laisse passer plusieurs voitures quand l'unique feu rouge de la Camry s'allume. Ma fille cherche à se garer. Je me glisse dans un espace où il est interdit de stationner, le temps de voir quels sont ses plans. Une Jeep Wagoneer, une Mazda, une Mini Cooper dernier cri passent à côté de moi. Je scrute le visage des conducteurs. Sait-on jamais, Trevor aurait pu changer de véhicule ! Deux femmes et un homme plus âgé occupent la Cooper. Ce monsieur doit sans doute vouloir retrouver une seconde jeunesse.

Angie tente de se garer le long du trottoir, mais même de là où je me trouve, il est évident que la place est trop petite. Après deux essais infructueux, elle redémarre et la chance lui sourit. Cette fois, elle n'a aucun mal à exécuter un créneau parfait. Bravo ! me dis-je. Elle a progressé depuis l'époque où je lui donnais des leçons pour son permis de conduire.

Elle remonte la rue à pied dans ma direction. Mon Dieu, elle va me repérer ! Que faire ? J'hésite à tourner au coin de la rue. La manœuvre est risquée et en plus, si elle décide de tourner elle aussi, elle me verra, c'est certain.

Par chance, elle s'arrête à la hauteur d'un café et vérifie le nom de l'enseigne. Au même moment, un jeune homme en sort, les bras grands ouverts. Il doit avoir vingt ans, mesurer près d'un mètre quatre-vingts, a les cheveux noirs et une barbe de huit jours. Vêtu d'un jean et d'une veste en cuir marron, il a le physique impressionnant d'un joueur de football ou de hockey.

Angie lui ouvre ses bras. Ils s'enlacent. Puis ma fille lève la tête, il baisse la sienne et ils s'embrassent. Ce n'est pas un simple baiser de politesse mais une longue étreinte. Je compte quinze, vingt secondes. Ils s'écartent l'un de l'autre, se regardent dans les yeux et c'est parti pour un nouveau baiser.

Allons bon !

J'imagine que j'aurais peut-être dû songer un peu plus tôt aux éventuelles conséquences de ma filature. Je n'ai jamais eu l'intention de jouer les voyeurs. Maintenant je n'ai qu'une envie : disparaître, m'enfuir loin d'ici. Je ferais n'importe quoi pour me sentir moins mal à l'aise et moins minable. Jeter un œil discret dans la chambre de ma petite fille pendant qu'elle jouait avec ses poupées était une chose, l'observer aujourd'hui dans les bras d'une personne du sexe opposé en est une autre.

Je détourne les yeux et je fixe l'horloge du tableau de bord, les voitures qui passent, prêt à tout pour échapper au spectacle de ma fille embrassant un jeune homme.

Si je n'avais pas été aussi honteux, si je n'avais pas éprouvé le besoin de détourner le regard, j'aurais raté la Chevrolet noire de Trevor Wylie.

14

Angie et son petit ami se détachent l'un de l'autre – opération qui, me semble-t-il, exige de gros efforts – et pénètrent dans le café à l'instant où la Chevrolet de Trevor Wylie passe devant la porte. La voiture roule lentement, à la fois bruyante et nauséabonde.

— Sale petit con ! je murmure entre mes dents.

Je démarre et lui colle au train.

Il tourne à droite au premier stop, puis vire encore trois fois à droite, et nous voici de nouveau devant le café. La Camry n'a pas bougé. Nous recommençons trois fois notre petit manège. Jusqu'au moment où une place suffisamment grande se libère pour sa Chevrolet. J'attends que Trevor ait fini sa manœuvre pour le dépasser en faisant bien attention qu'il ne me voie pas. Je fais un nouveau tour de pâté de maisons et quand je reviens Trevor est toujours derrière son volant, les yeux rivés sur l'entrée du café.

Plusieurs options s'offrent à moi.

Si je m'écoutais, je le traînerais hors de sa caisse pourrie et démolirais sa tronche de cinglé.

L'autre possibilité serait de m'arrêter à sa hauteur, de baisser ma vitre et d'entamer la conversation sur un mode innocent : « Tiens ! Trevor ? Qu'est-ce qui t'amène ici ? » Et de voir ce qu'il me répondrait et quel genre de mensonge il inventerait.

Pas bête comme idée…

Mais supposons qu'il se mette à jurer ne pas avoir suivi Angie ! Je serais bien avancé. Imaginez en plus qu'au beau milieu de notre petite discussion innocente Angie et son costaud au blouson de cuir, grand rouleur de pelles de surcroît, sortent du café et nous surprennent ?

Donc, je ne m'arrête pas devant Trevor et fais encore un tour complet. En revenant, je trouve une place idéale au coin de la rue, à six voitures de la sienne. N'est-ce pas parfait ? Je peux surveiller à la fois Trevor et le café. La nuit est tombée, à présent, et l'obscurité me protège du regard des passants.

Bon, et si j'essayais un nouveau scénario ? Je marche jusqu'à la voiture de Trevor, je m'assieds à la place du passager. Et nous avons un échange franc et honnête.

Pas mal ! Il y a des chances que cela effraie Trevor, bien qu'il ne soit pas du genre à se laisser intimider facilement. Il n'en reste pas moins qu'être pris sur le fait par le père de la fille qu'il harcèle devrait le perturber. Si les rôles étaient inversés, je serais mort de trouille.

Il me faut au moins vingt minutes pour décider que c'est la meilleure solution, et j'ai la main sur la poignée quand Angie et son copain – qui, à vue de nez et même si je ne sais rien de lui, ne me paraît pas bien pour elle – sortent du café.

Ils bavardent un moment sur le trottoir. Angie pose sa main sur le coude du type, hoche la tête avec enthousiasme pour montrer son approbation. Il écarte une mèche de son front et elle penche un peu la tête, comme pour accueillir sa main.

Je me sens, je ne sais pas… Quel est le mot qui convient ? Visqueux ? Oui, c'est ça. Et nauséeux.

— Allez, dis-lui au revoir et qu'on passe à autre chose, je dis dans ma barbe.

Ils s'embrassent à nouveau, Dieu merci, pas aussi longtemps que la première fois. Puis Angie balance son sac sur son épaule et lui fait un petit signe d'adieu de la main. Le type fait de même et commence à marcher dans ma direction, tandis qu'Angie, en sens inverse, se dirige vers la Camry.

Trevor, de son côté, n'est pas en reste : il démarre le moteur (les feux rouges s'allument) et passe la première. Je l'imite. Mon moteur ronronne en silence, le pied au plancher, j'attends que le convoi s'ébranle.

Tout devant, Angie se glisse derrière son volant et une minute plus tard son clignotant s'allume (tout de même !) pour indiquer qu'elle déboîte. Puis Trevor s'élance et je ferme la marche. Pour le moment, je suis le seul à me rendre compte à quel point nous sommes ridicules.

Angie emprunte une des grandes artères pour traverser la ville. Quatre voies, une flopée de croisements. Je perds parfois la Camry de vue, malgré son unique feu arrière. Du coup, je surveille Trevor qui est plus proche et tout aussi désireux que moi de suivre Angie.

J'ai une vague idée de notre destination. Si nous continuons sur cette trajectoire, nous allons atteindre le centre commercial où Lawrence et moi avons échangé des coups de feu avec l'Annihilator. Le panneau indicateur apparaît, Angie et Trevor prennent la file de droite.

Angie vire dans le parking sans mettre son clignotant et parcourt les allées à la recherche d'une place. Le lieu est bondé, difficile d'imaginer que c'est ici que la Buick de Lawrence a joué à chat avec un gros 4 × 4.

Angie parvient à se garer, Trevor passe en pétaradant. Je dois trouver une place rapidement, sinon je risque de perdre ma fille dans l'immense centre commercial. Par chance, je repère un emplacement entre une grosse Ford Expedition et une petite voiture européenne. L'éclairage de la façade illumine Angie pendant un court instant. Vingt mètres derrière elle marche un jeune homme blanc vêtu d'un long manteau noir. Pas de doute, c'est Trevor.

Je devine ce qu'il manigance : une rencontre « fortuite ». Il va « tomber » sur elle près d'un des restaurants, jouer la surprise de la rencontre, lui proposer de boire un café et de manger un morceau. Angie ne va pas apprécier, j'imagine.

Pister une voiture est une chose. Suivre à pied une personne – en fait, deux – est une tout autre histoire. Alors, Philip Marlowe ? Qu'est-ce qu'on fait, maintenant ? Mon apprentissage avec Lawrence a été trop bref pour que je maîtrise toutes les ficelles du métier. En arrivant à l'entrée du centre, j'aperçois Angie qui longe une bijouterie. Pas très loin devant moi, Trevor la suit d'un pas vif.

Je commence à m'essouffler. Je n'avais pas prévu que ce serait aussi sportif. Je croyais qu'il me suffisait de disposer d'une voiture et de me munir d'une bouteille vide de Snapple. Or j'ai clairement besoin d'un déguisement. Il faut que je change de visage comme les personnages de *Mission impossible*. Au moins un chapeau. Un truc pour dissimuler mes yeux.

Angie entre chez Banana Republic. Inutile de la suivre à l'intérieur, il n'y a qu'une entrée. Trevor a dû arriver à la même conclusion car il s'est posté de l'autre côté de l'allée centrale, devant une boutique de CD et de DVD. Il fait mine de s'intéresser aux dernières nouveautés exposées dans des bacs près de la porte. Je trouve refuge derrière un panneau indiquant l'emplacement des différents magasins et commerces et, de là, je surveille et la porte de Banana Republic et la cachette de Trevor.

Je vais probablement en avoir pour un bout de temps. Angie, tout comme sa mère, aime traînasser dans les boutiques de vêtements. Chaque fois que j'accompagne l'une ou l'autre au centre commercial, dans l'unique but d'acheter un tube de dentifrice, je sais que j'y passerai une bonne heure.

Généralement, pour tuer le temps, j'entre dans une librairie ou je vais boire un café. Parfois je quitte le centre commercial pour aller dans une boutique de modèles réduits. Mais ce soir je reste attentif. Ma seule consolation : Trevor est lui aussi à la torture. Et si la fièvre acheteuse d'Angie le guérissait de son besoin de la harceler ?

Je me tiens toujours derrière mon panneau indicateur, l'œil en alerte, quand je remarque une petite fille d'environ cinq ans à quelques pas de moi. Elle porte une robe aux manches ballon et il semble qu'elle m'observe depuis un moment.

— Monsieur, vous faites quoi ?

Génial ! Shirley Temple m'a percé à jour.

— Va-t'en !

Je suis sur le point d'ajouter quelque chose lorsque Angie sort de Banana Republic, un paquet à la main. Elle prend la direction de Sears, le principal magasin de la galerie marchande. Trevor la suit, prenant soin de rester de l'autre côté de l'allée centrale. Angie entre dans une boutique Gap, tout près d'un café. Je vais me poster au comptoir, d'où j'ai une vue sur le magasin.

Je m'offre un double café auquel j'ajoute de la crème, du sucre, un bâtonnet et un couvercle. Quand je relève la tête, Angie me fait face.

— Papa ! Qu'est-ce que tu fabriques ici ? demande-t-elle, toute surprise.

Loin d'être fâchée de tomber sur moi, elle semble au contraire heureuse de me voir.

Abasourdi, j'ai du mal à proférer un mot. Sans parler de lui fournir une réponse cohérente.

— Toi ! Dans ce centre commercial ! Sans maman ! Je n'en crois pas mes yeux.

Réfléchis, Zack ! Réfléchis. Réfléchis. Je cherche un cadeau d'anniversaire de mariage ? Non, c'est pour dans des mois. Et elle ne me croirait pas. L'anniversaire de Sarah ? Sur le coup, j'ai du mal à me souvenir de la date, mais j'ai l'impression que nous l'avons fêté il y a quatre ou cinq mois. La Saint-Valentin est passée depuis longtemps et Noël n'arrive que dans une dizaine de semaines et...

— J'ai besoin de renouveler ma garde-robe, j'avoue.

— Ta garde-robe ? Tu veux vraiment acheter des fringues ?

Puis elle regarde autour d'elle, comme si elle cherchait frénétiquement quelque chose.

— Qu'est-ce qui te prend ? je demande.

— Je guette les poules avec des dents.

Je m'efforce de paraître vexé.

— Comme si je n'avais pas le droit de faire du shopping !

— Je croyais que maman t'achetait toutes tes affaires.

— Pas toutes. Je suis capable de choisir ce que je porte.

— Depuis quand ? Tu es nul et archinul en matière de mode. Tu veux me faire avaler que tu es ici tout seul pour renouveler ta garde-robe ?

— Tu peux croire ce que tu veux. En tout cas, je prenais un café pour me donner des forces avant de commencer.

— Je n'en crois pas un mot, mais je trouve ça cool. À vrai dire, cela ne te ferait pas de mal de te faire un peu beau.

— Vraiment ? dis-je en inspectant les alentours à la recherche de Trevor.

— Tu portes toujours les mêmes habits. Ton jean bleu... et quand tu décides de te mettre sur ton trente et un, tu enfiles ton jean noir. Et ces polos en laine à manches longues ? Tu les trouves chic ? ajoute-t-elle en tâtant le tissu.

— J'ai un aveu à te faire : ces derniers jours, et pas plus tard qu'hier soir, on m'a laissé entendre que mon style laissait quelque peu à désirer. Cette critique a été confirmée par ta mère. Comme elle est partie à son séminaire, j'en profite pour changer de look.

— Génial !

Elle consulte sa montre.

— Tu sais quoi ? J'ai un peu de temps devant moi. Je vais t'aider en essayant de me mettre dans la peau du meilleur pote homo.

— Mais non, ce n'est pas la peine, tu as autre chose à faire.

— Non, ça m'amuse, au contraire. Allons chez Gap. C'est hype, mais pas trop. Allez, finis ton café et en route !

Trevor est invisible. Il a peut-être pris peur en constatant qu'Angie retrouvait son père. J'avale mon café aussi vite que possible, mais comme il est bouillant il me faut bien deux minutes. Finalement, je jette le gobelet dans la poubelle et, la mort dans l'âme, je me laisse entraîner par Angie jusque chez Gap. Joe Mannix aurait-il vraiment abandonné une planque pour choisir un pantalon ? *That is the question!*

Elle m'emmène d'abord au rayon des chemises.

— Je te vois bien dans celle-là.

Elle plaque contre mon torse une chemise à carreaux qui, contrairement à mes éternels polos, se boutonne sur le devant.

— Qu'est-ce que tu fais ?

— Comment ça ? Qu'est-ce que je fais ?

Je m'attends à ce qu'elle me traite de tous les noms, mais elle se contente de lever les yeux au ciel.

— Ta taille ? Il te faut du L ou du XL ? Je parierais pour du L.

— Oui, tu as sans doute raison.

Un vendeur portant un badge au nom de « Gary » s'approche de nous.

— Vous cherchez quelque chose ?

Angie répond à ma place.

— Mon père voudrait un pantalon, sans doute en toile.

— Certainement. Ils sont un peu plus loin. Si vous voulez me suivre.

Angie m'incite à lui emboîter le pas. Gary se retourne vers nous.

— Vous préférez une coupe plutôt ample ?

— Oui, c'est évident, répond Angie.

— Ohé, les gars ! Je suis là. Je suis capable de répondre tout seul, dis-je à voix si basse que personne ne m'entend.

Angie me fourre dans les bras trois pantalons et une demi-douzaine de chemises.

— Va donc les essayer.

— Franchement, je me contenterai des chemises. Je n'ai pas besoin de les essayer. Je suis sûr qu'elles m'iront. Les pantalons, c'est la barbe !

Le regard que me lance Angie est digne de celui d'un caporal-chef.

On m'indique une cabine d'essayage. J'enlève mes chaussures et mon pantalon. Pour commencer, j'enfile un pantalon bleu marine et la chemise à carreaux. Je rentre les pans dans le pantalon, remets mes chaussures et m'assure que j'ai bien mon portefeuille. J'ai toujours eu terriblement peur qu'on ne me le vole dans les cabines.

Quand j'en sors, Angie est en train de bavarder avec Gary.

— Waouh ! s'exclame-t-elle. C'est vraiment super !

— J'aimerais voir d'autres chemises exposées à l'entrée du magasin.

— Très bien ! Vas-y, je te suis, me dit Angie avant de se tourner de nouveau vers Gary.

Elle reprend sa conversation. À mon avis, ils ne discutent pas seulement prêt-à-porter. Elle n'a pas assez d'un petit ami ?

Je me dirige vers l'entrée, non pas pour regarder des chemises mais afin d'observer la galerie marchande. Des dizaines de gens déambulent, mais pas la moindre trace de Trevor.

Je retourne auprès d'Angie, à qui j'annonce que je n'ai rien vu de tentant. Il n'empêche ! Quand je passe à la caisse, je suis l'heureux propriétaire de cinq chemises, trois pantalons, une ceinture et cinq paires de chaussettes.

Pendant que Gary enlève les étiquettes et prépare la facture, je demande à Angie :

— Qu'est-ce que tu as fait, avant de venir ici ? Tu es venue directement au centre commercial ?

— Non. J'ai d'abord pris un café avec quelqu'un.

— Ah bon, dis-je d'un ton on ne peut plus décontracté. Quelqu'un que je connais ?

— Non.

— Quelqu'un de proche ?

— Personne de spécial.

Son œil est attiré par des caleçons.

— Tu devrais acheter ça aussi.

— Est-il convenable que ma fille choisisse mes slips ? Il y a des limites à respecter, quand même.

— Puisque je te vois te balader à la maison en petite tenue, il me semble normal que j'aie mon mot à dire. Tiens !

Elle saisit un paquet de trois et le balance sur le comptoir au moment où Gary enregistre les achats.

— Le total s'élève à cinq cent soixante dollars et quarante-deux cents, annonce-t-il.

— Quoi ?

Gary répète le montant de mes emplettes.

— Vous payez par carte ?

Je la lui tends fébrilement.

Tandis que je sors du magasin, lesté de trois sacs, Angie lance ce que l'on pourrait qualifier de « mot de la fin ».

— Il y a longtemps que je ne me suis pas autant amusée dans un centre commercial.

Quant à moi, il est clair que je ne suis pas doué pour jouer les détectives privés. En tout cas, je n'en ai pas les moyens.

15

En sortant de chez Gap, Angie s'arrête, se fraie un chemin entre les sacs sous lesquels je croule, et me serre dans ses bras.

— On devrait faire ça plus souvent ! dit-elle en me faisant une petite bise sur la joue.

Je laisse tomber mon chargement et l'enlace à mon tour.

— Merci de m'avoir laissée t'aider.

— Merci à toi ! J'espère ne pas t'avoir retardée.

Angie regarde sa montre.

— Oh ! Il faut que j'y aille maintenant, mais rassure-toi, je serai à l'heure.

— Où vas-tu ?

— Me documenter pour un mémoire. Je travaille dessus avec un ami.

— Le quelqu'un de tout à l'heure ?

— Non, une autre personne.

Elle m'embrasse de nouveau sur la joue.

— Faut que je file, mon papounet !

L'émotion me gagne. Voilà des années, sans doute depuis sa petite enfance, qu'elle ne m'a pas appelé ainsi. D'un mot, elle vient de me montrer qu'elle est sortie de la période où ce n'est pas cool de montrer de l'affection pour son père.

Tandis que nous parcourons la galerie marchande, je continue à chercher Trevor. Je parie qu'il a quitté les lieux. Lorsque nous sortons, il fait totalement nuit.

— Où es-tu garé ?

D'un vague geste de la main, je lui indique où se trouve la Virtue.

— Je vais d'abord te raccompagner jusqu'à la Camry.

— Comment marche la nouvelle voiture ? s'inquiète-t-elle.

— Elle est sympa à conduire, mais je vais la faire réviser. Quand j'ai voulu quitter la maison, elle a refusé de démarrer au premier tour de clé. Il m'a fallu recommencer trois fois.

— On t'a refilé un tas de ferraille !

— Mais non, c'est juste un petit incident.

Soudain, elle prend un air soupçonneux.

— Papa, tu as quitté la maison bien avant moi. Qu'est-ce que tu as fabriqué avant de venir au centre commercial ?

Sa question est justifiée. En effet, quand elle m'a trouvé en train de boire mon café, je n'avais pas encore acheté quoi que ce soit.

— Je suis passé à la boutique de modèles réduits, je réponds.

Je me demande combien de mensonges je lui ai servis, ce soir, à ma fille.

— Ils ont reçu une nouvelle version du vaisseau *Enterprise* des premiers épisodes de *Star Trek*.

Angie soupire.

— T'es vraiment grave. Mais au moins tu n'auras pas l'air trop débile dans tes nouvelles fringues.

J'ai envie de rire quand je repère une Chevy noire, phares allumés, moteur au ralenti, garée le long de la route qui borde le centre commercial. Difficile de déterminer s'il s'agit de Trevor car le conducteur tient quelque chose devant ses yeux. Des jumelles, ou peut-être un appareil photo ?

— Papa, qu'est-ce qui t'arrive ? Tu as vu quelque chose ?

— Non, rien.

On arrive à la Camry. Angie se glisse sur son siège après avoir posé son sac Banana Republic sur la banquette arrière. Je lui dis de ne pas rentrer trop tard. On échange des petits signes d'adieu. Dès que je suis sûr qu'elle ne peut plus me voir dans son rétroviseur, je pique un cent mètres jusqu'à la Virtue. Si je ne démarre pas rapidement, Trevor, qui est bien placé et prêt à foncer, va me devancer. Et je risque de les perdre tous les deux.

En arrivant sur le parking tout à l'heure, je me suis garé entre une modeste voiture européenne et une énorme Ford Expedition. Ma petite voisine est partie, remplacée par un 4 × 4 imposant, tout droit sorti des usines de General Motors. J'ai l'impression d'être perdu au fond d'une vallée. C'est le problème de ces colosses : ils bloquent la vue dans les croisements, dans les parkings, dans les...

Inutile de commencer à paniquer. Il faut que je me bouge. Je m'assieds au volant, je me déleste de mes paquets sur le siège passager et je mets le contact. Coup de bol ! Le moteur démarre au quart de tour.

— Bravo ! me dis-je en passant la marche arrière et en me retournant pour voir l'étroit chemin qui s'ouvre à moi.

Des deux côtés, ce ne sont que des murs d'acier, d'impressionnantes portières, des pare-chocs redoutables. Ma vision s'arrête sur les coffres des voitures garées au-delà de la travée.

Je recule centimètre par centimètre. Si quelqu'un s'aperçoit que je sors de ma place, il va certainement me laisser passer...

Pas du tout. Ce quelqu'un donne un coup de klaxon furibond. Bon, les gens ne sont pas aussi bien élevés que je l'espérais. Je continue néanmoins à reculer tout doucement.

Nouveau coup de klaxon. Je freine sec. Venant de la direction opposée apparaît une Chrysler dont le conducteur prend la peine de baisser sa vitre pour me lancer :

— Tu peux pas faire gaffe, connard !

Une sombre pensée me vient à l'esprit : je ne te connais pas mais, si j'avais le temps, je sortirais de ma voiture et je te massacrerais à coups de démonte-pneu ! Voilà l'effet que les parkings peuvent avoir sur un homme par ailleurs sain d'esprit !

Quand il s'éloigne, je tente de nouveau ma chance. Mais deux voitures surgissent sans même prendre la peine de m'avertir. Elles doivent croire que j'ai un radar sur mon toit !

— Et puis merde !

Je sors de la Virtue sans couper le moteur et me poste au milieu de la travée. Je lève la main pour faire signe au conducteur de s'arrêter.

Le chauffeur baisse sa vitre.

— Ouais ?

— Vous voulez une place ? Je la libère.

— Euh, non merci ! Je viens juste chercher quelqu'un.

— Bon, mais rendez-moi service, s'il vous plaît. Je suis coincé entre ces deux foutus 4 × 4 qui m'empêchent de voir les véhicules qui déboulent. Ça vous ennuierait de bloquer le passage, le temps que je sorte ?

Le type se décompose et c'est seulement à cet instant que je me rends compte qu'il me regarde à travers la vitre d'un 4 × 4.

Je tente de me rattraper comme je peux.

— Bien sûr, les 4 × 4 sont des véhicules épatants, surtout sur la neige. Mais dans une petite voiture comme la mienne, on a du mal à voir.

Il me dévisage un moment. Alors je fais un petit battement de cils, lève les yeux au ciel et précise :

— C'est la voiture de ma femme.

Il hausse les épaules, comme pour me signifier qu'il va faire ce que je lui demande.

Je me précipite dans la Virtue, m'extirpe de ma place et fonce vers la sortie qu'Angie a dû emprunter, sans cesser de traquer les environs à la recherche de la Camry et de la Chevrolet.

Au moment de quitter le centre commercial, je ne les ai toujours pas repérés. Mes paumes sont si moites qu'elles glissent sur le volant et je sens la transpiration couler sur mon front. Au feu rouge, je dois me décider : tourner à droite ou tourner à gauche. Un choix impossible ! Derrière moi, le conducteur, qui, lui au moins, a la chance de savoir où il va, s'impatiente. J'ai droit à un autre coup de klaxon furieux.

— Va te faire foutre !

J'ai beau crier, je sais qu'il ne peut pas m'entendre. Sans bouger pour autant, toujours aussi indécis, j'aperçois enfin un seul feu arrière. Il est à droite, à deux cents mètres.

Je donne un violent coup de volant, j'appuie à fond sur l'accélérateur, j'entends le moteur gémir un peu plus fort. Mais la Virtue n'est pas une voiture de F1 et ne le sera jamais. Paul a sans doute raison. Elle n'a rien sous le capot.

Maintenant que j'ai trouvé Angie, il me faut Trevor. Et comme je m'y attends, il est à cinq voitures derrière elle. Je peux reprendre mon souffle, et mon cœur retrouve un rythme à peu près normal.

Discrètement, Trevor et moi suivons Angie. Elle s'engouffre sur la bretelle qui mène au périphérique pour sortir de la ville. Sans mettre son clignotant (comment vais-je corriger ce défaut majeur ?). Bientôt, elle se fond dans la circulation.

Où diable va-t-elle ?

Bien sûr, si on veut éviter un tas de feux rouges, le périphérique est une façon commode de se rendre d'une extrémité de la ville à l'autre. Mais, après quelques kilomètres, le doute n'est plus permis : Angie quitte l'agglomération. Et j'ai comme qui dirait l'impression qu'elle va vers Oakwood.

Mais quelle raison a-t-elle d'aller là-bas ? Certes, elle y conserve quelques amies, mais pas tant que cela non plus. Il est également possible qu'elle ne se rende pas du tout à Oakwood. Ce ne sont pas les lotissements qui manquent entre la ville et notre ancienne demeure.

Désormais, je suis de près la voiture de Trevor. Il fait nuit et le trafic est suffisamment dense pour ne pas lui mettre la puce à l'oreille. De temps en temps, une autre tête apparaît. Celle de son chien, Morphée. Pendant quelques instants, il pose ses pattes sur la banquette et regarde par la lunette arrière. Le plus gros gadget de tout l'univers.

Mais c'est un autre spectacle qui m'intrigue. Trevor ne cesse de se pencher vers les sièges, comme s'il cherchait quelque chose près du levier de changement de vitesses. Il tourne la tête, la baisse, la relève pour s'occuper de la route. S'il continue ce manège, il va finir dans le décor.

Nous avons quitté les faubourgs de la ville depuis cinq minutes quand Trevor met son clignotant à droite et emprunte la prochaine sortie. Il en a peut-être assez. Ou alors il est fatigué. À moins qu'il ne s'imagine qu'Angie se dirige vers la côte et qu'il est temps, même pour les harceleurs les plus acharnés dont il fait partie, d'arrêter la filature.

Il me faut choisir. Suivre Trevor. Suivre Angie. Ne suivre personne et rentrer à la maison.

Après tout, comme Trevor a renoncé à pourchasser ma fille, du moins pour la soirée, autant l'imiter. Il serait logique que j'abandonne la course, que je prenne la prochaine sortie, fasse demi-tour et rentre chez moi.

Sauf qu'une chose continue de me tarabuster : où va Angie ?

Quelques minutes plus tard, elle se dirige bel et bien vers Oakwood.

Je lui laisse une certaine avance, je ne veux pas me retrouver à sa hauteur au premier feu rouge. Elle tourne à gauche vers notre ancien quartier. Je fais de même après avoir hésité un instant à rebrousser chemin.

J'aimerais vous dire que j'ignore ce qui me pousse à continuer ma filature. Mais je le sais.

J'ai une envie terrible de connaître sa destination et l'identité de la personne à qui elle rend visite. J'ai conscience d'avoir franchi une limite. M'assurer qu'elle ne courait aucun danger était une chose. Vouloir découvrir ce qu'elle manigance en est une autre. La vérité est que je crains qu'elle ne fasse de mauvais choix, ou en tout cas des choix que je désapprouverais. Si c'est le cas, je n'aurais sans doute que peu d'influence sur ses décisions.

Elle roule maintenant au cœur de notre ancien quartier. Puis elle s'engage dans notre rue. Je préfère rester à une certaine distance pour éviter une nouvelle affaire Maître Nageur. Il me semble – et pourtant c'est proprement ahurissant – qu'elle retourne à notre ancienne maison.

Mais elle continue son chemin, ralentit et tourne dans l'allée, deux maisons plus loin.

Chez Trixie !

Ma fille chérie rend visite à cette bonne vieille fouetteuse de Trixie ! Aux heures ouvrables.

Elle sort de sa voiture, frappe. Peu après, la porte s'ouvre et elle disparaît à l'intérieur de la maison.

16

Il n'y a pas si longtemps, j'avais un bon copain. Sarah et moi sortions assez souvent avec sa femme et lui. On dînait au restaurant, on allait voir un film ou encore on s'invitait à boire un verre chez les uns ou les autres. Un soir tard, il m'a téléphoné, Sarah était déjà couchée, et il m'a annoncé qu'il avait une liaison depuis plus d'un an. Il n'en était pas sûr, mais il croyait qu'il était tombé amoureux. Pourquoi me racontait-il tout ça ? Qu'est-ce que j'en avais à faire ?

Bon, d'accord, j'étais son ami et il avait besoin de parler, mais à dire vrai j'aurais largement préféré rester dans l'ignorance la plus totale. Je n'avais pas envie de savoir qu'il trompait sa femme. D'abord, ça me faisait perdre mes illusions : comment, tous les couples n'étaient pas aussi heureux que Sarah et moi ? (À cette époque, je n'étais pas sous ses ordres !) Et puis lorsqu'on se retrouvait de nouveau tous les quatre, j'étais obligé, en bavardant avec sa femme, de faire mine de n'être au courant de rien. La connaissance comporte une part de responsabilité, du moins je le crois. Devais-je en parler à sa femme ? Certainement pas. Il faut toujours rester en dehors du coup. Mais savoir quelque chose qu'elle ignorait, quelque chose qui l'affectait intimement, pesait lourd dans la conversation. Après ça, j'en ai voulu à mon copain. En s'ouvrant à moi, il m'avait fait plonger avec lui. En quelque sorte, j'étais son complice.

Être parent, c'est un peu ça aussi. Vous n'avez pas envie de savoir certaines choses. Quand j'étais ado, je n'aurais pas aimé que mes parents apprennent certains trucs. Notamment un ou deux. Ou peut-être même beaucoup plus. Et je m'en suis bien sorti, si j'oublie les obsessions paranoïaques et les tics que j'ai hérités de mon père. Tant que vos gosses vont bien, tant qu'ils sont couchés quand le soleil se lève, n'est-ce pas ce qui compte ?

Si seulement je savais ce qu'Angie fiche ici.

Ces pensées me trottent dans la tête pendant que je poireaute au coin de la rue de Trixie Snelling. Ma fille lui rend visite. Si je ne l'avais pas suivie, je n'aurais jamais su qu'elle venait ici et je me serais évité des tas de questions.

Je me rappelle soudain que quelques heures auparavant, alors que nous bavardions de choses et d'autres au téléphone, Trixie a eu du mal à se souvenir du prénom d'Angie. Ce trou de mémoire me semble maintenant un peu forcé, sans doute inventé dans le but d'écarter d'éventuels soupçons. Mais quelle raison a-t-elle de me cacher qu'elle est en contact avec Angie ?

Quand nous habitions ici, Trixie et Angie n'étaient même pas amies. Si, pendant les quelques mois passés à Oakwood, tout le monde ignorait comment Trixie gagnait sa vie, lors de notre déménagement son « domaine d'activité » n'était plus un secret pour personne.

Qui a pris contact avec qui ? Trixie aurait invité Angie à venir la voir ? Angie serait entrée en relation avec Trixie ?

Bon, avant toute chose, si je ne soulage pas ma vessie immédiatement, je risque d'en garder de lourdes séquelles.

Les litres de café avalés prennent leur revanche. Je dévisse le bouchon de la bouteille que j'ai apportée dans ce but précis et, après avoir ouvert ma braguette, je m'exécute. Tout en faisant mes petites affaires, je songe que je n'aurais vraiment pas de chance si un flic venait à passer par là. Qu'irait-il s'imaginer en découvrant un respectable journaliste du *Metropolitan* seul dans une voiture en train de surveiller la maison d'une dominatrice ?

Je referme le bouchon avec mille précautions. Au lieu de remettre la bouteille dans le porte-gobelet, je la glisse dans le vide-poche de la portière arrière. Bien coincée, elle ne risque pas de tomber.

Voilà un quart d'heure maintenant que je guette la maison de Trixie, ne quittant pas des yeux la porte d'entrée et la Camry. J'ai passé en revue toutes les options possibles :

1. Angie est une cliente. Impensable !
2. Angie est une stagiaire. Impensable !
3. Angie a décidé de passer prendre une tasse de thé. Abracadabrant !
4. Angie est venue chercher une carte-cadeau pour mon anniversaire. Improbable !

Je jette un coup d'œil à l'horloge digitale du tableau de bord. Il est vingt-deux heures. Zut ! J'ai rendez-vous avec Lawrence Jones au Doughnut Palace dans trente minutes. Si je pars immédiatement, j'y serai tout juste.

Est-il raisonnable de laisser Angie ici ? Puis-je m'éloigner sans savoir ce qu'elle traficote ?

Je sors mon portable de ma poche pour appeler Lawrence à son bureau. J'aimerais lui demander s'il prévoit d'être à l'heure et s'il m'accorde quelques minutes de retard.

Pas de réponse.

Je compose le numéro de son portable.

Pas de réponse non plus. Merde alors.

Vu que je n'ai pas l'intention de frapper chez Trixie et d'exiger de leur part un début d'explication, il est inutile de rester à me morfondre ici. D'autant qu'à cette heure tardive je ne peux pas prétendre tomber par hasard sur Angie. Elle risquerait de penser que je viens en client !

Rongé par le doute, je tourne la clé de contact.

La voiture répond par un *Peuh ! Peuh ! Peuh !*

Non, ça ne va pas recommencer. Je procède à un nouvel essai.

Cette fois, pas le moindre *Peuh !* Le silence total.

Je n'ai pas choisi le meilleur endroit pour attendre une dépanneuse. Troisième essai. Mais accompagné de ferventes prières.

Et elle démarre !

Je mets la gomme (toutes proportions gardées) pour rejoindre la grande route. Là, je parviens à dépasser la vitesse autorisée (un exploit pour la Virtue) et à retourner en ville.

J'arrive au Doughnut Palace au coin de Garvin à vingt-deux heures trente-cinq et j'inspecte aussitôt les voitures garées dans le parking. Je suis soulagé de ne pas voir la Buick de Lawrence. Au moins, je ne l'ai pas obligé à m'attendre.

J'entre. Puisque je me suis vidé de mes litres de café, je m'octroie le plaisir d'en boire à nouveau. Un peu secoué par les révélations de la soirée, j'opte néanmoins pour un déca. Et un muffin au gruau d'avoine.

Un exemplaire du *Metropolitan* couvert de ronds de café et de miettes repose sur la poubelle. Je m'en empare, prends un siège près d'une fenêtre et me plonge dans la lecture, espérant chasser ainsi de mon esprit et Trevor et Angie et Trixie.

L'intérieur du restaurant se reflète dans la vitre, mais cela ne m'empêche pas de guetter l'apparition de Lawrence. Il est vingt-deux heures quarante à ma montre.

Tout en feuilletant les premières pages, je tombe sur l'article que j'ai lu ce matin au petit déjeuner, celui au sujet du geek qui a abattu des élèves de sa classe. Je saute aux pages culturelles.

Je parcours une critique du dernier film de George Clooney sans rien retenir. Puis je passe à une nouvelle qui me concerne plus : on a offert un million de dollars à un écrivain inconnu pour son roman policier de SF avant même que le livre sorte en librairie. J'essaie de noyer mon dépit et ma jalousie dans mon café, mais ça ne marche pas. Dix minutes viennent de s'écouler.

Je décide d'attendre encore un peu Lawrence, qui d'ordinaire est la ponctualité même, avant d'entreprendre quoi que ce soit. Je lis certains éditoriaux, quelques lettres de lecteurs mécontents. Ma tasse est vide et mon muffin avalé depuis belle lurette.

Toujours pas de Lawrence.

Je tente une nouvelle fois de le joindre sur son portable.

Au bout de cinq sonneries, sa boîte vocale s'enclenche.

« *Salut. Je ne peux pas prendre votre appel pour l'instant. Laissez-moi un message.* »

Impossible de faire plus méfiant. Typique de Lawrence. Il ne donne même pas son nom.

— Salut, c'est Zack. Il est bientôt onze heures et je t'attends au Doughnut Palace. Rappelle-moi.

Je lui laisse mon numéro, même si je suis sûr qu'il l'a.

Je patiente encore une minute avant de composer le numéro de son bureau. Je me souviens vaguement que c'est aussi là qu'il habite. Un appartement au premier étage, juste au-dessus d'un magasin. Sa carte de visite mentionne une adresse sur Montgomery Road.

Après cinq sonneries, j'ai droit au même discours.

— Salut. C'est encore Zack. Je t'ai laissé un message sur ton mobile. Je suis ici, attendant d'alpaguer nos clients et d'entendre ton rapport sur Trevor. J'ai moi-même glané quelques renseignements à son sujet.

Que lui est-il arrivé ? Il a probablement pris du retard et ne peut pas répondre à son téléphone. Là où il se trouve, il n'a pas de réseau. Il est sous un pont, peut-être.

Je tente à nouveau de le joindre sur son mobile. Même boîte vocale.

« *Salut. Je ne peux pas prendre votre appel pour l'instant. Laissez-moi un message.* »

J'appelle chez moi. Paul décroche. J'ai l'impression qu'il est un peu groggy.

— Allô ?

— Salut, c'est moi.

— Ouais ?

— J'aimerais parler à ta mère.

— Elle n'est pas là. Elle est allée à son truc. Tu sais bien ?

Avec ces récents événements, j'ai totalement oublié le séminaire de Sarah.

— Ah oui ! On a téléphoné ?

— Ouais, une ou deux fois.

— Je veux dire : des appels pour moi ?

— Ah ! Je ne crois pas.

Sa voix est ensommeillée, il a du mal à trouver ses mots.

— Je t'ai réveillé ?

— Non.

Je marque une pause.

— Lawrence ne m'a pas appelé par hasard pour dire qu'il serait en retard ?

— Lawrence qui ?

— Le détective privé. Celui que je vois tous les soirs de la semaine. Le type qui m'a amené à la vente aux enchères. Tu te souviens ? Il a déjà téléphoné et tu as pris le message. Paul, ça ne va pas ?

— Mais si ! Parfaitement bien.

Il a prononcé « parfaitement » comme s'il avait de la bouillie dans la bouche. En plus, il n'emploie jamais ce genre de terme.

— Papa ? T'es où ?

— Au Doughnut Palace, à deux pâtés de maisons de Garvin. Écoute-moi bien ! Si Lawrence téléphone, dis-lui de m'appeler sur mon portable.

— D'accord.

Sa voix ensommeillée est sans doute due à une consommation excessive de bières.

— Paul ? As-tu trouvé ce que Trevor a laissé pour toi derrière la maison ?

— Hein ? fait-il, soudain plus alerte. Quoi donc ?

— Le pack de bières. J'ai l'impression que tu as mis la main dessus.

— Je ne vois pas de quoi tu parles.

— C'est lui, ton fournisseur habituel ?

— Je ne sais pas de quoi tu parles. Est-ce qu'Angie…

Il s'interrompt brusquement, juste assez sobre pour s'apercevoir qu'il est en train de se trahir.

— Quand je rentrerai à la maison, on va avoir une petite conversation.

Paul ne réplique pas.

— Vers quelle heure ? demande-t-il enfin.

— Pas tout de suite, en tout cas. Je suis en plein travail.

— Je te préviens, je suis crevé. Je vais me coucher. Alors si tu as l'intention de me passer un savon, attends jusqu'à demain matin, OK ?

— D'accord ! On parlera demain.

— Bien. À plus.

Il raccroche.

Bon, où j'en suis ? Il est plus de vingt-trois heures. Je compose le numéro du mobile de Lawrence pour la troisième fois, sans plus de succès.

À moins qu'il ne soit en planque devant le magasin de fringues ? Peut-être qu'il est arrivé à l'heure au Doughnut Palace et, comme je n'étais pas là, il est parti. Après tout, il a des comptes à rendre à M. Brentwood, le propriétaire du magasin, pas à moi. Il me rend déjà un grand service en me trimballant avec lui.

Je quitte donc le Doughnut Palace et me dirige vers Brentwood's. Je laisse la Virtue au parking. En me garant derrière la Buick de Lawrence, je risquerais d'attirer l'attention. Il souffle un air frais tout à fait automnal. Je redresse les épaules, comme si ça allait me réchauffer.

Au coin de Garvin, à une centaine de mètres du magasin, je cherche la vieille Buick avec sa lunette arrière flambant neuve, même si je sais bien qu'une nouvelle vitre ne se repère ni de près ni (encore moins) de loin. Elle n'est pas parmi les voitures stationnant des deux côtés de la rue. Le trafic est inexistant. Une fine bruine commence à tomber. En quelques minutes, la chaussée est humide et brillante.

En remontant la rue vers le magasin, je réfléchis à d'autres scénarios qui auraient pu retarder Lawrence. Et s'il avait décidé de ne pas venir ? Et si la police avait arrêté les coupables au cours de ces dernières heures ? Et si, prévenu par ses contacts, il avait jugé inutile de faire le pied de grue devant Brentwood's ?

Alors même que je me fais cette réflexion, un gros 4 × 4 noir apparaît. Ses phares logés sur le toit balaient le trottoir et la chaussée.

— Bon Dieu ! je murmure.

Je me plaque contre une vitrine qui n'est pas éclairée tandis que le monstre avance lentement vers moi. Puis, à petits pas, je me glisse dans une allée d'à peine un mètre de large, en face du magasin. L'imposant véhicule passe lentement, comme dans un film, au ralenti. Je risque un œil : il s'éloigne, prend la première rue à droite et disparaît.

Je sors mon portable et tente de joindre Lawrence. Sans laisser le temps à la boîte vocale de dérouler son message, je pousse un cri étouffé.

— Mon vieux, ramène-toi ! Ça s'agite ! Les voleurs sont là ! Ils sont déjà passés une fois, je pense qu'ils vont revenir ! Je suis planqué dans une allée en face de Brentwood's. Bordel, t'es où ?

Je raccroche. Malgré la fraîcheur et l'humidité, je transpire à grosses gouttes.

Les flics ! Je devrais sans doute les appeler. Les obliger à rappliquer parce que j'ai un pressentiment. La prochaine fois qu'ils repasseront dans leur Annihilator, ils...

Soudain, j'entends le rugissement du moteur puis un énorme fracas : un mélange de vitres brisées, de briques cassées, de poutres métalliques tordues.

Seul l'arrière de l'Annihilator déborde du trottoir, tout l'avant est littéralement enfoncé dans la boutique. Les deux portes arrière s'ouvrent. Deux hommes vêtus de noir de la tête aux pieds, le visage recouvert d'une cagoule noire, bondissent à l'intérieur du magasin. Déjà, l'Annihilator fait marche arrière, stoppe dans un grand crissement de freins, fait demi-tour et recule vers la vitrine brisée. Le hayon se soulève automatiquement. Le temps pour le chauffeur d'exécuter sa manœuvre et les deux types ont raflé plusieurs portants de vêtements qu'ils jettent dans le 4 × 4. Ils sautent à l'intérieur du véhicule. L'Annihilator démarre en trombe et fonce dans Garvin.

Quelques secondes plus tard, l'alarme de Brentwood's retentit. Inutilement.

— Lawrence, putain, t'es où, mec ? je marmonne.

17

Je commence par composer le 911, le numéro de la police.

— J'appelle pour signaler un cambriolage.

— Vous avez été cambriolé, monsieur ?

— Non, j'ai été témoin d'un cambriolage.

Je donne à la préposée le nom et l'adresse de la boutique, la description de l'énorme 4 × 4 avec à son bord au moins trois types.

— C'était un Annihilator noir, je n'ai pas pu voir la plaque d'immatriculation, mais il est parti vers l'est.

— Puis-je avoir votre nom ?

Je raccroche. Bien sûr, ils réussiront à m'identifier un jour ou l'autre. Leur système d'appel d'urgence a enregistré mon numéro et ils vérifieront auprès de mon opérateur. Je serai heureux de leur parler – mais plus tard.

Je me mets à courir sous une pluie fine en direction du Doughnut Palace pour récupérer ma voiture et décider de la marche à suivre. Inutile de traîner dans les parages avec le risque d'être interrogé toute la nuit par des flics trop curieux.

N'étant pas du genre à baisser les bras, j'essaie à nouveau de joindre Lawrence. Depuis que je possède un portable, je n'ai jamais compris comment programmer les numéros favoris. Conséquence : j'apprends à mon corps défendant qu'il est impossible de composer un numéro sur un petit clavier tout en courant. Je m'arrête un instant sous la marquise d'un magasin pour appeler. Aucun numéro ne répond.

En chemin, je décide d'aller à l'appartement de Lawrence.

Mouillé et à bout de souffle, j'arrive près du Doughnut Palace. Aucune Buick sur le parking, en revanche je note qu'un taxi est garé à côté de ma Virtue. Je me glisse à l'intérieur, tourne la clé de contact.

Peuh ! Et c'est tout. Rien de plus.

— Merde de merde ! je hurle en tapant violemment sur le volant.

Je fais une deuxième tentative, puis une troisième. Sans succès.

J'entre au Palace. Seules trois tables sont occupées. Un père et deux garçons portant des maillots de football, au sortir d'un match ou d'une séance d'entraînement, sont assis dans un coin. Un peu plus loin, un homme jeune et une femme se parlent à voix basse. À la troisième table, un gros type mal rasé, portant un sweat-shirt des Celtics, boit un café dans un gobelet tout en faisant la grille des mots croisés du *Metropolitan*. Il mord dans son beignet aux pommes.

— C'est votre taxi ? je demande.

Il mâchonne lentement, sans lever la tête vers moi.

— Ouais.

— J'ai besoin de vous.

— Oui, mais dans deux minutes.

Je prends deux profondes inspirations.

— C'est une urgence.

— Voici ce que je vous propose. Un mot de cinq lettres finissant par un *h*. La définition, c'est « père de Luke ». Vous me dites qui c'est et on part tout de suite.

— Darth !

De surprise, il plisse sa bouche et penche la tête sur le côté. Il étudie la grille.

— Bon sang ! Je crois que c'est ça ! Ouais, le père de Luke Skywalker dans *La Guerre des étoiles*. J'aurais pu le trouver, mais parfois ça vous échappe.

Il écrit la réponse que je lui ai fournie.

— Ouais.

— Bon, on va où ?

Je lui donne l'adresse. Il replace le couvercle de son gobelet, enfonce une paille qui lui permettra de boire en conduisant. Après avoir démarré, il cherche à entamer la conversation au sujet de malversations quelconques dans l'équipe nationale de hockey, mais j'ai l'esprit ailleurs. Il renonce bientôt.

Dix minutes plus tard, nous voilà à l'adresse figurant sur la carte de visite de Lawrence : une porte unique qui donne sur le trottoir d'une rue commerçante. Elle est coincée entre un coiffeur et un fromager. Son appartement doit se trouver au-dessus de l'un de ces magasins.

— Attendez-moi ! je dis au chauffeur en lui glissant un billet de vingt dollars.

— Pas de souci ! Je vais travailler sur mes mots croisés et garder les plus difficiles pour votre retour.

Je sonne. Je sonne encore, puis, n'obtenant pas de réponse, je tente d'ouvrir la porte. Elle est fermée à clé. Je retourne à mon taxi.

— Ne partez pas. Je fais un tour derrière pour voir si ses voitures sont là.

Je tourne en courant le coin de la rue et débouche dans l'allée qui mène aux parkings des magasins. J'inspecte les véhicules. Ceux qui m'intéressent sont bien là : la Jaguar de Lawrence et sa vieille Buick. Toutes deux sont fermées à clé. Je ne vois personne à l'intérieur. Quant aux coffres, je me vois mal fouiller dedans.

Voilà à peu près dans quel état d'esprit je suis : je m'attends au pire. Il y a des moments comme ça.

Une échelle de secours métallique me tend ses marches. Je l'escalade aussi vite que possible. Elle est raide, étroite, rendue glissante par la bruine qui continue de tomber. Je m'agrippe à la rampe jusqu'à un petit palier situé au premier étage. La fenêtre de la porte est recouverte d'un store qui m'empêche de regarder à l'intérieur.

Je frappe. Après avoir attendu les dix secondes réglementaires, j'estime que je peux tourner la poignée. La porte cède.

J'ai de la chance.

— Lawrence ? j'appelle. Hé ! Lawrence ! C'est Zack ! Tu es là ?

Comme je suis sûr d'être dans le bon appartement, j'entre en prenant soin de refermer la porte derrière moi. La cuisine est aussi petite qu'immaculée. Les ustensiles doivent dater des années cinquante, mais ils ont l'air flambant neufs. En fait, alignés soigneusement sur le plan de travail, on dirait qu'on ne les a jamais utilisés, que ce soit le grille-pain rutilant, le mixeur Hamilton Beach ou le gaufrier. J'aperçois également un peu de courrier, une facture Visa, une note de téléphone, quelques brochures publicitaires.

Un panneau en liège accroché à côté d'un téléphone mural contient quelques cartes de visite – dont la mienne –, une photo en couleurs prise sur une plage : Lawrence et un ami se tiennent par le cou et sourient à l'objectif. Un type blanc, cheveux et yeux bruns. Sans doute le fameux Kent, le restaurateur et ami de cœur.

Sur l'évier : une tasse propre, deux cuillères, une bouteille de bière vide. Plus loin, une coupe pleine de pommes et de bananes appétissantes. Elles sont tellement tentantes que je ne peux m'empêcher de vérifier si elles ne sont pas en cire. Non.

Le plafonnier de la cuisine éclaire suffisamment le salon pour m'en donner une idée précise : une petite table, un canapé, un grand écran de télévision dans un coin, quatre haut-parleurs argentés placés dans des endroits stratégiques. Un vrai matos de professionnel. Sur des étagères, des centaines de CD, Erroll Garner,

Stan Getz, Ella Fitzgerald, Oscar Peterson, bref les plus grands musiciens de jazz qui aient jamais existé. Et des dizaines de DVD.

— Lawrence ?

Je traverse la pièce jusqu'à la porte principale, celle-là même qui doit ouvrir sur l'escalier menant à l'entrée du rez-de-chaussée. Je l'ouvre, juste pour vérifier, et, en effet, je me retrouve face à une volée de marches.

Ensuite, j'emprunte le modeste vestibule sur lequel donnent trois portes. L'une est celle de la salle de bains. J'allume, je passe la tête et découvre une baignoire vide. Savons et shampooings sont alignés dans un panier métallique accroché à la pomme de douche, et le rideau est aussi propre que le jour où il a été sorti de son emballage. Pas le moindre soupçon de moisissure, même dans les coins. C'est officiel, Lawrence est un maniaque de la propreté !

La pièce suivante doit être son bureau. Et le moins qu'on puisse dire, c'est qu'il n'est pas aussi bien rangé.

Tiroirs éventrés, papiers jonchant le sol, livres jetés au hasard. On n'a pas seulement fouillé les lieux. Sous l'effet de la rage, la pièce a été littéralement dévastée.

Je me sens de plus en plus inquiet. Surtout quand, regardant par terre, je découvre des gouttes de sang sur la moquette bleue, qui partent de la porte et semblent se diriger vers la troisième porte du vestibule.

Et plus je m'approche, plus les taches s'élargissent. Il est évident que la personne qui était blessée aurait mieux fait de s'abstenir de se déplacer.

Une légère lueur filtre sous la porte, qui s'ouvre dès que je pose ma main dessus.

Un frisson glacé me parcourt l'échine. J'ai trouvé Lawrence.

Il est couché sur le lit, allongé de tout son long sur les couvertures. Il porte toujours sa veste de sport, son pantalon et ses chaussures noires. Vautré sur le ventre, son bras droit le long du corps, le gauche bizarrement plié au-dessus de sa tête.

Le couvre-lit bleu pâle est trempé de sang.

Lawrence ne bouge pas.

Je m'avance dans la chambre.

— Lawrence ! Bon Dieu, Lawrence, qu'est-ce qu'ils t'ont fait ?

Sans trop savoir comment réagir, je pose mes mains sur son dos. Je sais que je ne dois pas essayer de le retourner. Ce ne sont pas les quelques heures que je viens de passer à jouer les détectives qui m'ont appris cette règle élémentaire, mais une assez bonne connaissance des séries télévisées.

Cependant, et j'en suis certain, je sens son corps bouger légèrement sous ma main.

Il respire, un peu.

Il est vivant.

18

Je m'assieds au bord du lit en prenant grand soin de ne pas déplacer Lawrence et je me penche vers lui, jusqu'à ce que ma bouche soit presque collée à son oreille.

— Tiens bon, mec, je vais chercher du secours.

Impossible de savoir s'il m'a compris ou même entendu.

Un téléphone est posé sur une table de chevet. Je m'apprête à le saisir, mais je me retiens au dernier moment.

— Ne touche à rien !

Il est plus prudent d'appeler le 911 de mon portable. Sans laisser à l'opératrice le temps de placer un mot, je crie l'adresse et l'avertis qu'il y a là un homme sérieusement blessé qui a perdu beaucoup de sang. Tout en parlant, je ne quitte pas Lawrence des yeux. Je l'observe sans pouvoir détecter le moindre signe de vie. Sa respiration est si faible que son dos ne se soulève pas.

— La blessure s'est produite comment ? demande la fille.

— Je ne l'ai pas retourné. Mais on a tenté de le tuer. Il a été agressé. On lui a peut-être tiré dessus ou il a reçu des coups de couteau, je ne sais pas. L'ambulance est en route ?

— Oui, monsieur. Ne faites rien. Attendez le service d'urgence.

— Oui, bien sûr. Ils vont peut-être avoir du mal à trouver l'endroit. La porte est entre deux magasins. Je descends et…

— Monsieur, ne quittez pas le téléphone…

— Pas de problème, j'appelle avec mon portable.

Le combiné à la main, je dévale l'étroit escalier jusqu'à la porte. Le chauffeur de taxi n'a pas bougé.

— Au compteur, ça fait déjà pas mal, dit-il sans vraiment quitter des yeux ses mots croisés lorsque j'ouvre la portière.

— J'ai besoin que vous restiez encore ici. Une ambulance arrivera d'un instant à l'autre. Quand vous la verrez, indiquez-leur la porte.

— Une ambulance ? Qu'est-ce qu'une ambulance…

— Quand elle sera là, venez me trouver et je vous paierai la course. Si je n'ai pas assez de liquide, je vous donnerai une fiche pour vous faire rembourser par le *Metropolitan*.

— Bon, j'ai compris. Mais laissez-moi vous demander ça. Un mot de six lettres pour un chien qui commence par un « D ».

Je ne prends pas la peine de répondre et me précipite dans l'escalier à toute vitesse, s'attachant à laisser toutes les portes béantes. Dans la chambre, je retrouve Lawrence dans la même position (j'avais peu de chances de le découvrir tranquillement assis au téléphone !).

— Je suis de retour, dis-je à l'opératrice en reprenant mon portable.

— Monsieur, vous n'auriez pas dû le quitter…

— Il faut aussi prévenir la police. Je ne sais pas si je vous l'ai dit, mais on a essayé de tuer mon ami.

— Je sais, oui.

Je suis tellement secoué que je me répète.

L'opératrice me demande mon nom, celui de Lawrence. Tandis que je lui donne ces renseignements, j'entends une sirène au loin. Elle se rapproche de seconde en seconde. Quelques instants plus tard, un grand brouhaha m'indique que les secours sont arrivés.

— Au premier ! je hurle.

J'annonce à l'opératrice que les ambulanciers ont fait leur apparition.

Je raccroche au moment où deux ambulanciers passent la porte de la chambre.

— Il respire encore, dis-je. Du moins il respirait il y a cinq minutes.

— Monsieur, insiste l'un d'eux, veuillez rester dans le salon, laissez-nous faire notre boulot. Mais ne quittez pas l'appartement car la police aura des questions à vous poser.

J'obéis. Une fois dans le salon, je passe en revue le titre des CD et des DVD, le dos des livres sur les étagères, mais sans vraiment les voir. De la chambre filtrent des ordres brefs, des mouvements précipités, des bribes de conversation :

— Bon, retourne-le !

— Oh, merde !

— Donne-moi ça !

— Allons, monsieur Jones, détendez-vous.

Deux flics en uniforme apparaissent sur le seuil du salon, jettent un bref coup d'œil circulaire pour se faire une idée des dégâts. Le plus imposant du duo me dévisage tandis que son collègue se rend dans la chambre.

Il n'a pas le temps de me poser la moindre question que le chauffeur de taxi fait son apparition à son tour.

— Vous avez encore besoin de moi ?

Mon flic se tourne vers lui.

— Vous allez devoir demeurer ici. Si vous voulez, vous pouvez m'attendre dans votre taxi, je viendrai vous interroger dans quelques instants.

Le chauffeur s'éloigne en me regardant de travers. Son message est plus que clair : merci, mon vieux, de m'avoir fourré dans une telle merde.

— C'est vous qui avez appelé le 911 ? me demande le flic.

J'acquiesce. Je lui décline mon identité, ma profession, et j'évoque l'article que je prépare sur Lawrence Jones pour le *Metropolitan*...

Il plisse les yeux.

— Vous travaillez pour cette feuille de chou ?

Depuis quelques années, le journal a tendance à pas mal critiquer les forces de police.

— Exact, dis-je.

Il se tait, attendant visiblement que je continue. Je lui raconte que j'accompagne Lawrence depuis plusieurs nuits pendant ses planques devant le magasin de vêtements de Garvin et que c'est en ne le voyant pas venir...

— Minute !

Sa façon de m'interrompre à tout bout de champ commence à m'agacer, mais j'imagine que ce n'est pas le moment de se plaindre.

— Garvin ? C'est là qu'on a attaqué une boutique, il y a une heure à peu près ?

— Ouais. C'est moi qui ai appelé le 911, là aussi.

Ses yeux ne sont maintenant plus que deux fentes.

— Vous êtes sur tous les coups, hein ?

Les ambulanciers transportent Lawrence sur un brancard. Le bas de son visage est enfoui sous un masque à oxygène, ses yeux sont clos, il y a du sang partout. Rien à voir avec le type dur, cool, imperturbable que j'ai côtoyé les nuits dernières. Avec moult précautions, ils lui font descendre l'escalier.

— Vous l'emmenez à quel hôpital ? je crie dans leur dos.

— Mercy General ! répond l'un d'eux en inclinant légèrement la civière.

Je me retourne vers mon flic.

— Je ne sais pas qui prévenir. J'ignore tout de sa famille. Seulement qu'il a un petit ami…

— Il est gay ?

— Ouais.

— Et vous ?

— Comment ça, moi ?

— Vous êtes gay ?

— Je ne sais pas, et vous ?

— Écoutez-moi, si vous voulez jouer au con, j'ai toute la nuit.

— J'ignore si cela a un rapport. Lawrence est simplement une connaissance dont je faisais le portrait pour mon journal. Mais si quelqu'un était au courant de quelque chose, ce serait Kent, il tient un restaurant dans les quartiers est.

— On pourra s'en occuper dans une minute. Dites-moi d'abord comment vous avez pénétré ici.

Il me pose ensuite toute une série de questions auxquelles je réponds le plus franchement possible, puis il me laisse un instant pour parler à voix basse à l'autre flic posté à l'entrée de la chambre. Ces deux policiers ne sont pas assez gradés pour entreprendre une réelle enquête, je le sais. Ils gardent les lieux en attendant l'arrivée des gars de la criminelle, les types qu'on voit dans les feuilletons télévisés.

Je me balade dans la cuisine, contemple un instant la photo de Lawrence et de celui que j'imagine être Kent. C'est alors que je me souviens du nom du restaurant : Blaine's.

Sans réfléchir, je m'empare d'un annuaire téléphonique rangé sur une étagère et je l'ouvre à la lettre B. Blaine's… Ça y est. Je compose le numéro.

— Restaurant Blaine's. Désolé, mais on ferme.

— Kent est là ? je demande.

— Qui est à l'appareil ?

— Je m'appelle Zack Walker. Mais dites-lui que je suis un ami de Lawrence.

Appuyé au comptoir, je patiente.

— Allô ! dit enfin quelqu'un.

— Vous êtes Kent ?

— Oui.

— Vous ne me connaissez pas, mais je suis un ami de Lawrence.

— Un ami ?

Méfiant, ce Kent ! Je vois d'ici ses sourcils former un accent circonflexe.

— Je ne suis pas un ami très proche. Je ne sais pas si Lawrence a de la famille et j'ignore qui je dois contacter. Mais il m'a parlé de vous, une fois.

— De la famille ? répète Kent.

Je comprends soudain que mes mots n'ont rien d'anodin.

— Qu'est-ce que ça signifie ? insiste Kent.

— Il est au Mercy General Hospital. Vous devriez y aller.

Une fois dans la rue, je prends une grande bouffée d'air frais.

Comme si la chaussée n'était pas assez encombrée – et je ne parle pas seulement du taxi qui m'a conduit ici –, une Ford noire banalisée avec une grande antenne et de modestes enjoliveurs s'arrête devant la porte de Lawrence. Un homme en sort, immense, avec moustache et cheveux noirs coupés court, vêtu d'un trench Burberry sombre. Il me faut quelques secondes pour reconnaître l'inspecteur Steve Trimble qui, deux nuits plus tôt, menait l'enquête sur la mort de Miles Diamant, écrasé par un 4 × 4 devant le magasin pour hommes d'Emmett Street.

Lorsqu'il passe devant moi, je vois bien qu'il essaie de me remettre, puis il monte quatre à quatre l'escalier jusque chez Lawrence. Quelques secondes plus tard, le voilà qui redescend et pointe son index vers moi.

— Vous, suivez-moi !

Il se dirige vers sa voiture et se retourne pour s'assurer que je le suis bien. Ce que je fais. Il me fait signe de m'asseoir à côté de lui. Ce que je fais.

— Qui êtes-vous, bordel ? On se connaît, non ?

— Si c'est pour me parler comme si j'étais de la merde, je peux tout autant rester chez moi : j'ai deux ados.

— Vous êtes qui ?

— Zack Walker. On a fait connaissance il y a deux nuits. Emmett Street. À cause de Miles Diamant.

Trimble comprend enfin.

— Vous étiez avec Lawrence.

C'est presque une question.

— Exact.

— Et vous êtes encore là.

La façon dont il le dit laisse penser qu'il croit à une coïncidence cosmique.

— Ouais. C'est moi qui l'ai trouvé.

— Quelle étrange coïncidence, vous ne trouvez pas ?

— Pas plus que l'irruption de son ancien coéquipier venu spécialement découvrir qui a tenté de le tuer.

Il essaie de cacher sa surprise, mais une petite lueur dans son regard le trahit.

— Ouais, on a bossé ensemble. Lawrence vous en a parlé ?

— Absolument.

— Et de quoi d'autre ?

Je ne réponds pas tout de suite.

— Oh ! Il m'a raconté des tas de choses. Vous voulez que je sois plus précis ?

Les feux clignotants rouges des véhicules de secours projettent de drôles d'ombres sur le visage de Trimble.

Comme il ne répond rien, je décide de faire le premier pas.

— Il m'a dit que vous aviez travaillé ensemble quand vous étiez jeunes inspecteurs. Que vous aviez traversé des épreuves pénibles.

— Il faut bien admettre que votre journal a mis le paquet pour me rendre la vie difficile.

Franchement, j'ignore ce que le journal a écrit sur cette nuit où Trimble a été paralysé de peur et où Lawrence a tué un gosse. C'était l'époque où j'écrivais des romans de SF tranquillement chez moi. Je ne suivais pas l'actualité comme je le fais aujourd'hui. Pendant un instant, je me sens d'ailleurs un peu nostalgique de cette période.

— Je ne suis pas vraiment au courant, dis-je. Je n'y travaillais pas encore.

— Qui a massacré Lawrence ?

— Aucune idée.

— Il est en chirurgie. D'après les infirmiers, il a reçu des coups de poignard. Les voisins que nous avons interrogés n'ont rien entendu.

Je lui répète ce que j'ai déjà déclaré au premier flic : les planques devant la boutique, les types dans l'Annihilator noir, la corrida de la nuit précédente lorsqu'ils ont poursuivi la Buick de Lawrence.

— Vous croyez que c'est ce gang qui a essayé de le tuer ?

— Je l'ignore. Je vous rapporte ce que je sais. Mais j'imagine que cela les arrangerait que Lawrence soit liquidé…

Trimble se tait un assez long moment.

Je décide de poursuivre.

— De plus, ils cherchaient quelque chose. La pièce qu'il utilise comme bureau a été littéralement saccagée.

L'inspecteur saisit le micro de la radio placée au centre du tableau de bord.

— Ici Trimble. Ça avance, la chasse au 4 × 4 qui a cambriolé la boutique de Garvin Avenue ?

— Négatif ! répond une voix.

— Si vous avez du nouveau, prévenez-moi. Ce véhicule est sans doute impliqué dans ce qui s'est passé ici sur Montgomery.

Et il remet en place le micro.

— Vous avez une super histoire à raconter, non ? Traîner avec un détective privé poignardé pendant une enquête. Pour vous, c'est une sacrée aubaine, hein ?

— Laissez-moi deviner, dis-je en hochant la tête. Je suis sûr que maintenant vous allez m'accuser, enfin, nous accuser, de publier du sensationnel juste pour faire vendre du papier, c'est ça ? Eh bien, laissez-moi vous dire un truc : vous savez ce qui fait vendre les journaux ? L'horoscope. Alors arrêtez de vous raconter des histoires !

Trimble a presque l'air confus.

— Oh, merde ! murmure-t-il.

— Bon, si vous voulez tout savoir, je ne connais pas Lawrence depuis aussi longtemps que vous, mais j'aime bien ce type. On est sur la même longueur d'onde. Alors, si vous n'avez plus besoin de moi, comme la nuit a été longue, j'aimerais rentrer chez moi.

Trimble fouille dans son veston et en sort une carte de visite qu'il me tend.

— Si vous avez une information, appelez-moi. Il y a aussi mon numéro personnel. Dites-vous bien que Lawrence était mon ami et qu'il l'est toujours. J'imagine…

Il n'achève pas sa phrase. Comme s'il ne voulait pas dire ce qu'il pense.

— Je suppose qu'il vous a raconté que je l'ai laissé tomber une fois, il y a de ça pas mal de temps. Et c'est pas faux. Cette nuit-là, j'ai pas été à la hauteur et je dois continuer à vivre avec ce poids sur ma conscience. Mais si je peux faire quoi que ce soit pour découvrir qui l'a mis dans cet état, j'hésiterai pas. Je vous remercie de votre aide.

— D'accord, dis-je en prenant sa carte et en la glissant dans ma veste.

En sortant de sa voiture, je remarque qu'un des flics interroge mon chauffeur de taxi. Mon téléphone sonne pile au moment où je m'approche. Je sursaute.

— Bonsoir ! dit Sarah.

— Salut.

— Désolée de te déranger, je sais que tu planques avec Lawrence, mais je voulais te dire deux mots.

— Ah bon !

Je me sens soudain extrêmement fatigué.

— J'ai appelé la maison et, en parlant à Paul, j'ai eu l'impression bizarre qu'il était ivre.

— Ah oui ?

— Il n'a que seize ans. Je ne suis pas idiote ; moi aussi, j'ai eu son âge. Je me demandais dans quel état il était quand tu as quitté la maison.

— Il allait bien.

— J'ai interrogé Angie. Soit elle ne savait rien, soit elle le couvrait. Elle m'a dit qu'elle était tombée sur toi au centre commercial ?

— Oui, c'est vrai. Elle est à la maison ?

— Tu étais *vraiment* au centre commercial ?

Je réfléchis. C'est vrai, j'y suis allé. Pourtant j'ai l'impression que cela ne remonte pas à quelques heures seulement à des jours et des jours.

— Mais oui. Dis-moi, quand tu as parlé à Angie, elle était rentrée à la maison ?

— Oui, elle venait d'arriver. Zack, qu'est-ce que tu as ? Tu as l'air aussi bizarre que Paul.

— Je ne peux pas trop te parler, là. Si on discutait de tout ça demain matin ?

— Il se passe quelque chose ? Tout va bien ?

— Lawrence n'est pas venu planquer, ce soir. Il a eu des ennuis. Je suis chez lui, en ce moment.

— Quel genre d'ennuis ?

J'ai envie de tout lui raconter. Je peux toujours compter sur Sarah. Que je sois déprimé, blessé, terrorisé, elle répond présente chaque fois, même si je me suis conduit comme le dernier des idiots. Mais ce soir je suis trop crevé physiquement et moralement pour répondre à la centaine de questions qu'elle ne manquera pas de me poser.

— Chérie, il faut que j'y aille. Je te raconterai tout plus tard.

Elle doit se rendre compte que je lui cache quelque chose. Mais elle se contente de ne dire que trois mots.

— Tu vas bien ?

— Oui, oui, je réponds avant de raccrocher.

En fait non, je ne vais pas bien. J'ai la désagréable impression que je suis de nouveau sur le point d'avoir de sérieuses emmerdes et que des dangers nous menacent une fois de plus, ma famille et moi.

Je demande au taxi de me ramener au Doughnut Palace où m'attend ma voiture.

— J'ai trouvé le nom du chien, dit-il en démarrant. C'est « danois ».

19

Alors que je m'installe au volant de ma Virtue, une évidence s'impose à moi : en tant que membre de la rédaction du plus important journal de la ville, je suis dans l'obligation d'informer la rédaction des derniers événements.

J'appelle Dan aux Infos générales. Un incident nous a opposés avant mon entrée au journal, et depuis il me considère généralement comme un pauvre con. Mais vu qu'il a des horaires de nuit, nos chemins se croisent rarement.

— Salut, Dan !

— Zack ! Sarah n'est pas là. Elle est à son séminaire avec les membres de la direction.

— Je le sais. C'est ma femme. Elle me tient au courant.

— Alors, que puis-je faire pour toi ? Tu as encore fait semblant de tomber dans l'escalier ?

Certains événements vous collent à la peau pendant longtemps…

— J'ai pensé que tu serais intéressé d'apprendre qu'un employé du *Metropolitan*, au cours de ses obligations journalistiques, a trouvé le sujet de son enquête poignardé.

Au bout du fil, Dan retient son souffle.

— Quel employé du *Metropolitan* ?

— Moi. Est-ce que j'ai le temps de pondre un truc pour la dernière édition ?

— On boucle dans dix minutes. Tout ce que je t'offre, c'est une brève.

— Tu déconnes, ou quoi ? J'ai une histoire formidable au sujet d'un détective privé du nom de Lawrence Jones qui enquête sur une série de cambriolages et qui s'est fait poignarder chez lui. Il y a largement de quoi faire la une.

— C'est toi qui l'as trouvé ?

— Oui.

— Tu as appelé la police ?

— Oui, Dan.

— Donne-moi l'adresse. On va au moins envoyer un photographe sur les lieux du crime et on aura des clichés pour illustrer un papier demain.

Même si je disposais de plus de temps, je dois admettre qu'il n'y a pas grand-chose à écrire, de toute façon. Il est possible que Lawrence soit déjà mort sur la table d'opération du Mercy General Hospital et l'on ne peut pas dévoiler son identité avant que la police ait pu prévenir les membres de sa famille. Impossible non plus d'affirmer que le casse de Brentwood's a un lien avec l'attaque d'un homme vivant au-dessus d'un salon de coiffure. En deux paragraphes, difficile d'expliquer que la victime a été découverte par un reporter du *Metropolitan*, qui a ainsi pris de vitesse la concurrence et coupé l'herbe sous le pied du journaliste qui écrira l'article le lendemain.

Le mieux, décide Dan, est de publier dans la rubrique locale un court article allant à l'essentiel. On dira que la police a ouvert une enquête sur l'attaque subie par un détective privé dont, à l'heure de mettre sous presse, on ignore les circonstances exactes.

— Ensuite, tu te ramènes de bonne heure demain et tu ponds un grand papier. Je vais laisser un mot au desk pour les prévenir.

Je pousse un grand soupir. J'ai froid, je suis fatigué et il y a de fortes chances pour que ma voiture ne démarre pas. Mais, alors que je me vois déjà en train d'appeler le service de dépannage, la voiture démarre du premier coup !

— Tu es vraiment un tas de merde imprévisible ! je murmure à la Virtue en sortant du parking.

Au lieu de rentrer directement, je passe par le Mercy General Hospital et me présente aux urgences. Le policier qui fait le pied de grue devant la chambre de Lawrence m'informe que M. Jones est toujours en salle d'opération et qu'il ne peut pas m'en dire plus sur son état, ou plutôt qu'il n'en sait rien.

Dans la salle d'attente, un homme fait les cent pas. Il ressemble au compagnon de Lawrence que j'ai vu sur une photo dans l'appartement. M'ayant visiblement entendu parler au flic, il se précipite sur moi.

— C'est vous qui avez appelé le restaurant ?

J'acquiesce.

— Vous devez être Kent. Je m'appelle Zack.

Il me tend la main.

— Kent Aikens. Merci de m'avoir prévenu.

— Je ne savais pas à qui d'autre téléphoner. Lawrence a de la famille ?

— Pas dans le coin. Ses parents sont morts, mais il a une sœur, Letitia, qui habite Denver. Je vais tâcher de la joindre. Et quand...

Il hésite, ne sachant si le mot correct ne serait pas plutôt « si », mais il se reprend.

— Quand Lawrence se réveillera, je lui demanderai qui je dois appeler.

— Bien sûr. Vous avez parlé aux médecins ?

— Ils ne m'ont pas dit grand-chose. Je ne fais pas partie de la famille, vous comprenez.

Il secoue la tête, soudain furieux.

— Je suis juste le petit ami pédé. Ils m'ont seulement appris que le couteau a perforé le poumon. Il a eu une hémorragie interne. On s'est téléphoné avec Lawrence pas plus tard qu'hier. On devait se voir vendredi soir pour aller dans un club. Il m'a parlé de vous, vous êtes journaliste, c'est ça ?

Je hoche la tête.

— Et vous passez du temps avec lui. Il m'a fait pas mal de compliments à votre sujet.

J'esquisse un vague sourire.

— C'est un type bien.

Kent avale sa salive avec difficulté et se détourne brusquement. Je lui donne une de mes cartes de visite.

— Si vous avez besoin de quelque chose ou si vous pouvez me donner des nouvelles de Lawrence, appelez-moi. Vous avez mes deux numéros, au journal et à la maison.

Kent glisse ma carte dans sa poche sans y jeter un coup d'œil.

— Si vous voulez. Quand il a quitté la police, j'ai cru que ce genre de drame ne se produirait pas. J'imaginais qu'en travaillant à son compte et en ne pourchassant plus des criminels dans des allées sombres il serait en sécurité.

— C'est arrivé dans son appartement. Quelqu'un était à sa recherche, sans doute un membre du gang qu'il traquait. Ils ont tué un autre détective, il y a deux nuits.

Kent encaisse la nouvelle sans rien dire.

— Vous avez une idée de qui pourrait lui en vouloir ?

— Non, aucune.

Les portes vitrées des urgences s'ouvrent, laissant passer l'inspecteur Trimble. Lorsque Kent l'aperçoit, il lui tourne aussitôt le dos.

— C'est le bouquet : notre héros est arrivé.

— Comment ? je demande. Vous connaissez Trimble ?

— Je connais l'histoire. Lawrence a failli mourir à cause de ce connard. Bon, si j'apprends quelque chose, je vous appelle.

Il s'assied dans un des fauteuils en plastique de la salle d'attente et inspecte la pile de vieux magazines.

Trimble passe à côté de moi, me fait un petit salut de la tête et continue son chemin vers les salles d'opération.

J'arrive à la maison vers une heure du matin. La Camry est garée dans l'allée près de la porte du garage. Je me doute qu'Angie dort déjà, mais je monte tout de même jusqu'à sa chambre : tout est éteint chez elle et chez Paul. J'attendrai demain pour procéder à des interrogatoires.

J'appelle Sarah depuis le fixe de la cuisine.

— Mon Dieu, impossible d'aller me coucher, j'attendais ton coup de fil, lâche-t-elle en soupirant. Qu'est-ce qui se passe ?

— On a essayé de tuer Lawrence dans son appartement. C'est moi qui l'ai trouvé. Il est dans un état critique. On ne sait pas encore s'il va s'en tirer.

Sarah marque une pause.

— Raconte-moi tout, finit-elle par dire.

Je lui résume l'essentiel : l'assaillant de Lawrence n'a pas été identifié, il est possible que l'agression soit liée au cambriolage de Brentwood's mais ce n'est pas certain, j'ai un important article à écrire demain matin.

— Tu veux que je rentre ? Je peux. Rien ne m'oblige à rester. Ce n'est pas comme si on apprenait quelque chose. C'est toujours pareil ces séminaires : un ramassis de conneries.

— Non, inutile, tu ne pourrais pas faire grand-chose, de toute façon.

— Au moins, je serais avec toi.

J'ai soudain la gorge serrée. Bon Dieu ! Quelle longue nuit !

— Non, ça va.

— Et les enfants ? Ils vont bien ?

— Oui, je réponds.

C'est un mensonge éhonté. Je songe à la surveillance que Trevor exerce sur Angie, à la surveillance que j'exerce sur Trevor et Angie, à la mystérieuse visite d'Angie à Trixie, à l'ivresse de Paul.

— Tout va très bien, j'ajoute.

20

Je suis tellement épuisé que je pourrais dormir sept jours d'affilée. Et pourtant, je n'arrête pas de me tourner et de me retourner dans mon lit. Un certain nombre de problèmes me trottent dans la tête. Il y a ma fille qui rend visite en secret à Trixie la dominatrice, fouetteuse à ses heures, et qui est suivie à la trace par un admirateur un peu cinglé. Il y a mon fils de seize ans qui s'est mis à picoler comme la plupart des garçons de son âge et que le harceleur de sa sœur fournit en carburant. Il y a mon nouveau copain qui se trouve à l'hôpital, entre la vie et la mort. J'ai claqué huit mille neuf cents dollars pour une voiture qui démarre quand ça lui chante et dépensé une petite fortune pour refaire ma garde-robe. Mais surtout, afin de cacher le fait que je viole l'intimité d'un membre de ma famille, je suis obligé de mentir à ma femme sur la gravité de la situation.

Enfin ! J'ai de nouvelles fringues – c'est déjà ça.

À sept heures du matin, je suis attablé dans la cuisine, le *Metropolitan* étalé devant moi, une tasse de café à portée de main, et je parcours distraitement les gros titres.

Comme sa journée de lycée commence plus tôt que les cours de fac d'Angie, Paul descend le premier. Il a les petits yeux du type qui n'a pas assez dormi.

— Assieds-toi !

— Attends que je me verse du jus de fruits.

Je prends ma voix du paternel en colère.

— Assieds-toi, je te dis !

Paul tire une chaise et s'installe en face de moi, avec une expression d'étonnement feint destinée à me faire savoir qu'il ne comprend pas, mais alors pas du tout, de quoi je veux parler.

— Tu m'as l'air patraque, ce matin.

Paul laisse passer une seconde avant de répondre :

— Non, tout baigne. Juste un peu nase, c'est tout.

— Tu as fait quoi, hier soir ?

— On a traîné ici avec deux potes.

— À faire quoi exactement ?

Il hésite encore une fois.

— Ben, j'sais pas, moi, on a regardé des films, joué à des jeux vidéo.

— À ton avis, si je pointe mon nez entre le garage et la palissade du jardin, est-ce que j'ai des chances de tomber sur un pack de bières ?

— Quoi ?

— On va vérifier ? Le pack était là hier après-midi et je sais pertinemment qui l'a laissé. Mais je te parie qu'il n'y est plus.

— Il n'y est plus, acquiesce Paul, les yeux rivés sur la table.

— Et je parie que cette bière a déjà été en grande partie dégueulée ou pissée. Je me trompe, ou pas ?

Paul se contente d'avaler sa salive sans essayer de nier.

— Tu as une fausse carte d'identité ?

Paul fait semblant d'être scandalisé.

— C'est dingue ! T'as pas confiance en moi, c'est ça ?

— Et pourquoi j'aurais confiance ? Tu as seize ans, non ? Montre-moi ta carte d'identité, j'ajoute pour le tester.

Avec un grand soupir, Paul extirpe son portefeuille de sa poche, l'ouvre et pousse sur la table un morceau de plastique vers moi. À condition de ne pas regarder de trop près, c'est une assez bonne reproduction de permis de conduire, avec sa photo. Le genre de document qui peut faire illusion dans un bar un peu sombre.

— Ma parole ! Vingt et un ans ? Alors que tu es à peine en âge de te raser !

— Pas de chance, je me suis rasé il y a deux jours.

— Écoute, fiston, tu as l'air bien trop jeune pour duper qui que ce soit avec ce permis. Alors laisse-moi deviner, tu demandes à des copains plus âgés, dont Trevor Wylie, d'acheter de la bière pour toi. C'est ça, ta combine, non ?

Paul ne répond pas. Je glisse le faux permis dans ma poche.

— Arrête, papa, tu sais combien je dois filer à Trevor à chaque fois ?

— Non. Combien ?

Mais visiblement Paul décide qu'il est préférable de garder ce détail pour lui.

— Trevor a quel âge ? Quatre ou cinq ans de plus que toi ? C'est un bon copain ?

— Ça va.

— Ce mec se sert de toi. Il joue au type sympa et te fournit en bière, pour se rapprocher de ta sœur. Un bon conseil : ne laisse pas les gens se servir de toi pour nuire à quelqu'un de ta famille.

Une expression apeurée passe dans les yeux de mon fils.

— Il est pas méchant. Il aime Angie, c'est tout.

— J'espère que tu as raison.

— Pourquoi tu me soûles avec cette histoire ? Tu fais pas ça avec Angie.

— À seize ans, Angie ne buvait pas, elle.

Au tour de Paul de sourire.

— Ouais, ouais ! Le nombre de trucs que je sais sur elle, t'as pas idée.

— Ça veut dire quoi ?

Tout de suite, je me demande si son commentaire sous-entend quelque chose de plus grave que des beuveries entre jeunes. Quelque chose en rapport avec Trixie, par exemple. Paul et Angie se font des tas de confidences.

— Elle est loin d'être parfaite. Bon, elle est OK, mais si tu crois qu'elle est toujours le petit ange à son papa, tu te goures.

— Cela a à voir avec des gens d'Oakwood ?

— Bien sûr que non ! Ce bled et ses habitants sont totalement infréquentables. Bon, écoute, papa, faut que je me prépare, autrement je vais être en retard.

Paul se lève et quitte la cuisine sans même se donner la peine de prendre son jus de fruits.

Deux secondes plus tard, Angie fait son apparition.

— Salut, fait-elle en me jetant un coup d'œil inquisiteur. Tu n'as pas mis tes nouveaux habits ?

Elle a l'air mécontente.

— Désolée, ma chérie. Je suis rentré très tard. Les sacs sont toujours dans la voiture.

Angie prend un yaourt dans le frigo.

— Incroyable ! Tu les as laissés dans la voiture ? Heureusement que j'étais là pour t'aider à choisir !

— Attends, laisse-moi te raconter.

Et en un rien de temps, Angie est au courant de ce qui est arrivé à Lawrence.

— Tu es sérieux ? Il va s'en sortir, au moins ?

— Je vais appeler l'hôpital. Son état était critique.

Incrédule, Angie secoue la tête.

— Ça craint !

— Comme tu dis !

Et je ne peux pas m'empêcher de penser à tous les événements bizarres qui ont eu lieu ces derniers temps.

— Tu as fait quoi, hier soir, après qu'on s'est séparés ? je demande, d'un ton aussi détaché que possible.

— J'ai été réviser chez des copains, grommelle Angie.

— Ah bon…

J'avale une gorgée de café avant de continuer :

— Ces copains suivent les mêmes cours que toi ?

— Oui.

— Hum !

J'observe Angie tandis qu'elle met une tartine dans le grille-pain, avant de fouiller dans le frigo à la recherche d'un pot de confiture.

Ma fille. Papotant avec son papa. Préparant son petit déjeuner. Parlant de ses études. Sur le point de partir pour un cours à la fac.

Alors que, quelques heures auparavant, elle passait sa soirée avec une dominatrice. Qui, je me le rappelle, est également mon amie.

J'opte pour une nouvelle approche, une tactique différente.

— Dis-moi, tu as réfléchi à ce que tu voudrais faire, après la fac ?

— Pas vraiment. J'ai le temps d'y penser, tu sais. Encore trois ans avant de terminer.

— D'accord ! Mais tu dois avoir quelques idées en tête. Un ou deux domaines qui te tentent.

— Il y en a plein. Comme la photo. Et puis je me dis que bosser dans la pub pourrait être intéressant. Ou alors quelque chose qui me permette de travailler avec des gens. J'aime bien être en contact avec des gens.

— Tu aimerais un boulot qui te mette en contact avec des gens ?

— Oui.

— Quoi, par exemple ?

— J'sais pas, moi, toutes sortes de jobs. Mais pourquoi tu me poses toutes ces questions sur mon avenir ?

— Ça m'intéresse, c'est tout. J'aimerais que tu choisisses un métier qui te plaise, qui soit gratifiant sur le plan financier et dont ta mère et moi pourrions être fiers.

Ces derniers mots font bondir Angie.

— Tu veux que je devienne médecin, c'est ça ? Alors, autant que tu le saches maintenant, c'est hors de question.

— Pas la peine de monter sur tes grands chevaux, Angie ! Tout ce que je dis, c'est que si tu es fière de ton travail, nous le serons aussi, ta mère et moi.

Angie touille son yaourt avec sa cuillère en m'observant d'un drôle d'air.

— Papa ?

— Oui, ma chérie.

— Tu ne serais pas parti dans un de tes délires, par hasard ?

— Je ne comprends pas.

— Tu sais bien, quand tu es hyperconcerné par un truc. Parce que, dans ce cas, tu deviens carrément invivable. Je comprends que l'histoire de Lawrence te perturbe, mais à la maison tout va bien, pas la peine de stresser.

— Qu'est-ce que tu insinues ? De toute façon, n'en parlons plus. Le sujet est clos, la conversation terminée. La seule chose qui nous tienne à cœur, c'est que tu choisisses une profession que tu aimes.

Sur ce, je plonge mon nez dans le journal.

— Papa !

— Allez ! On oublie !

Je décide ensuite d'aborder un autre sujet.

— Comment ça se passe avec Trevor ? Il t'embête toujours ?

— Il m'a appelée hier soir tard, répond Angie en soupirant.

— Ah bon ?

— Il m'a dit qu'on était faits pour être ensemble. Que les forces qui essayaient de nous séparer agissaient en vain.

— Sérieusement ?

— Bizarre, hein ? Il m'a dit que je lui rappelais cette fille, dans le film *Matrix*, qui détruit tranquillement les mecs. Remarque, elle est du genre plutôt canon.

— Tu sais qu'on peut intervenir ? On peut, par exemple, exiger qu'il ne s'approche pas de toi. Ou...

— Papa !

— Nous avons une équipe de conseillers juridiques au journal. Je peux leur demander...

— Papa !

— Ils peuvent me recommander quelqu'un. En fait, ce policier que j'ai rencontré peut même...

— Papa !

— Quoi ?

— Papa, tu arrêtes, d'accord ? Trevor est chiant, mais je gère. Ce n'est pas comme s'il était fou.

Et si je lui révélais que Trevor l'avait suivie hier soir, d'abord au café, ensuite dans le centre commercial et finalement sur le chemin d'Oakwood ? Après tout, tant pis si elle explose, l'important est que...

— Dis donc, papa, tu devrais peut-être l'espionner comme tu l'as fait avec...

Maître Nageur.

— OK, très bien, je m'excuse. On oublie !

Un silence s'ensuit, au cours duquel j'ai tout loisir d'entendre Angie mastiquer sa tartine.

— Il y a quelque chose de drôle, fait-elle doucement. Drôle bizarre, pas drôle je-me-marre.

— Quoi ?

— Hier soir, en conduisant, j'ai eu une drôle d'impression. J'avais la sensation que quelqu'un m'observait. C'est dingue, non ?

— Vraiment ?

— J'ai pensé que c'était peut-être Trevor. Parce qu'il est un peu lourd, ces temps-ci. Mais je ne l'ai pas repéré.

— Ah !

— J'ai probablement flippé. Et c'est ta faute. À cause de toi, je deviens parano.

Angie rince son assiette avant de la mettre dans le lave-vaisselle. Alors qu'elle se dirige vers l'entrée, elle me demande si elle peut prendre la nouvelle voiture.

— Il faut que je l'emmène au garage. La plupart du temps, elle refuse de démarrer.

— Génial !

La sonnerie assourdie de son portable se fait entendre. Elle farfouille dans son sac.

— Allô ?

Puis :

— Putain, mais arrête de me harceler !

Je prends le temps de récupérer mes nouveaux achats dans la voiture et de les rapporter dans ma chambre. Ensuite, je sors, je verrouille la porte d'entrée et je m'installe au volant. La Virtue démarre du premier coup, mais pour plus de sécurité je m'arrête chez Otto Réparations, notre garagiste depuis une quinzaine d'années. Otto est en train de travailler sous le châssis d'une Mustang.

— Quoi de neuf ?

Je lui explique de quoi il retourne.

— Je viens d'acheter une nouvelle voiture et j'ai déjà des problèmes.

— Je vais jeter un coup d'œil, dit-il en sortant pour aller examiner la Virtue. Waouh ! Une hybride !

— Ouais.

Il se marre.

— Où est la rallonge ?

— Très drôle !

— Tu aurais dû me demander conseil avant d'acheter une hybride. Avec l'essence elles fonctionnent bien, mais en mode électrique elles sont un peu fantaisistes. Des fois, elles refusent de démarrer.

— Oui, je m'en suis aperçu.

Otto me demande d'actionner la manette de commande du capot.

— Pour le moment je ne vois qu'un énorme couvercle en plastique. Faut d'abord que je le retire. Je subodore un souci de batterie. Peut-être un fil mal branché. Ça arrive souvent. Tu peux me la laisser ? Reviens en fin d'après-midi la récupérer.

Je saute dans un tramway pour me rendre au journal. Je ne suis pas assis à mon bureau depuis cinq secondes que Nancy, qui remplace Sarah pendant qu'elle est à son séminaire, vient me voir. Elle a lu le récapitulatif de Dan et veut connaître les dernières nouvelles. Je lui fais un résumé des événements de la nuit de façon qu'elle puisse répondre aux questions de Magnuson et lui assurer que je n'ai participé à aucune fusillade.

— Une fusillade ?

— Rassure-le, s'il pose la question.

— Écris ton papier. Mets-y tout ce que tu as comme infos. Et prévois une suite.

— Si suite il y a, intervient Dick Colby qui s'est matérialisé derrière Nancy. La suite, c'est moi qui m'en occupe. C'est de mon ressort, je te le rappelle.

— Désolé, Dick, je dis. La prochaine fois que je tombe sur un type en train de mourir, je te téléphone pour que tu rappliques et que tu appelles une ambulance.

Sans doute à la recherche d'un peu d'air frais, Nancy s'éloigne de Colby.

— Ce que je veux dire, continue-t-il, c'est que nous devons respecter nos territoires respectifs. Tu me vois écrire des histoires de science-fiction ?

— Tu pourrais en écrire une au sujet d'une planète où les gens ne se lavent jamais.

— Oh non ! marmonne Nancy.

— Tu as dit quoi ? me demande Colby.

— Écoute, Dick, on parlera de ça plus tard, fait Nancy.

Elle déteste les conflits.

Cheese Dick retourne à sa place en grognant.

— Incroyable que tu aies eu le culot de dire ça, lance Nancy.

— Incroyable que nous soyons encore capables de respirer, je rétorque.

Mon téléphone sonne et j'adresse à Nancy un sourire forcé qui signifie : « Pardon, mais je suis obligé de prendre cet appel. »

— Walker à l'appareil !

— Zack ? C'est Trixie.

Mon estomac fait un bond.

— Salut ! Je pensais justement te passer un coup de fil, aujourd'hui.

— J'ai entendu l'histoire de ce Lawrence, aux nouvelles. Ce n'est pas le gars dont tu m'as parlé ?

Les autorités ont dévoilé le nom de Lawrence et toutes les radios relatent ce qui s'est passé hier soir.

— Si, c'est lui.

— Terrible. Comment va-t-il ?

— Pas bien.

— Tu as l'air préoccupé, Zack, je vais te laisser. Mais dis-moi, tu voulais m'appeler à quel sujet ?

Qu'est-ce que je réponds ? La vérité ? Ou une semi-vérité ?

— Rien de précis. Je pensais qu'on pourrait prendre un café, un de ces jours. Comment ça s'est passé avec ton client, l'amateur de cookies et de scouts ?

Trixie éclate de rire.

— Ah oui, lui ! Après son départ, j'ai retrouvé des miettes dans mes bas.

Je pèse le pour et le contre avant de décider que cela ne vaut pas la peine de demander des détails plus précis.

— Je crois que Paul s'est soûlé, hier soir.

Mais pourquoi ai-je lâché cette information ? Probablement parce que j'ai besoin de me confier et que je n'ai pas encore pu aborder la question avec Sarah.

— L'adolescence, je te jure, Trixie, ça va finir par me tuer !

— Je ne t'envie pas. J'ai toujours pensé que je ne serais pas une bonne mère.

Il y a une tristesse inexplicable dans sa voix. Mais tout de suite elle se ressaisit.

— Si seulement la boisson avait été mon seul vice, quand j'avais seize ans !

— Quant à Angie...

Et je laisse le prénom de ma fille planer pendant quelques secondes.

— ... Angie, elle change à une telle vitesse que c'est difficile de suivre.

— Je ne suis pas étonnée, fait Trixie.

Il y a un petit silence.

— Zack, tout va bien ? Tu as l'air tout drôle.

— Une avalanche de trucs me tombe dessus. Je me sens un peu dépassé.

— Si je peux t'aider, appelle-moi, d'accord ?

— Je n'y manquerai pas.

Et nous nous disons au revoir.

Je rends mon article à midi.

— Je file en taxi chez Brentwood's, je dis à Nancy.

Sur place, le cordon jaune de la police empêche tout accès. Une équipe d'ouvriers a néanmoins été autorisée à entrer pour remplacer les vitres brisées par des panneaux de contreplaqué.

Je me glisse sous le cordon et pénètre dans le magasin par la porte principale. Arnett Brentwood, une liste de stock en main, passe en revue les quelques vêtements qui restent sur les portants. C'est un petit bonhomme qui, malgré les événements, est habillé avec soin d'un costume sombre avec chemise blanche et cravate. Il ne me reconnaît pas immédiatement car on ne s'est vus qu'une fois. Je lui rappelle qui je suis et lui relate les faits, à savoir que je suis celui qui a trouvé Lawrence Jones.

— Je suis navré pour lui et pour sa famille. Transmettez-leur mes regrets les plus sincères pour ce qui s'est passé et mes meilleurs souhaits de rétablissement.

— Je n'y manquerai pas.

— J'aurais aimé le leur dire de vive voix, mais comme vous pouvez voir…

D'un geste du bras, il me montre les dégâts.

— C'est moi qui ai appelé la police. Je devais retrouver Lawrence ici et, comme il n'arrivait pas, je me suis mis à sa recherche.

— Ces gens qui se sont introduits dans mon magasin, ce sont les mêmes qui ont essayé de tuer M. Jones ?

— C'est possible.

— Pour moi, c'est la fin. J'ai déjà été dévalisé. Les assurances m'ont prévenu : je ne serai plus couvert. Vous comprenez, je ne peux plus risquer d'être à nouveau cambriolé.

Pour ne pas voir la larme qui coule sur sa joue, je détourne les yeux.

— Dites bien à M. Jones à quel point je suis désolé. Et vous pouvez lui répéter que, pour moi, le commerce, c'est terminé.

21

Je décide de me rendre ensuite à l'hôpital. Pas pour délivrer à Lawrence le message de M. Brentwood, bien sûr, il est suffisamment mal en point pour ne pas avoir, en plus, à apprendre que son client est ruiné. Toute la journée j'ai pensé à lui et j'ai appelé plusieurs fois pour m'entendre dire : « L'état de M. Jones est critique mais stable. »

Comme la Virtue est toujours chez Otto, c'est un taxi qui me conduit au Mercy General Hospital. Au bureau des renseignements, j'apprends, sans surprise, que Lawrence est aux soins intensifs. Dans le couloir du service, un panneau indique que les patients sont autorisés à recevoir deux visiteurs à la fois, mais seulement des membres de la famille. Quand je dis à l'infirmière de la réception qui je suis, elle me montre le panneau.

— Je suis sûre que l'état de M. Jones vous préoccupe. Mais l'accès aux chambres n'est permis qu'à sa famille.

— Il y a quelqu'un avec lui ?

— Sa sœur, je crois. Elle est arrivée de Denver.

— Je vais l'attendre.

À travers le hublot de la porte, je jette un coup d'œil dans la salle : une demi-douzaine de lits sont alignés. Au bout, près de la fenêtre donnant sur le parking, est assise une femme noire. Dans le lit, je peux distinguer la forme de deux jambes et deux pieds enfouis sous un drap bleu réglementaire.

C'est une femme séduisante d'une petite quarantaine d'années, avec des cheveux noirs brillants et un tailleur bleu marine. Je la vois s'essuyer les yeux, prendre la main du blessé et pencher la tête de côté comme pour entendre ce qu'il dit. Ensuite elle se lève et disparaît derrière le paravent, hors de mon champ de vision.

Je m'assieds à côté de la porte et j'attends. Au bout d'un quart d'heure, la porte s'ouvre et elle apparaît. Elle marche lentement, la tête basse, comme anéantie.

— Excusez-moi, vous êtes bien Mlle Jones ?

— Je m'appelle Letitia McBride.

— Pardon, mais vous n'êtes pas la sœur de Lawrence ?

Elle acquiesce. J'en déduis que McBride est son nom de femme mariée.

Je me lève et me présente.

— Lawrence est un de mes amis. Je suis venu le voir mais, comme je ne suis pas un de ses parents, on m'interdit d'entrer. L'infirmière m'a dit que vous arriviez de Denver ?

— Oui. Pourriez-vous me dire, s'il vous plaît, dans quelles circonstances vous avez rencontré mon frère ?

Quand un inconnu affirme être l'ami de votre frère homosexuel, j'imagine qu'il est parfois nécessaire d'avoir des informations complémentaires pour comprendre la nature de leur relation. Je lui confie donc que je travaille pour le *Metropolitan* et que je préparais un papier sur Lawrence. J'ajoute que, bien que récente, notre amitié n'en est pas moins réelle et que c'est moi qui ai appelé la police après l'avoir trouvé.

— Merci, dit-elle en me touchant le bras. D'après le médecin, vu l'importance de son hémorragie, il a été sauvé de justesse.

— Comment va-t-il ?

Les larmes aux yeux, Letitia McBride se mord les lèvres.

— Il est sérieusement touché. Il paraît que cette journée sera décisive. C'est un battant, vous savez. Et il se bat plus que n'importe qui, mon petit frère ! conclut-elle en se mouchant.

Je me force à sourire.

— Notre mère était conductrice de bus. Elle faisait de longues journées, il lui arrivait même de travailler la nuit. Notre père n'était pas souvent à la maison parce qu'il accumulait les boulots, quelquefois jusqu'à trois, pour nous faire vivre. Ils nous aimaient, on n'en a jamais douté, mais avec Lawrence on était pas mal livrés à nous-mêmes. Je le surveillais, lui préparais son dîner, l'envoyais au lit quand c'était l'heure. Un jour, un gros camion poubelles a percuté le côté gauche du bus de ma mère et elle est morte. Après ça, mon père a dû travailler encore plus pour subvenir à nos besoins. Et moi, je me suis occupée de Lawrence tout le temps.

— Votre père vit toujours ?

— Il est décédé il y a dix ans. Vous savez, Lawrence n'a jamais pu lui dire.

— Lui dire quoi ?

— Qu'il était…, répond-elle avec circonspection.

— … homosexuel ?

Elle hoche la tête.

— Comme vous le savez, de nos jours, les réactions sont différentes.

À mon tour de hocher la tête.

— Mais même aujourd'hui notre père n'aurait pas compris. Et, croyez-moi, Lawrence ne lui en aurait jamais voulu. Parce qu'il savait que notre père était un homme bon. Oui, Lawrence aurait accepté que notre père ne comprenne pas. D'ailleurs, il ne l'aurait pas embêté avec ça. Mon frère n'a besoin de l'approbation de personne. Il est ce qu'il est.

— Je sais.

Elle hoche encore une fois la tête puis paraît se perdre dans ses pensées comme si elle essayait de se souvenir.

— Monsieur Walker, quel est votre prénom, déjà ?

— Zack.

— Oh, mon Dieu !

— Quoi ?

— Lawrence est sous calmants, mais il a des moments de lucidité. Il a prononcé votre prénom. Il vous a demandé.

— Vraiment ?

— Oui. Il a dit votre prénom et d'autres mots incompréhensibles.

— Comme quoi ?

— Il faut que vous le voyiez.

— L'infirmière ne va jamais croire que je suis de sa famille.

Letitia m'adresse un sourire, un beau sourire. Elle regarde vers le bureau des infirmières et, voyant qu'elles sont affairées, m'entraîne dans la salle des soins intensifs.

Nous passons devant les autres patients, pour arriver jusqu'au lit de Lawrence.

Mon copain n'a pas l'air en forme.

Ses yeux sont clos, sa tête est renversée sur l'oreiller.

— Larry, murmure sa sœur à son oreille. Il est là. Zack est là.

Un de ses yeux s'entrouvre et se referme aussitôt.

— Laissons-le, je dis, un peu gêné. Il doit se reposer.

— Non. Ce qu'il voulait vous dire semblait important.

Alors, je m'approche.

— Lawrence, c'est Zack. Ta sœur me dit que tu veux me parler. Je suis là. Mais rien ne presse.

Son œil gauche se pose sur moi, fait un effort pour accommoder. L'autre œil essaie de s'ouvrir.

Lawrence laisse échapper un son.

— Je sais, dis-je, tu dois drôlement souffrir.

Il fait une grimace et remue la tête.

— Zack, dit-il dans un souffle.

— Je suis là, mon pote. Tu sais que tu as fichu en l'air mon article. Le fait que tu sois blessé m'a obligé à changer d'angle. Tu n'aurais pas dû me faire ça, mec.

— At-ten !

— Quoi ? Tu as dit quoi, Lawrence ?

— Il a dit : attends, répond Letitia.

— Attends quoi ? Ou attends qui ? Lawrence, dis-moi : je dois attendre quelqu'un ?

— At-ten-tion, articule Lawrence, les yeux fermés.

— Attention ? C'est ce que tu essaies de me dire ? Attention ?

Il peine à avaler sa salive. Letitia lui glisse entre les lèvres une paille reliée à un verre. Il avale un peu d'eau, reprend son souffle et me regarde.

— Après toi, dit-il.

— Tu pourrais répéter, Lawrence ?

— Je crois qu'il veut dire : fais attention, ils sont après toi, traduit Letitia.

C'est bien ce que j'avais compris.

22

— D'après moi, c'est la batterie, fait Otto.

J'ai pris un autre taxi de l'hôpital au garage et je suis maintenant dans le parking à côté de la Virtue. Ma voiture a passé, semble-t-il, un bon moment dans l'atelier.

— Elle n'a refusé de démarrer qu'une seule fois. J'ai vérifié les fils et fixé celui qui m'a paru débranché. C'est peut-être ce qui explique tes problèmes, mais tu devrais la montrer à un garage Virtue, où ils savent mieux que moi comment réparer les hybrides.

— Je verrai.

Otto sourit et glisse une cigarette entre ses lèvres.

— J'ai fait une recherche sur le Net. Sur un site où les gens parlent de leurs voitures. Un type avait les mêmes problèmes que toi et, en agitant le levier de vitesse, parfois ça marchait. Ça me paraît bizarre, mais si elle refuse de démarrer, ramène-la-moi.

— Comment je la ramènerai, si elle ne démarre pas ?

Otto me regarde en plissant les yeux.

— Toi et tes questions à la noix !

Je me glisse derrière le volant et mets la clé de contact. La voiture démarre au quart de tour.

— C'est plutôt bon signe, dis-je.

— La facture est dans la boîte à gants, me rappelle Otto alors que je quitte le garage.

Sur le chemin du journal, je n'arrête pas de penser à ce que Lawrence a essayé de me dire. Le fait est que son message – « Attention, ils sont après toi » – est des plus déconcertants.

Qui peut bien être après moi ?

Que des gens en veuillent à mort à Lawrence, ce n'est pas difficile à imaginer. Dans son métier, il est amené à croiser toutes sortes de détraqués. Genre les types de l'Annihilator. Et, du temps où il était flic, il s'est sans doute fait un paquet d'ennemis. Sans même parler des maris cavaleurs qu'il aurait démasqués.

Mais qui pourrait me haïr à ce point ?

Je repense aux mecs du 4 × 4 noir avec une certaine appréhension. Et s'ils avaient découvert que Lawrence et moi étions leurs poursuivants de l'autre nuit, ceux qui les avaient canardés ? *A priori*, les plaques d'immatriculation de la Buick étant fausses, il était impossible de retrouver la voiture. Et donc son conducteur.

At-ten-tion. Après. Toi.

Les mots de Lawrence ne cessent de résonner dans ma tête.

Dès que j'arrive au bureau, je sors la carte de Steve Trimble de mon portefeuille et je l'appelle sur son portable.

— Trimble à l'appareil.

— Inspecteur, c'est Zack Walker.

— Oui ? Qu'est-ce que je peux faire pour vous ?

Il n'a pas l'air particulièrement ravi de m'entendre.

— Je prépare mon article pour demain et je voulais savoir si l'enquête concernant les agresseurs de Lawrence avait progressé. C'est vous qui vous en occupez, n'est-ce pas ?

— Oui.

Pas loquace, le bonhomme.

— Alors, y a-t-il du nouveau ?

— Nous suivons différentes pistes.

Bon, je suis tombé sur un flic qui s'en tient strictement au règlement.

— Des suspects ?

— Je viens de vous dire : nous suivons différentes pistes.

— Quelle hypothèse privilégiez-vous ? Un seul agresseur ? Ou plusieurs ?

Trimble met longtemps avant de me répondre.

— À ce stade, aucun élément n'indique que l'agression ait pu être commise par plusieurs personnes, mais rien ne l'exclut non plus. Pourquoi cette question ?

— Pour savoir, c'est tout.

— Écoutez, dit le policier d'un ton plus aimable, voici ce que je vous propose. Vous étiez sur place, vous connaissez Lawrence, aussi, si vous détenez des renseignements dignes d'intérêt, faites-m'en part. À mon tour, je vous réserverai l'exclusivité de mes informations.

— Même avant Dick Colby ?

Trimble se met à rire.

— Même avant Dick Colby. Ça m'est déjà arrivé de lui refiler pas mal de tuyaux. Mais toujours par téléphone, si vous voyez ce que je veux dire.

— Je vois.

Il semblerait qu'entre Trimble et moi la glace se soit rompue. Ne venons-nous pas d'échanger une petite vanne au sujet de Colby ? J'estime donc que je peux me lancer sans crainte.

— Si vous êtes d'accord, j'aimerais vous contacter une fois par jour pour voir s'il y a du nouveau. De mon côté, dès que j'ai quelque chose, je vous appelle.

— N'importe quand, répond l'inspecteur. Jour et nuit.

— Entendu !

À peine ai-je raccroché que le téléphone sonne. C'est Sarah.

— Salut ! On a une pause. Figure-toi qu'un directeur de journal vient de nous faire un speech sur le thème : « Comment rendre l'ambiance de la salle de rédaction plus harmonieuse ». Il paraît que nous devons être à l'écoute des angoisses de nos reporters, imaginer ce qu'ils ressentent quand leur copie est entièrement révisée. Moi, c'est ce type que j'ai envie de réviser. Comment va Lawrence ?

— Stationnaire, je dirais.

— Tu l'as vu ?

— Il y a deux heures environ.

— Tu l'as trouvé comment ?

— Pas terrible.

— Tu as pu lui parler ?

— Quelques mots seulement. Il est branché à des tas de machines. Il ressemble à un Borg.

— Hein ?

N'étant pas une fan de *Star Trek*, Sarah n'a pas saisi l'allusion aux créatures cybernétiques.

— Je rentre demain, après la session du matin. Je devrais être à la maison en fin d'après-midi, sauf si je décide de passer par le bureau.

— Ne t'en fais pas. Mais reviens vite, tu nous manques.

Est-ce l'histoire de Letitia et de son frère Lawrence ? Toujours est-il que j'ai la certitude que la famille est ce que l'on a de plus précieux.

Après avoir terminé un autre papier, j'informe Nancy de mon dernier coup de fil à Trimble et je quitte le *Metropolitan*. La Virtue démarre sans problème. Que mon pote Otto soit remercié : en voilà un qui connaît son métier ! Sur le chemin du retour, je décide de faire quelques courses, au cas – très hypothétique, bien sûr – où Angie et Paul décideraient de dîner avec moi.

La rue qui croise la nôtre est une artère très animée avec des boutiques, des cafés et des restaurants. Il y a même un petit cinéma qui passe des films d'art et d'essai. Il fait beau. Tables et chaises débordent sur les trottoirs. Je vais d'abord chez Angelo primeurs prendre de quoi faire une salade et chez l'Italien d'à côté acheter des linguine maison. En revenant à la voiture, alors que je regarde distraitement les gens installés aux tables des cafés, je reconnais une silhouette familière : un jeune homme en longue veste sombre rivé à son ordinateur.

Je m'approche par-derrière et jette un coup d'œil sur l'écran par-dessus son épaule. Un plan est affiché qui, à vue de nez, pourrait être celui de mon quartier. Un petit point se propulse dessus.

— Morphée a encore filé ?

Surpris, Trevor Wylie se retourne brusquement et s'arrange pour refermer en même temps le couvercle de son ordinateur portable.

— Monsieur Walker, fait-il en enlevant ses lunettes de soleil afin de me voir plus nettement.

— Comment vas-tu, Trevor ? je demande en lui faisant face.

— Très bien. Vous faites quoi dans le coin ?

— Des courses pour le dîner. Et toi ?

— Je bois un café et je travaille sur mon ordi.

De l'autre côté de la rue, j'aperçois sa Chevrolet noire, son arrière-train traînant par terre comme si ses amortisseurs avaient rendu l'âme. Un énorme dinosaure issu des usines de Detroit au milieu de modèles plus petits et plus récents, pour la plupart importés. Veste noire, voiture noire, sans oublier le très noir Annihilator. À croire que les forces du mal se liguent contre moi.

— C'est un programme tout à fait étonnant que tu as, dis-je en posant mes paquets sur sa table. Si j'avais un chien, je l'utiliserais sans doute moi aussi.

— Oui, j'imagine.

— Tu travailles sur quoi ?

— Oh, rien de bien intéressant.

Trevor regarde autour de lui comme s'il espérait que je me serais volatilisé lorsqu'il regarderait de nouveau dans ma direction.

— Comment va Angie ? demande-t-il d'un ton un peu las.

Visiblement, il s'est résigné à ce que je ne disparaisse pas comme par enchantement.

— Elle va bien, Trevor.

— J'ai l'impression que son mobile cafouille. Parfois, quand j'essaie de l'appeler, la communication ne passe pas.

— Ça arrive... Mais dis-moi ce que tu voulais lui dire. Je lui laisserai le message.

— Au sujet de la fac. J'ai envie de suivre le programme d'informatique qu'ils ont à Mackenzie, c'est tout à fait dans mes cordes. Si mes heures de cours coïncident avec celles d'Angie, on pourrait y aller ensemble et faire du covoiturage, une semaine dans sa voiture, l'autre dans la mienne. Mais je lui expliquerai moi-même, vous en faites pas.

— Pour tout dire, je m'en fais.

— Comment ?

— Je m'en fais. Je suis le genre de type qui s'inquiète, Trevor. Tu peux demander à tous les gens qui me connaissent. De temps en temps, je dépasse les bornes, surtout quand les membres de ma famille sont concernés. Angie, par exemple. Je me fais du souci pour elle. Tous les pères se font du souci à propos de leur fille.

— Oui, j'imagine, fait Trevor en remettant ses lunettes noires. Il y a pas mal de gens bizarres qui traînent par ici.

— Exactement. Donc j'essaie autant que possible de garder un œil sur elle. Pour la protéger. Parce que si quelque chose lui arrivait, je ne sais pas ce que je ferais.

— Oh oui, je comprends ! Totalement.

— J'espère bien, que tu comprends.

Il y a un silence, comme un léger moment de flottement.

— Alors vous êtes auteur de science-fiction ?

— Oui, j'ai écrit quelques romans.

— J'aime bien. L'aspect scientifique me plaît, bien sûr, mais j'y trouve aussi une dimension mystique. Il y a d'autres forces en jeu que les forces de la nature. À mon avis, la science ne domine pas tout dans l'Univers.

— Peut-être pas.

— Et je crois que, même si nous ne les comprenons pas toujours, certains faits sont destinés à se produire.

— Et ?

— Et certaines personnes sont destinées à se rencontrer, mais littéralement. Je crois que, pour accomplir son destin, chacun doit trouver la personne qui lui est dédiée.

— Ça, je ne sais pas. Je n'ai jamais abordé ce thème dans mes livres. Mais c'est un point de vue qui se tient.

— Sans aucun doute, répond Trevor en souriant d'un air entendu.

D'un mouvement de tête, je montre la Chevrolet noire.

— C'est ta voiture ?

— Ouais.

— On ne voit plus tellement ce modèle par les temps qui courent, si ? Il n'est plus fabriqué depuis quelques années.

— Exact.

— Et pourtant, j'ai vu la même l'autre soir, garée dans le parking du centre commercial, près des portes d'entrée.

— Ah bon ? marmonne Trevor.

— Et alors que je quittais la ville en direction d'Oakwood, j'ai encore vu la même.

Cette fois, Trevor ne se fend même pas d'un « Ah bon ? »

— Drôle de coïncidence, tu ne trouves pas ? Deux voitures exactement comme la tienne, le même soir, dans deux endroits différents.

Ses yeux sont cachés derrière ses lunettes noires. Je ne peux pas voir son expression, ni s'il regarde ailleurs.

— Trevor, ça ne t'ennuie pas d'enlever tes lunettes juste une seconde ?

Il ne bouge pas.

— Trevor, juste une seconde.

Doucement, presque cérémonieusement, il retire ses lunettes tandis que je l'observe avec attention.

— Jamais je ne supporterai que quelqu'un fasse du tort à ma fille, lui fasse peur ou lui cause des ennuis.

— Bien sûr, répond Trevor sans détourner son regard.

— Je veux que ça soit bien clair.

— Absolument.

— Donc nous nous comprenons.

— Parfaitement.

Je lui fais un signe de tête mais, avant de partir, je me tourne une dernière fois vers lui.

— Et arrête d'acheter de l'alcool pour mon fils.

— D'accord.

De retour à ma voiture, deux surprises m'attendent.

La première ? Morphée, le chien, en train de dormir tranquillement sur la banquette arrière de la Chevrolet de Trevor.

La seconde ? Un gros Annihilator noir vient de passer devant ma maison.

23

— On peut regarder la télé pendant qu'on dîne ? demande Paul.

Nous sommes dans la cuisine. Après avoir mis la salade dans un saladier en verre, je m'apprête à servir les linguine.

— Je ne crois pas. Tu sais ce que pense ta mère de la télévision pendant les repas.

— Oui ! Mais elle n'est pas là. Et ce soir il y a *Les Simpson*.

Voilà qui soulève une question intéressante. Doit-on respecter les règlements édictés par Sarah alors qu'elle est absente ? Surtout quand *Les Simpson* passent à la télé ?

Tout en réfléchissant à cet épineux problème, je demande à Paul de dire à sa sœur que le dîner est prêt. Sans bouger d'un centimètre, mon fils hurle d'une voix qui fait vibrer les verres à vin sur l'étagère :

— Angie ! Dîner !

Elle est rentrée à la maison au même instant que moi et s'est précipitée dans sa chambre. Avant qu'elle ferme sa porte, j'ai eu à peine le temps de lui demander si elle comptait dîner avec nous, et elle a eu à peine le temps de grommeler un vague « oui ».

Paul s'installe devant son assiette et attrape la télécommande. Si nous avons la télé dans la cuisine, c'est essentiellement pour regarder les infos.

— Oh, c'est l'épisode où Homer est astronaute.

Un très bon épisode, je dois l'avouer. En particulier la scène où il mange des chips en imitant la manœuvre en apesanteur du vaisseau spatial de *2001, l'Odyssée de l'espace*.

— Bon, d'accord, je concède en m'asseyant à mon tour.

En plus, j'ai besoin de me changer les idées, d'arrêter de penser de manière obsessionnelle à Trevor, à Lawrence, à Angie chez Trixie, à l'Annihilator.

Évidemment, il n'y a pas qu'un Annihilator en ville, même noir. Beaucoup de gens en possèdent. Le responsable des pages Sports au journal en a un, jaune. Un de mes voisins également, mais vert. Depuis leur mise en vente, il y a deux ans, on n'arrête pas de voir des modèles noirs. C'est sans doute la couleur la plus demandée.

Donc, je n'ai aucune raison de paniquer en en voyant un passer devant chez moi. Par contre, un Annihilator noir fonçant dans mon allée pour aller démolir ma porte d'entrée, voilà de quoi s'affoler.

Une demi-heure auparavant, lorsque j'ai vu passer l'Annihilator, je me suis immédiatement lancé à sa poursuite. Sauf que, bien sûr, la Virtue se traînait. Je me suis penché sur le volant comme un forcené, avec l'espoir ridicule que, si je me propulsais en avant, la voiture suivrait le mouvement. Il fallait que j'arrive à me rapprocher suffisamment, afin de voir s'il s'agissait du même engin que celui de la nuit précédente. Le simple fait de lire une plaque d'immatriculation m'aurait soulagé, car je me rappelais que l'Annihilator que nous avions pris en chasse n'en avait pas.

Et il avait aussi des vitres teintées. Si le 4 × 4 qui venait de passer devant chez moi avait des vitres normales, des vitres qui permettaient de voir l'intérieur et le conducteur, j'aurais la preuve que ce n'était pas le même.

J'ai foncé tant que j'ai pu mais, au croisement, il avait disparu. Au carrefour suivant, j'ai regardé des deux côtés : rien à l'horizon. Pourtant, ils ne sont pas difficiles à repérer, ces mastodontes ! Un peu secoué, je me suis finalement résigné à rentrer chez moi.

Après avoir jeté les pâtes dans l'eau bouillante, je suis allé dans notre chambre et j'ai entrepris de ranger ma nouvelle garde-robe sur des cintres.

Ce matin, Angie a eu l'air vexée que je ne porte aucune de mes nouvelles affaires. J'ai donc enfilé un nouveau caleçon, un nouveau pantalon et une nouvelle chemise. Cette coupe, que l'étiquette qualifiait de « confort », me va comme un gant : à la fois bien ajustée à la taille mais laissant plus d'aisance que le jean que j'ai l'habitude de porter. Bonus : les jambes sont assez larges pour que je puisse mettre mon pantalon sans enlever mes chaussures, ce qui me ramène à l'époque de ma jeunesse où je me nourrissais de sandwiches au beurre de cacahouète et de marshmallows. Je m'admire en vitesse dans la glace avant de descendre dans la cuisine finir de préparer le dîner.

Pas question de commencer à manger avant l'arrivée d'Angie. Aussi, quand Paul s'apprête à enfourner ses pâtes, je lui jette un regard désapprobateur. Il prend aussitôt un air outragé.

— On peut l'attendre des siècles. Elle se fait une beauté et j'ai trop faim.

— Elle se pomponne pour quoi ?

— Bah, elle va probablement sortir après le dîner.

Je regarde l'immense calendrier affiché sur le réfrigérateur, où chacun est censé noter au marqueur ses activités. Au programme de ce soir, Angie a écrit « conférence ».

— Elle va à une conférence.

— Ouais, mais après elle sort.

— Elle a un copain ?

Je n'ai pas pu m'empêcher de prendre un ton de conspirateur.

— Ne me demande pas. Si tu veux savoir, tu lui poses la question directement. Je connais la combine : je cafarde, ensuite tu la harcèles pour qu'elle moucharde sur moi.

Il prend le temps d'enrouler une indécente quantité de linguine sur sa fourchette avant de reprendre :

— Je te préviens que je vais avaler ça. J'en ai rien à faire, qu'elle soit pas là.

— Et toi, Paul ? Tu as une amoureuse ?

Il ne répond pas, il mâche.

— Qu'est devenue cette Wendy ? C'était bien son prénom, hein ?

La bouche pleine, Paul secoue la tête. Il fait descendre ses pâtes avec quelques gorgées d'eau et précise :

— Je ne suis jamais sorti avec elle. En plus, elle a une tête assez moche.

— Moche ?

— Ouais, tout est super chez cette nana, sauf sa tête.

Angie se montre enfin. Elle s'est changée, s'est remaquillée, recoiffée. Bref, elle est magnifique – et en tant que père cette constatation me fait chavirer de fierté.

— Surtout ne te gêne pas, Paul ! Tu ne manques pas d'air de commencer sans moi !

— Eh, je t'ai rendu un service. Papa m'a demandé des renseignements sur ta vie privée et j'ai refusé de cracher le morceau.

Angie me regarde.

— C'est vrai ?

— Non, je dis.

Angie ne semble pas plus choquée que cela par ma curiosité un tantinet maladive car elle passe à autre chose.

— Je prends la voiture, ce soir. Je vais à une conférence et j'aimerais avoir la Virtue pour pouvoir conduire le toit ouvert.

— J'ai une meilleure idée, ma puce : je vais te déposer et revenir te chercher. Qu'est-ce que tu en penses ?

— Hors de question, papa ! On en a parlé des centaines de fois. Tu as dit qu'il nous fallait une autre voiture, en particulier pour m'éviter de prendre les transports en commun, le soir tard. Et maintenant que nous l'avons, tu veux me déposer ? Alors que maman n'est même pas là et que personne n'a besoin de la Virtue ?

Paul interrompt sa mastication et me regarde, un grand sourire aux lèvres.

— Ouais, papa !

Comment la convaincre, sans dévoiler le pot aux roses, qu'il vaut mieux que je l'emmène ? L'espace d'un instant, je songe à lui avouer que je viens de suggérer à Trevor de la laisser tranquille, mais je me ravise.

Elle me tuerait !

Tout cela me fait repenser à la mise en garde mystérieuse de Lawrence. Apparemment, quelqu'un a une sacrée dent contre moi. Est-ce vraisemblable ? Cela a-t-il un rapport avec Angie ? Ce dernier point semble improbable.

Je peux peut-être l'informer qu'un 4 × 4 noir est passé dans notre rue, un très méchant 4 × 4 qui ressemblait à celui des types qui…

Non, elle va me prendre pour un fou.

— Tu peux avoir la voiture, Angie. Je suis préoccupé par l'article sur lequel je travaille. J'ai l'impression que ma paranoïa s'est un peu accentuée.

— Oui, je vois ça, réplique Angie. Mais, papa, je t'assure, tout va bien. Franchement. Détends-toi.

— J'ai amené la voiture chez Otto, aujourd'hui. Je crois qu'il a arrangé le problème du démarrage. Depuis qu'il a bossé dessus, rien ne s'est produit. Mais si ça arrive, appelle-moi.

— Sympa ! Au fait, tu peux me donner cinq dollars pour le parking ?

— Tu plaisantes ? Je ne vais pas me laisser extorquer de l'argent, maintenant que je sais ce que je sais.

— Oh, allez, papa ! Ils ont peut-être bouclé ma sortie. Cette fois je vais être obligée de payer. S'il te plaît !

— Tu as montré à papa la sortie secrète ? demande Paul.

— Je ne sais pas ce qui m'a pris.

— Quelle andouille !

Ce n'est pas seulement par principe que je ne lui donne pas l'argent pour le parking. En lui refusant les cinq dollars requis, je suis certain qu'elle quittera le campus de la fac par le chemin qu'elle m'a montré hier. Ce qui veut dire qu'elle débouchera sur Edward Street. Et que je peux l'y attendre.

Si sa conférence commence à vingt heures trente, comme semble l'indiquer le calendrier du réfrigérateur, elle devrait se terminer aux alentours de vingt et une heures trente. Et je pourrai être sur place un quart d'heure avant, afin de m'assurer, pour la toute dernière fois, que Trevor ne la piste plus.

Dans le cas contraire, il me faudra prendre des mesures infiniment plus drastiques. Je passerai peut-être même un coup de fil à l'inspecteur Trimble.

— Tu fais quelque chose, après la conférence ?

— Je vais sans doute voir des amis.

— Au fait, je lance, comme si je venais de me souvenir d'un détail, tu es restée en contact avec tes amis d'Oakwood ?

Le regard que me jette Angie est de ceux qui vous font douter de votre propre hygiène. Elle ne pourrait pas avoir l'air plus dégoûtée.

— Ça va pas ! Je les ai complètement perdus de vue.

— Je croyais que tu en voyais toujours certains. Tu as quand même fait deux années de lycée là-bas.

— Non, papa.

— Et les autres jeunes du coin ? Tu n'es plus en contact avec eux ?

— Si tu crois que j'ai le temps de me propulser jusqu'à Oakwood !

— Tu n'as pas besoin d'y aller. Tu peux leur parler avec la Skype.

Mes deux enfants se regardent.

— Avec la Skype ? s'exclament-ils en chœur.

— D'accord, sur Skype ! Tu peux leur parler sur Skype ! Vous voyez ce que je veux dire !

Ils pouffent.

— Allô, est-ce que tu veux qu'on se fasse une Skype ? demande Paul à Angie, qui pleure de rire.

— Non, mille excuses, ma Skype est cassée.

— Oh, pardon !

Paul se gondole tellement qu'il est incapable de sortir la nouvelle vanne qu'il a sur le bout de la langue.

— Bon, les enfants, ça suffit !

Après de ce qui me paraît être trois plombes, Angie recouvre son calme.

— Papa, je t'assure qu'aucune personne d'Oakwood ne se connecte à ma Skype.

À ces mots, Paul tombe littéralement de sa chaise.

Je suis face à un problème. Il ne me reste pas d'autre solution maintenant que de demander directement à Angie ce qu'elle fabrique chez Trixie. Sauf que, dans ce cas, il faudrait que je lui avoue toute cette histoire de surveillance, et alors impossible de vérifier ce soir que mes menaces ont bien effrayé Trevor.

Donc je me tais.

— Bon, j'ai des trucs à faire, annonce Angie en posant son assiette sur le comptoir.

Paul, qui se marre toujours autant, arrive néanmoins à se lever.

— Et moi, il faut que je m'allonge, sinon je vais mourir de rire.

Juste avant vingt heures, Angie descend.

— Salut. À tout' !

Je sors à toute vitesse de mon bureau, où je passe moins de temps à écrire des bouquins qu'à faire du modélisme – des vaisseaux spatiaux et autres maquettes kitsch de science-fiction, comme ma collection de robots miniatures du célèbre film *Le jour où la Terre s'arrêta*.

— Salut ! Sois prudente, OK ?

— Oh, je n'ai pas la clé de la nouvelle voiture.

— J'en ai deux. L'autre est dans le bol où je mets mes pièces de monnaie. Attends une seconde, je te la lance.

Ce que je fais, depuis le palier du premier.

— Dis donc, papa, tu es drôlement chic, fait Angie en boutonnant son manteau bleu.

— Quoi ?

— Tes nouvelles fringues te vont bien. Je voulais te le dire pendant le dîner, mais je n'en ai pas eu l'occasion. Tu as mis aussi un des nouveaux caleçons ?

— Regarde !

Je baisse un peu mon pantalon.

— Oh ! Celui avec les piments rouges. Bon, super ! Mais ça ne t'ennuie pas de remonter ton pantalon ?

Je m'exécute.

— N'oublie pas, ma chérie, appelle-moi si tu as un problème. Et ne fais rien d'idiot, d'accord ?

— Tu veux dire : rien de ce que toi, tu serais susceptible de faire ? rétorque Angie en riant.

— Exactement.

— Je t'aime, papa.

Et elle s'en va.

24

Je garde un œil sur la pendule : si je quitte la maison un peu avant vingt et une heures, je serai vingt minutes plus tard à la fac. À mon grand étonnement, alors que je m'apprête à partir, Paul est en train de travailler.

— Je m'en vais, lui dis-je en passant la tête dans sa chambre.

— Où ? demande-t-il distraitement, le nez sur son écran.

— Un rendez-vous professionnel.

— Professionnel ?

— Oui.

— Ah bon ! Tu veux pas m'en dire plus ? insiste-t-il machinalement.

Je suis encore dans l'entrée quand le téléphone sonne. Paul décroche. Vu que la conversation s'éternise, j'en déduis que la communication est pour lui. Mais au moment où je passe la porte, le voilà qui se met à hurler :

— Papa ! Téléphone ! C'est maman.

Je décroche l'appareil de la cuisine.

— Salut.

— C'est horrible, pour Stan.

— Quoi, Stan ? Qu'est-ce qui se passe ?

Elle parle forcément de Stan Wannaker, le photographe du *Metropolitan*. C'est le seul Stan que nous connaissons.

— Oh, tu ne sais pas ? Je suis toujours au séminaire et je viens d'apprendre la nouvelle. Toi, non ?

— Non, c'est toi, la boss. Alors, dis-moi ?

— C'est incroyable, il est mort.

— Quoi ?

— Oui ! Stan est mort. Je l'ai appris il y a cinq minutes. Nous rentrons tous ce soir. Après ce qui vient de se passer, personne n'est d'humeur à supporter encore ces conneries de discours sur le management en douceur.

J'ai très froid tout à coup.

— On a travaillé ensemble hier sur les enchères de voitures. Il lui est arrivé quoi ? Un accident ?

— On l'a frappé à mort. Juste derrière l'immeuble du journal, à l'emplacement où les photographes se garent. Quelqu'un lui a fracassé la tête contre sa portière.

Impossible de parler : je suis comme paralysé.

— Quand je pense qu'il a sillonné tous les coins chauds du monde, Sarajevo, l'Afghanistan, l'Irak, et qu'il se fait tuer ici ! lâche Sarah avec un soupir.

— Il y avait ce type, je marmonne.

— Quel type ?

— Tu te souviens quand je t'ai appelée de là-bas et que Stan et ce type s'engueulaient ? Cheese Dick m'a dit son nom.

— Comment Cheese Dick le connaissait ?

— Il regardait la planche-contact de Stan au journal et il a dit : « Tiens, c'est Barbie Bullock ! » Oui, c'est ça.

— Barbie Bullock ?

— Stan ne l'a pas photographié spécifiquement. En fait, il était par hasard dans le champ. Mais l'autre a essayé de lui arracher son appareil.

— Il savait qui était Stan ?

— Possible, je n'en sais rien. Stan lui a dit qu'il travaillait pour le *Metropolitan* et l'a envoyé promener.

— Dick Colby en sait plus sur lui ?

— Apparemment, il bosse pour Lenny Indigo, qui est en taule actuellement. Ce nom te dit quelque chose ?

— Bien sûr. Sears a couvert le procès. C'est un des grands manitous de la pègre.

— C'est bien lui.

— Je vais passer un coup de fil à Dick. Il va avoir besoin de cette info pour son papier.

— C'est invraisemblable. Pourquoi Bullock ? Il devait savoir qu'il était bien trop tard pour récupérer la pellicule. Un jour et demi après.

— Peut-être qu'il ne cherchait pas le film. Peut-être qu'il voulait se venger.

Je regarde la pendule. Vingt et une heures passées.

— Écoute, Sarah, téléphone à Dick.

— Il va vouloir te joindre pour les détails.

— Dis-lui d'appeler sur mon portable. Je sors.

— Tu vas où ? Faire quoi ?

— Je t'expliquerai quand tu rentreras.

À l'évidence, j'aurais mieux fait de me taire. La réaction de Sarah est instantanée.

— Chaque fois que tu dis ça, il y a un problème.

— Tout va bien. Je t'assure.

— C'est Paul ?

— Pas du tout.

— Donc, c'est Angie ?

— Mais non.

— Qu'est-ce qui se passe avec Angie ?

Je respire un grand coup avant de me lancer.

— Premièrement, ce Trevor Wylie m'inquiète. Tu sais, ce type qui n'arrête pas de l'appeler.

— Ce n'est pas parce qu'elle est tombée sur lui une fois qu'il la poursuit comme un psychopathe.

— Non, Sarah, il la suit partout où elle va. Dans sa voiture.

— Quelle horreur ! Angie t'en a parlé ?

— Non. Elle…

Je m'arrête à temps.

— Si ce n'est pas elle, qui ? Allô ? Zack ? Tu es là ?

— Une intuition.

— Ne me parle pas d'intuition, Zack ! Pas toi ! Comment sais-tu que Trevor piste Angie ?

— Disons qu'il a pu m'arriver de le voir en train de… euh… la pister.

— Mais comment ? Oh, Zack, ne me dis pas que tu l'espionnes ?

— Non, pas lui.

— Alors qui ?

Je ne réponds pas.

— Zack, jure-moi que tu ne surveilles pas ta propre fille.

J'ai dû hésiter un instant car Sarah laisse exploser sa colère.

— Mais bordel, tu es irrécupérable !

— Ce n'est pas intrusif, je veux juste être sûr qu'elle est en sécurité. Tu me crois, j'espère ?

— Zack, honnêtement, arrête tes conneries ! Bien sûr qu'il est important parfois de savoir ce que nos enfants fabriquent, mais on ne les épie pas comme s'ils étaient des criminels. Pourquoi ne pas cacher des caméras dans leurs chambres, pendant que tu y es ? Ou un micro dans leur téléphone ? Oui, pourquoi ne pas ouvrir leur courrier ? Ou faire fouiller leurs casiers à l'école ?

À vrai dire, je trouve intéressantes certaines de ces suggestions mais je m'abstiens de tout commentaire.

— Je n'y peux rien, c'est plus fort que moi. D'ailleurs, je préférerais n'avoir jamais commencé. Parfois il vaut mieux ignorer certains faits.

Longue pause à l'autre bout de la ligne.

— Quel genre de faits ? demande-t-elle brusquement.

— Non, non, oublie ! Tu as raison, je ne respecte pas la vie privée de notre fille. Les gens qu'elle voit, ceux à qui elle rend visite, tout ça ne me regarde pas.

— Elle voit qui ? Elle rend visite à qui ?

— Attends, Sarah, tu t'entends, là ?

— Bordel, Zack, qu'est-ce qui se passe ?

Tant pis, cette fois je vais cracher le morceau.

— Tu ne te doutais pas qu'Angie allait voir Trixie à Oakwood, tard le soir ?

— Trixie, chez elle ? Trixie Snelling, la spécialiste du fouet et des chaînes ?

— Eh oui ! Je ne savais pas qu'elles étaient copines, quand on habitait là-bas.

— Moi non plus. C'était plutôt toi qui passais ton temps fourré chez elle à boire des cafés, genre je copine avec ma voisine. À tel point que je me suis demandé si tu avais des marques de corde sur le corps.

Je préfère ne pas relever ce coup bas.

— Tu crois qu'Angie prépare sa carrière ? En y réfléchissant, si elle devait choisir entre, je ne sais pas, moi, un job de directrice de banque et une carrière de fouetteuse, je pencherais pour la banque.

— Il faut que je rentre à la maison.

— Surtout, tu n'en parles pas ! Je ne sais pas comment aborder le sujet sans lui faire savoir que je l'ai à l'œil. Ce qui me fait penser que je dois filer.

— C'est ça, ton rendez-vous nocturne ? Tu la files ?

— Seulement pour m'assurer que Trevor ne la talonne pas. J'ai eu une petite conversation avec lui, aujourd'hui.

— Tu lui as parlé ?

— Une discussion amicale, entre hommes. Sympathique mais ferme. Il est bizarre, ce garçon. Pas aussi inoffensif qu'on pourrait le croire.

— Bon, eh bien vas-y ! Et tiens-moi au courant.

— Entendu. Et toi, appelle Dick au sujet de ce Barbie.

— Au fait, ça lui vient d'où, ce surnom ?

Je lui révèle le thème de sa collection.

— Tu ne crois pas qu'un adulte qui collectionne les Barbie s'expose à toutes sortes de moqueries ? demande Sarah.

— Si, mais à ce qu'il paraît les personnes qui se foutent de lui ne recommencent jamais.

25

Je saute dans la Camry et fonce en direction du campus. Je passe au moins trois fois à l'orange, mais sur Edward Street je ralentis jusqu'à Galloway Hall. Il fait sombre. Je me cale sur mon siège tout en gardant l'œil sur la sortie secrète d'Angie. Aucun risque qu'elle repère la Camry. Cette voiture est tellement banale qu'elle se fond dans la masse.

Il est presque vingt et une heures trente. Je me suis garé par hasard en face d'un café. Et il se trouve que je meurs d'envie d'en boire un. Ai-je le temps ? Je décide de prendre le risque, d'autant que de l'intérieur je peux surveiller l'arrière du bâtiment de la fac.

Je commande un café à emporter à un gros serveur en tablier blanc et je suis de retour dans la Camry, mon breuvage en main. Angie n'est toujours pas sortie.

Tout en patientant, je repense à Stan. C'est dingue qu'il soit mort. Tant d'événements se sont produits au cours des dernières vingt-quatre heures, tant de choses me sont tombées dessus que je suis incapable de digérer cette information.

Trop, c'est trop !

Soudain, des phares éclairent le passage. La lumière s'intensifie et la Virtue s'engage lentement dans l'étroite ruelle. On dirait qu'elle émerge d'une fente. Impossible de voir nettement Angie derrière le volant, mais je peux distinguer une silhouette sur le siège du passager. Fille ou garçon ?

La réponse ne se fait pas attendre. La portière s'ouvre et le garçon, celui qui était avec elle hier soir, sort et détache la chaîne qui empêche Angie de rejoindre Edward Street. Une fois que la Virtue est passée, il remet la chaîne en place et retourne dans la voiture.

Là, il se penche vers elle et l'embrasse sur la joue. Elle se tourne vers lui et ils s'enlacent. A-t-elle bien pensé à se mettre au point mort ? J'espère au moins qu'elle se débrouille pour garder son pied sur la pédale du frein.

Pas la peine d'embêter Sarah avec ce détail.

Heureusement, les deux tourtereaux ne tardent pas à desserrer leur étreinte et la voiture redémarre. Je les suis à une vingtaine de mètres. Quand c'est possible, je laisse une voiture se faufiler entre nous sans les perdre de vue.

Angie a ouvert le toit, et les voilà qui agitent les mains. Une seule pour Angie, les deux pour son copain. Pendant quelques secondes, je vois même quatre mains s'agiter dans la brise.

— Sapristi, Angie, ne lâche pas le volant !

Principe de base : tous les parents se doivent de suivre leurs enfants à la trace, surtout ceux qui viennent de passer leur permis de conduire. Il va falloir que je trouve le moyen d'aborder le sujet du lâchage de volant avec elle.

La Virtue tourne à gauche puis après un moment vire à droite, encore à gauche, et poursuit sa route tout droit sur quelques kilomètres. Nous traversons le quartier résidentiel où les hommes d'affaires et les médecins de la ville vivent dans des maisons à un million de dollars, nous longeons ensuite la rivière pour retourner vers la fac. Il ne me faut pas longtemps pour comprendre qu'ils font un tour, sans but précis, tout à la joie de faire une balade dans une nouvelle voiture.

Au fait, Angie, ta dernière contribution aux frais d'essence date de quand ? C'est vrai qu'une hybride dépense moins. Mais ça m'exaspère de voir les gosses conduire pendant des heures sans se soucier du prix du carburant. Et puis aussi....

Oh, boucle-la, Zack ! Comme si tu n'étais pas pareil quand tu étais jeune !

L'important est que durant cette petite virée je n'aie vu ni Trevor Wylie, ni son chien Morphée, ni sa Chevrolet noire.

Il a peut-être essayé. Il l'a peut-être pistée de la maison à la fac et l'a attendue à l'entrée principale, là où on prend son ticket de parking. Et Angie s'est montrée plus maligne en sortant par l'autre issue. J'aimerais bien en être sûr. Parce que, si c'est le cas, il va retenter sa chance demain soir. Mais si, au contraire, cela lui fait prendre conscience de l'énormité de son comportement et s'il arrête, alors je pourrai relâcher un peu mon dispositif de protection.

Mon portable sonne.

J'ai du mal à l'extirper de la poche de ma veste et j'appuie sur le bouton avant d'avoir pris connaissance du nom de mon interlocuteur.

— Allô ?

— Papa ?

Mon cœur fait un bond.

— Angie ? Salut, ma chérie !

À travers la vitre arrière de la Virtue, je vois qu'elle a son téléphone contre l'oreille.

— Où es-tu, papa ?

— Hein ?

— Je viens d'appeler à la maison. Paul m'a dit que tu étais sorti.

— Oui, des trucs de boulot. Qu'est-ce qui se passe, ma chérie ?

— Tu te souviens que je t'ai dit que j'avais parfois le sentiment bizarre d'être suivie ?

— Oui, je réponds, légèrement mal à l'aise.

— C'est un peu dingue, je sais, mais il y a une voiture derrière moi depuis un moment. Et j'ai à nouveau cette drôle d'impression.

— Sois plus explicite.

— OK. C'est un tas de ferraille, genre notre Camry. Je l'ai remarquée dans mon rétroviseur en faisant un tour avec la nouvelle voiture.

— Tu peux voir si le conducteur est un homme ?

— Pas vraiment. Mais j'imagine que oui. En général, les pervers au volant sont plutôt des mecs.

— Bon, pas de panique. Tu as probablement affaire à des voitures différentes. Et puis tu as les nerfs à fleur de peau. C'est ma faute, je t'ai flanqué la trouille avec toutes mes histoires sur Lawrence.

— Oui, tu as raison.

Mais Angie n'a pas l'air convaincue.

— Il est toujours derrière toi ?

Je la vois jeter un coup d'œil dans son rétroviseur.

— Oui, toujours. Papa, j'ai peur de m'arrêter. Imagine que ce dingue sorte de sa bagnole.

J'appuie sur l'accélérateur et je tourne dans la première rue à droite qui se présente.

— Oh, fausse alerte ! Il n'est plus là.

— Tu es sûre ?

Me voilà au beau milieu d'une zone industrielle où je n'ai jamais mis les pieds.

J'entends Angie soupirer de soulagement.

— Oui. Il vient de tourner. Mon imagination m'a joué des tours. J'ai cru une seconde que c'était Trevor. Il en serait bien capable.

— Oui. Tu devrais rentrer, maintenant.

— Je suis sur le chemin du retour. Mais d'abord on va s'arrêter au McDo.

— On ?

— Je suis avec quelqu'un.

— Ne rentre pas trop tard, d'accord ?

— Papa, j'ai dix-huit ans, OK ? Ne te bile pas. Je serai à la maison très vite. Il faut que je prenne un bouquin et que je...

— Je ne t'entends pas, ma chérie.

— Je vais à la maison prendre un livre et ensuite je dépose...

— Dis bonsoir à ton copain de ma part.

— Mais, papa, je n'ai jamais précisé, je veux dire, je n'ai...

Une sirène hurle dans mes oreilles. Une voiture de police vient de s'arrêter derrière moi.

— Bon, j'y vais, Angie.

— Très bien. À plus !

Ma fille semble enchantée de terminer la conversation.

Tandis qu'un policier s'approche, je baisse ma vitre.

— Bonsoir, monsieur l'agent.

— Veuillez présenter votre permis de conduire et la carte grise du véhicule, s'il vous plaît.

— Certainement.

En ouvrant la boîte à gants, je demande :

— Qu'est-ce qui se passe, monsieur l'agent ?

L'intérieur de la boîte à gants ressemble à une poubelle. Où est passée cette foutue carte grise ?

— Vous savez qu'il vous manque un feu arrière ? me dit le policier.

Comme si je ne le savais pas !

— Non. C'est vrai ? Je l'ignorais. J'ai donné la voiture à réviser il y a un mois.

Je trouve enfin le dossier en plastique fourni par le concessionnaire. La carte grise devrait être dedans. Je farfouille et... Ah ! la voilà !

— Qu'est-ce qui vous amène dans ce quartier ? demande le flic en examinant à l'aide d'une lampe la carte grise que je viens de lui remettre.

Ce quartier ? Quel quartier ?

— Je crois que je me suis perdu, je réponds.

— J'attends votre permis de conduire, insiste le flic qui a toujours la carte grise en main. Donc, vous êtes perdu ?

— Oui, dis-je en me tortillant sur mon siège pour atteindre la poche arrière de mon pantalon flambant neuf.

Le tissu est si raide qu'attraper mon portefeuille relève de l'exploit.

— Vous pouvez peut-être m'aider ? je continue à l'adresse du policier. En fait, je cherche un McDo. Il y en a un, par ici ?

Et je lui tends mon permis.

Il m'explique où trouver le McDo le plus proche, puis griffonne quelques informations.

— Je vais vous dresser un procès-verbal, dit-il finalement. Et n'oubliez pas de faire réparer ce feu arrière. Demain.

— Sans faute, monsieur l'agent.

Cinq minutes après, il me tend la contravention et retourne à sa voiture. Quant à moi, je fais demi-tour sous son nez, non sans me demander si cela va me valoir une autre amende, et je me dirige vers la rue où j'ai quitté Angie.

Voici mon plan : je vais passer devant le McDo pour m'assurer que tout va bien et que Trevor n'est pas dans les parages. Ensuite, je laisse tomber et rentre à la maison.

Le McDo est exactement à l'endroit que m'a indiqué le flic, avec son M jaune visible à des kilomètres à la ronde. Je vais inspecter le parking et, si tout a l'air normal, je plierai bagage.

Première constatation : la Virtue est garée entre deux petites voitures qui ne ressemblent en rien à la grosse Chevrolet noire de Trevor. Les autres, alignées au fond, doivent appartenir aux employés. J'avance lentement devant une autre rangée de véhicules.

Rien à signaler.

Deux voitures me précèdent à une allure d'escargot tandis que je longe la façade de l'établissement. L'une d'elles déboîte à gauche vers la rue, ce qui m'oblige à freiner. Un regard vers la devanture vitrée m'apprend qu'Angie et son copain sont attablés : elle me tourne le dos, mais lui regarde dans ma direction. Au moment où je recommence à avancer, il fait un mouvement de tête et Angie se retourne. Dieu merci, je parviens à avancer de quelques mètres afin qu'elle ne voie pas mon visage.

— Avance, avance, mais bordel, avance donc ! je crie à la voiture qui lambine devant moi.

Tout à coup, le copain de ma fille se matérialise. Tapant sur ma vitre, vociférant.

— Hé ! Toi ! Je veux te parler !

Je voudrais avancer, mais impossible, la voiture devant moi est au point mort.

Cette fois, il va falloir que je crache le morceau. Le moment de vérité. Je descends la vitre.

— Putain, pourquoi tu nous suis, espèce d'enfoiré ?

Reste calme, Zack !

— Écoutez, il y a erreur. En fait, je suis…

Son poing part si vite que j'ai à peine le temps de le voir. En revanche, je le sens parfaitement quand je le reçois.

26

J'ai essayé d'éviter son poing, mais le coup est arrivé trop vite pour que je puisse réagir. En plus, être en position assise dans une voiture, entravé par une ceinture de sécurité, ne permet pas une grande amplitude de mouvement. Bref, le copain d'Angie me frappe juste au-dessous de la tempe. Ma tête valdingue. J'ai l'impression qu'une bombe explose devant mes yeux.

Il hurle, mais je ne suis pas certain de tout saisir.

« Espèce de pervers » revient plusieurs fois. « Sale connard » également. Et puis une voix familière, bien qu'un peu lointaine, crie : « Arrête, Cam ! Tu es fou ? »

J'imagine qu'Angie n'a pas la moindre idée de l'identité du type que son copain Cam est en train de corriger. Je préfère garder l'anonymat, ce qui m'évite en outre d'avoir à bondir hors de la voiture pour me battre avec le dénommé Cam et de subir une défaite : vu son âge et sa forme physique, il est évident qu'il aurait largement le dessus.

Je démarre pleins gaz vers la droite en ratant de peu le pare-chocs du type de devant et je sors en trombe du parking, obligeant le conducteur d'une fringante Corvette à freiner à mort pour ne pas m'emboutir. Le bruit de ses pneus crissant sur l'asphalte doit s'entendre deux pâtés de maisons plus loin.

J'appuie sur le champignon. Le but est de m'éloigner aussi vite que possible du McDo. Je suis tellement pressé que je ne sens pas la douleur.

Mon cœur bat à toute allure lui aussi. Après avoir parcouru plusieurs centaines de mètres, je me gare sur le parking d'une supérette 7-Eleven. À l'aide du miroir, je constate l'étendue des dégâts : une partie du côté gauche de mon visage n'est qu'hématome et enflure.

Il ne me reste plus qu'à m'acheter un sac de glace à la supérette et à l'appliquer sur la contusion. Je ne sais pas ce qui me fait le plus souffrir : le gnon, ou mon orgueil blessé. En tout cas, tandis que je maintiens la glace contre ma joue, je me retiens pour ne pas crier. Et je gamberge un maximum.

J'espère d'abord que ma fille ne va pas faire sa vie avec Cam ! Parce qu'il me semble qu'en matière de relations gendre-beau-père on a connu meilleur départ.

Ensuite, j'essaie d'évaluer dans quelle mesure ma joue passera inaperçue. Si ça ne gonfle pas trop, je pourrai rentrer discrètement à la maison et me mettre au lit avec une poche de glaçons sur l'oreiller. Demain matin, le gonflement devrait avoir disparu, remplacé sans doute par une brûlure par congélation des plus gratinées.

En revanche, si l'hématome est toujours visible, Angie va tout de suite faire le rapprochement. Et il y aura alors une tonne de choses à expliquer. Au fond il vaut peut-être mieux tout avouer maintenant, admettre que je suis un connard mais que parfois les pères se font tellement de souci pour leur fille qu'ils en deviennent cons. Nous sommes fabriqués comme ça et…

Bordel de merde !

Une Chevrolet noire vient de passer bruyamment devant le 7-Eleven en direction du McDo. Difficile de distinguer le visage du conducteur, mais impossible de se tromper sur la voiture : basse du cul et pare-chocs tout rouillés.

Je démarre, mais mon pied se refuse à se poser sur l'accélérateur. Visiblement, une partie de moi-même rechigne à donner la chasse.

En fait, je ne suis pas fait pour ça. Mes aptitudes de pisteur sont assez nulles. Je me suis fait repérer à trois reprises. Deux fois par Angie – la première fois dans le centre commercial, la seconde quand je lui ai téléphoné en la suivant en voiture. La troisième par son copain Cam, au McDo.

Bref, je ne suis pas taillé pour ce type de boulot.

Au fond, tant qu'elle se trouve en compagnie de Cam, Angie est en sécurité. Ce garçon a montré qu'il était meilleur garde du corps que moi. Tiens, ça ne serait pas si mal que Trevor tombe sur eux. Il aurait affaire à Cam, dont les pouvoirs d'intimidation surpassent les miens.

Je retire la poche de glace et me regarde une nouvelle fois dans le miroir. Mon visage est digne d'un musée des horreurs.

Sur le chemin du retour, je fais un crochet par le journal.

Il faut que j'en sache plus sur ce qui est arrivé à Stan Wannaker. Les événements qui se sont produits au cours des dernières vingt-quatre heures pourraient bien être en rapport les uns avec les autres. Stan a été assassiné. Il a eu une engueulade avec Bullock à une vente aux enchères de voitures à laquelle Lawrence et moi avons assisté. Lawrence est à l'hôpital, victime d'une violente agression. J'ai l'impression que ces événements ont un lien, sans toutefois comprendre comment ni pourquoi.

Dans la salle de rédaction, le chagrin est palpable. L'atmosphère n'est pas à la blague. Pas de propos badins lancés d'un bureau à l'autre. Personne ne propose d'aller chercher des cafés ou d'aller boire un verre après le boulot. Bien qu'au moins quarante personnes se partagent l'espace, il règne un silence inhabituel.

On entend seulement le son des touches des claviers d'ordinateur. Des gens rassemblés en petits groupes bavardent à voix basse.

Certains ont la larme à l'œil.

Une fois devant mon ordinateur, je vérifie mes mails puis je vais sur le serveur où se trouvent les articles édités et révisés pour essayer de trouver le papier sur la mort de Stan qui sera publié dans l'édition de demain en tête de une, sous la signature de Dick Colby.

> Stan Wannaker, le photographe du *Metropolitan* aux multiples récompenses, qui a bravé les dangers dans tous les points chauds du globe, a été retrouvé hier assassiné dans le parking du journal.
>
> « C'est une perte terrible. Stan était une personne formidable et un reporter talentueux. Il incarnait l'image de notre journal. » Ainsi s'est exprimé Bertrand Magnuson, directeur de la rédaction, à l'annonce de son décès.
>
> Stan Wannaker, âgé de 44 ans, avait commencé au journal il y a vingt-sept ans au service courrier. Ted Baines, le chef du département photos, se souvient qu'à l'époque le jeune garçon passait énormément de temps dans son service. « À partir du jour où il a franchi nos portes, il a su qu'il voulait devenir photographe. Il avait découvert sa vocation. »
>
> Stan Wannaker a couvert la chute du mur de Berlin, la guerre en Yougoslavie, l'intervention américaine en Afghanistan et la guerre en Irak.
>
> « Stan a côtoyé le danger toute sa carrière, il est impensable qu'il ait été victime d'un meurtre à l'extérieur de notre immeuble », a commenté M. Magnuson.
>
> D'après le rapport de police, le motif de l'agression ne semble pas avoir été le vol. Ses appareils photo ont été retrouvés sur le lieu du crime, tout comme son portefeuille contenant une somme d'argent et ses cartes bancaires.
>
> Apparemment, Stan Wannaker a été obligé de se mettre à genoux par son agresseur et celui-ci lui a fracassé la tête avec la portière de sa voiture.

Je termine la lecture de cet article avec un sentiment de malaise, comme si j'allais me sentir mal. Nancy s'approche de mon bureau. Elle a l'air épuisée et ses yeux sont rouges.

— Salut !

— Salut, Nancy. Sarah m'a appelé pour me mettre au courant. Elle rentre ce soir. On sait quelque chose sur le meurtrier ?

Nancy secoue la tête.

— Colby est en pleine investigation. En ce moment, il est avec les flics. Ils pensent qu'il était visé personnellement, mais au fond on ne peut pas être sûr. Il était peut-être juste au mauvais endroit au mauvais moment. Des jeunes, sous l'empire de la drogue, se sont peut-être déchaînés sur lui par hasard.

— Oui, peut-être.

— En tout cas, je vois mal un type débarquer d'Irak ou d'Afghanistan pour lui régler son compte.

— Non, visiblement c'est quelqu'un bien de chez nous.

Je lui raconte rapidement ce qui s'est passé à la vente aux enchères, sans oublier de mentionner que Sarah était censée mettre Colby au courant.

— Je crois qu'elle l'a fait. Colby a dit qu'il t'appellerait plus tard.

Sous le coup de l'émotion, son menton tremble.

— Après le bouclage, on va aller boire un coup tous ensemble à la mémoire de Stan. Tu en es ?

— Bien sûr. Je termine d'abord trois ou quatre trucs et je vous rejoins.

Alors que je me retourne vers mon écran, Nancy remarque enfin la contusion qui orne le côté gauche de mon visage. Instinctivement, elle tend la main pour me toucher, mais elle se retient au dernier moment.

— Qu'est-ce qui t'est arrivé ?

— Un coup de malchance.

Après le départ de Nancy, je téléphone à l'hôpital pour prendre des nouvelles de Lawrence.

— Toujours dans un état critique mais stable, me répond l'infirmière en chef. Il a prononcé quelques mots.

— Dites-lui que j'ai appelé et que je passerai lui rendre visite demain s'il est sorti des soins intensifs.

Mon article au sujet de l'agression de Lawrence est paru ce matin, amputé d'un tiers. Dommage ! Je sais bien que son nom est inconnu du grand public, mais à mes yeux son histoire méritait mieux. Peut-être que si Lawrence était un flic, blessé dans l'exercice de ses fonctions, ma prose aurait obtenu l'attention qu'elle mérite. Mais très franchement, au point où j'en suis, je m'en contrefous.

À vingt-trois heures, les membres de la rédaction enfilent leurs manteaux. Un premier groupe s'ébranle lentement comme s'il se rendait aux funérailles de Stan et non à une bringue alcoolisée en son souvenir.

— Zack, tu viens ? demande un des journalistes.

J'acquiesce et je suis sur le point d'attraper ma veste quand mon portable sonne.

— Salut, papa, fait Angie.

— Salut, ma chérie. Tout va bien ?

— Oui, tout va bien. Enfin moi, oui, mais la voiture, en revanche…

— Ah bon ?

— J'ai été déposer la personne avec qui j'étais à Eastland. Je te l'avais dit, hein, que je devais déposer quelqu'un ?

— Oui.

— Bon, alors, quand je suis revenue à la voiture, elle a refusé de démarrer. Tu m'as dit de t'appeler s'il y avait un problème.

— Je ne comprends pas. Pourquoi tu as coupé le contact si tu déposais juste cette personne ?

— Je suis montée une seconde dans son appart, m'explique Angie après un court silence. Quand je suis redescendue, le moteur a fait *peuh, peuh,* et rien d'autre.

Bien joué, Otto.

— Attends une seconde !

Il faut que je prévienne Nancy que je ne vais pas pouvoir les rejoindre parce que ma fille a des ennuis de voiture. Une fois que c'est fait, je reprends la communication avec Angie et je me précipite dans l'escalier qui mène directement au parking.

— Je suis dans la cage d'escalier. Ça va peut-être couper.

— Tu quoi ?

— Une seconde, j'arrive au parking.

— J'entends rien.

Enfin, je suis dehors.

— Tu m'entends mieux ?

— Oui.

— Tu es où exactement, Angie ?

— À Eastland. À deux pâtés de maisons du Dairy Queen. Tu vois ? On y allait quelquefois après les cours de danse.

Je la revois, petite fille, en tutu et collant, traversant gracieusement la scène au cours d'un spectacle organisé par son école. C'était il y a un bout de temps, mais je me rappelle parfaitement l'endroit où, sur le chemin du retour, on s'arrêtait pour prendre une glace ou un milk-shake au chocolat.

— Oui, je crois savoir où c'est, dis-je en entrant dans la Camry. Ensuite, c'est loin ?

— Tu verras un grand immeuble. Il y a un parking à l'angle. Et je suis garée là. Sur le côté droit.

— OK. J'y suis dans dix minutes à tout casser. Ça va ?

— Oui, enfin je pense.

— Tu es toute seule ?

— Oui.

— Ne bouge pas et enferme-toi à l'intérieur de la voiture. J'arrive. Si je ne te trouve pas, je t'appelle. On téléphonera au service de dépannage pour la faire remorquer chez Otto.

— Très bien ! Papa, on peut rester en ligne pendant que tu conduis ?

— Bien sûr, ma chérie.

— Tu sais, la personne avec qui j'étais ?

— Oui.

— Eh bien c'est un garçon.

— Quelle surprise ! Je n'aurais jamais deviné tout seul. Quelqu'un de ta fac ?

— Oui, on a des cours en commun.

— Il s'appelle comment ?

— Cam. Cameron.

— Cam Cameron. Plutôt curieux comme nom !

— Arrête, papa ! Cam, c'est le diminutif de Cameron.

— Ah, d'accord ! Il est sympa ?

— Oui, je trouve. Il était bizarre, ce soir. Genre hyperprotecteur.

Je suis bien placé pour le savoir, enfin ma joue l'est. C'est peu de dire que je n'ai pas une folle envie de connaître les détails, mais j'imagine qu'elle trouverait ça bizarre si je ne posais aucune question.

— Raconte.

Je parle d'une voix soucieuse. Dans quelques minutes je vais devoir expliquer la provenance de l'hématome.

— Tu te rappelles, quand je t'ai dit que je pensais être suivie par une voiture et qu'elle avait tourné ?

— Oui.

— Cam et moi, on s'est arrêtés dans un McDo. Il a vu la voiture, il a piqué une crise et il est sorti pour parler au mec.

— C'est vrai ? Tu es sûre que c'était la même voiture ?

— Moi, je ne l'ai même pas vue passer, mais Cam est formel. Il s'y connaît mieux que moi en voitures, tu sais.

Il est sorti en trombe, il a insulté le mec et lui a flanqué un coup de poing.

— Et toi, tu l'as aperçu, le type en question ?

— Non, j'étais en train de sortir quand il a démarré. Mais, papa, tu connais beaucoup de garçons qui prendraient ma défense de cette façon ? Hein ? Je n'arrive pas à croire qu'il ait fait ça pour moi !

— Un type bien, c'est sûr !

Nous restons silencieux. Au bout d'un moment, je lance :

— Angie, il faut que je te dise que…

— Oh non ! Tu ne vas pas me croire !

— Quoi ?

— C'est lui !

Je retiens ma respiration.

— Lui qui ?

La voix d'Angie me parvient plus faiblement. Elle parle à quelqu'un d'autre.

— Salut, Trevor ! Qu'est-ce que tu fabriques ici ? Tu es tout seul ? Tu ne devrais pas te balader la nuit tout seul. Une minute, j'ai mon père en ligne. Papa, tu as entendu ?

— Trevor est là.

Soudain, j'ai le cœur serré et l'estomac noué.

— Oui. Incroyable, hein ? Attends, je crois qu'il veut te parler.

— Qu'est-ce qu'il veut ?

J'entends des bruits étranges. Le téléphone change de mains.

— Bonsoir, monsieur Walker. Comment allez-vous ?

— Trevor, qu'est-ce que tu fous là ? je dis en accélérant.

— Comme j'ai vu Angie toute seule, je me suis arrêté pour lui tenir compagnie.

— J'arrive dans cinq minutes, Trevor.

— Je reste avec elle jusqu'à ce que vous arriviez.

— Très bien. Passe-moi Angie.

Autres bruits.

— Papa ?

— Tout va bien, ma chérie ? Il se conduit correctement ? Pas de menaces, ni rien ?

— Non. Il est juste là. Trevor, une seconde, il faut que je parle à mon père ! Allô, papa ? Je viens de remonter la vitre. Comment il m'a retrouvée ? Il est grave, ce mec. Tu as peut-être raison. Je crois qu'il faut que je lui dise de me lâcher. Il me fout vraiment la trouille.

— Oui, ça ne peut plus durer. On va s'en occuper, crois-moi !

— C'est tellement, tellement... Oh, je sais pas ! Tiens, c'est quoi, ça ? Tu as déjà appelé le service de dépannage ?

— Non. Pourquoi ?

— Il y a un énorme engin qui s'est mis juste derrière moi. Hé, il me coince ! Remarque que, de toute façon, je ne peux aller nulle part puisque la voiture ne démarre pas.

Je sens la panique me gagner.

— Quel genre d'engin ? Une dépanneuse ? Un camion grue ?

— Non, attends que je jette un coup d'œil. C'est un 4 × 4. Un gros machin noir.

— Un 4 × 4 noir, c'est ça ?

— Oui, mais en plus énorme.

— Un Annihilator ?

— J'en sais rien. Il y a un type, non, ils sont deux. Ils en sortent et s'approchent.

— Ils ressemblent à quoi ?

— À quoi ? Je sais pas. À deux types en noir, c'est tout.

— Angie, n'ouvre pas la vitre et enferme-toi, d'accord ?

— Je crois qu'ils veulent seulement me demander un renseignement. Eh bien, ils vont pas être déçus, avec mon sens de l'orientation...

— Angie, ne baisse pas ta vitre !

Soudain, je l'entends.

— Oui ?

Ensuite des voix assourdies. Puis Angie :

— Hé, bas les pattes ! Pas question que je sorte…

Je hurle :

— Angie !

— Lâche-moi, espèce de trou du…

— Angie !

J'entends ma fille crier. Et la communication s'interrompt.

27

Je rappelle immédiatement le portable d'Angie. Après quatre sonneries, elle répond.

— Coucou, c'est Angie…

— Angie, qu'est-ce qui se passe…

— … Je ne peux pas vous parler pour le moment, alors laissez-moi un message.

À vue de nez, j'y serai dans trois minutes. Je malmène ma Camry comme jamais, en prenant tous les virages sur les chapeaux de roue. L'arrière de la voiture cogne même par terre une ou deux fois tant je conduis nerveusement. J'arrive à Eastland. Le Dairy Queen est droit devant. Donc le parking en question doit se trouver à quelques pâtés de maisons. Un de mes enjoliveurs se détache et roule avec un grand fracas, avant de s'arrêter au milieu de la chaussée.

Impossible qu'il s'agisse des mêmes mecs. Cela n'a pas de sens ! Quel rapport les types de l'Annihilator qui ont détruit Brentwood's et que Lawrence et moi avons poursuivis peuvent-ils avoir avec Angie ?

Quels liens ?

Non, c'est complètement invraisemblable.

Ce sont sans doute d'autres types. Une bande différente, dans un 4 × 4 différent.

Cela dit, je ne suis pas plus rassuré pour autant. Peu importe qui ils sont ! Ma fille est en danger.

Et Trevor ? A-t-il quelque chose à voir dans cette histoire ? Il a surgi juste avant que les salauds s'amènent. L'a-t-il piégée ? Les a-t-il conduits à elle ?

— Ça va aller, je répète. Ça va aller, ça va aller, ça va aller.

Le grand immeuble est sur ma droite. Des voitures sont garées sur le côté. Mais la rangée de devant est vide. Pas de 4 × 4. Pas d'Angie. Personne.

Minute. Quelqu'un émerge en chancelant de l'arrière d'un véhicule.

Trevor !

Je freine, juste à la hauteur de notre Virtue sur laquelle Trevor s'appuie pour garder son équilibre. Je sors comme une fusée et me précipite vers lui.

— Où est-elle ? Où est Angie ? Qu'est-ce que tu lui as fait ?

Je hurle, littéralement hors de moi.

J'attrape les pans de sa longue veste noire et je commence à le secouer violemment. Je le plaque contre la Camry et le pousse de toutes mes forces. La rage et la peur m'habitent. Je n'ai qu'une idée : réduire ce garçon en bouillie. Ce qui prouve que même les types calmes dans mon genre sont capables, dans certaines circonstances, de devenir violents.

Mais pourquoi je ne l'ai pas coincé plus tôt ? Je n'aurais pas dû prêter attention aux réticences d'Angie. Au lieu de prendre des gants, j'aurais dû y aller à la dague. Lawrence m'avait bien conseillé de me fier à mon intuition. Et depuis le début, mon intuition me dit que ce Trevor est une source d'emmerdes.

Une force démente se propage à travers mon corps, bouillonne dans mes bras, dans mes poings. Je suis conscient de ce que je suis sur le point de faire. Je vais lui démolir la gueule, à cet immonde salopard. C'est lui, le responsable de ce qui arrive à ma fille.

Je le maintiens de tout mon poids contre la voiture et le menace de mon poing.

— Non, braille Trevor, pas ça !

Je ne sais pas trop pourquoi ni comment, quelque chose dans son expression sans doute, mais je prends soudain conscience que la terreur évidente de Trevor n'est pas seulement liée au fait que je m'apprête à lui mettre mon poing dans la figure. Son comportement n'a rien d'agressif.

Mon poing s'immobilise.

— Où est-elle ? je crie.

De ma vie entière je n'ai vu quelqu'un d'aussi terrifié. Bouche ouverte, yeux exorbités, Trevor a tout de l'individu qui a subi un choc.

— Où est-elle ? je répète, d'une voix normale cette fois.

— Elle est partie. Ils l'ont enlevée, fait-il dans un murmure.

La portière gauche de la Virtue est ouverte, les clés sont sur le contact. Levant la tête, je vois quelques habitants de l'immeuble qui observent la scène depuis leur balcon ou à travers leurs baies vitrées. Dans un de ces appartements vit le copain d'Angie, Cam. Mais s'il ne donne pas sur la rue, il ignore tout de ce ramdam.

Revenant à Trevor, je remarque une entaille sur sa tête. Une mèche de ses cheveux est engluée de sang.

Je m'efforce de garder mon calme.

— Trevor, qui a enlevé Angie ?

— Ils sont ve... ve... nus dans un 4 × 4. Ils ont essayé de faire démarrer la voiture et, comme ils n'y arrivaient pas, ils l'ont emmenée avec eux.

J'attrape mon mobile. En me voyant composer le numéro de la police, Trevor devient hystérique.

— Non, non, n'appelez pas la police !

Il m'arrache le téléphone des mains.

— Trevor, je dois alerter les flics. Lâche ce téléphone !

— Non ! Ils ont dit qu'ils la tueraient ! Ne prévenez pas la police !

Complètement paniqué, il s'agrippe à mes épaules.

En reconsidérant rapidement les événements, je réalise que l'affolement de Trevor semble réel et qu'il n'a sans doute rien à voir avec tout ça.

— Trevor, ressaisis-toi ! Nous devons alerter les flics tout de suite…

— Ils ont dit qu'ils sauraient.

— Quoi ?

— Ils ont dit qu'ils sauraient. Qu'ils avaient des gens à eux dans la police. Que si vous appeliez le 911, ils le sauraient et qu'ils tueraient Angie.

Ils tueraient Angie.

Un souvenir passe devant mes yeux : Angie, à deux ans sur sa chaise haute, rigolant, toute barbouillée de chocolat…

— C'est dément, dis-je en récupérant mon mobile. Ils bluffent.

J'hésite. Je sais que je dois appeler la police, mais je ne peux m'y résoudre.

— Non, ils ne bluffent pas ! J'en suis sûr. Ils ont dit qu'ils seraient immédiatement au courant.

— Écoute, Trevor, si tu me racontais tout, depuis le début.

— OK. Ils ont forcé Angie à sortir de sa voiture. Ensuite, ils ont essayé de partir dans la Virtue, mais comme elle ne voulait pas démarrer, ils ont emmené Angie avec eux dans leur 4 × 4.

— Qu'est-ce que tu racontes ? Ça n'a pas de sens.

— Taisez-vous ! Mais taisez-vous donc ! Laissez-moi vous expliquer !

Trevor est dans un sale état. Des larmes ruissellent sur ses joues. En voulant les essuyer, il effleure ses cheveux, considère avec stupeur le sang sur sa main et touche à nouveau sa plaie.

— Il faut que je te conduise à l'hôpital.

— Ça va. Je ne sens rien.

Il inspire profondément et essaie de se reprendre.

— Alors voilà, au moment où je passais dire bonsoir à Angie, le 4 × 4 s'est amené.

— Tu te souviens de la marque ?

— Un de ces engins de l'armée, un Annihilator, je crois.

— Avec des vitres teintées ?

— Euh… oui, il me semble.

— Bon, continue.

— Ils se sont arrêtés derrière la voiture d'Angie en la bloquant. Ils lui ont demandé de sortir et elle a refusé.

— Et après ?

Pendant un moment, je me dis que tout ça n'est qu'un cauchemar. Que je ne me trouve pas dans une rue déserte, au beau milieu de la nuit, arrachant des bribes d'informations sur ma fille à un gamin bizarre qui, jusqu'à preuve du contraire, pourrait tout aussi bien être un psychopathe. Oui, tout ça n'est pas réel.

— Un des types est entré dans la Virtue. Il n'arrivait pas à démarrer, et ça l'a rendu dingue. Il tapait sur le volant, jurait, gueulait, faisait un bruit d'enfer. Des gens de l'immeuble sont sortis sur leur balcon pour regarder ce qui se passait. Alors un autre type de la bande a déclaré qu'ils attiraient trop l'attention et qu'ils devaient foutre le camp.

— D'accord.

— À ce moment-là un troisième a dit : « On prend la fille et on l'échangera contre la bagnole. » Ils ont empoigné Angie et l'ont poussée dans le 4 × 4.

Nouveau souvenir : Angie, trois ans, à son premier jour de maternelle.

— Le conducteur s'est approché et m'a demandé si je connaissais le propriétaire de la Virtue. J'ai répondu oui. « C'est sa fille ? » « Oui. » « Dis à son vieux que s'il veut revoir sa fille, il doit me ramener cette voiture. »

— Lui ramener la voiture ? Mais où ?

— Il n'a pas précisé.

— Pas *précisé* ?

Fou de rage, j'agrippe Trevor avec l'envie de le secouer jusqu'à ce que sa tête se détache de son corps.

— Tu ne lui as pas demandé, espèce de débile ?

— Il a dit qu'il prendrait contact, glapit Trevor en me repoussant. Qu'il prendrait contact très vite. Et qu'il ne fallait pas prévenir les flics parce qu'ils avaient des gens à eux dans la police et qu'ils seraient au courant immédiatement. Et après, euh, c'est là qu'il m'a flanqué un coup.

— Pourquoi ils veulent cette voiture ? Mais pourquoi ?

— J'en sais rien.

Un silence s'installe. L'énervement me gagne. Je plaque de nouveau Trevor contre la Camry.

— Trevor, j'exige la vérité ! Tu as quelque chose à voir avec ça ?

— Quoi ?

— Tu es dans le coup ? Parce que si c'est le cas, je te jure...

Et je serre à nouveau le poing.

— Qui sont les ravisseurs d'Angie, tu le sais ?

— Putain, monsieur Walker, vous avez perdu la tête, ou quoi ? Sérieusement, vous ne savez pas ce qu'Angie représente pour moi ?

— Non. Mais tu vas me le dire.

Dans un murmure, Trevor crache le morceau.

— Je l'aime. Comme je vous l'ai dit l'autre jour, je crois sincèrement que certaines personnes sont vouées à se rencontrer, à former un couple. C'est notre destin à tous les deux. Quand je pense que je l'ai laissée partir ! Que je n'ai pas été capable de la retenir !

Et il recommence à pleurer.

Je respire un bon coup tout en fixant mon portable dans ma main. Est-ce que je dois avaler cette histoire de police infiltrée, de vengeance sur Angie ? Ou est-ce une ruse pour m'empêcher de prévenir les flics ? Encore une de ses conneries de psychopathe ?

Mais si c'était vrai…

Dans les deux cas, la vie de ma fille est en danger. Question : ne serait-il quand même pas plus prudent de prévenir les flics ?

Trevor interrompt ma réflexion.

— Ne le faites pas, monsieur Walker ! Je les crois. Et je ne veux pas qu'ils tuent Angie.

Je lève la tête vers les étoiles dans l'espoir de recevoir une sorte de message.

— Trevor, tu es certain que tu ne me caches rien ?

— Je vous jure que je veux vous aider. À ramener la voiture. À retrouver Angie.

Tu parles d'une aide !

— Trevor, inutile de rester là. On va aller aux urgences pour ta tête. Et…

Mon portable sonne.

— Oui ?

— Papa, c'est moi !

Vu les bruits environnants, elle est en voiture.

— Angie, ma chérie, ça va ? Où es-tu ?

— Ils veulent te parler.

— Monsieur Walker ?

— Oui.

Mon interlocuteur tousse, puis s'éclaircit la voix.

— Nous devons organiser un échange.

28

— Tout ce que vous voulez. Du moment que je retrouve ma fille.

— À la bonne heure, fait l'homme.

Il tousse une nouvelle fois. Ce bruit, comme le son de sa voix, me fait penser au petit chauve qui s'en est pris à Stan lors des enchères.

— J'ai l'impression qu'on peut se rendre mutuellement service. Étant donné que vous n'avez pas l'air surpris de m'entendre, il y a des chances pour que le jeune homme vous ait mis au parfum.

— Je viens d'arriver. Oui, il m'a mis au courant. Au fait, il est blessé. Sa plaie à la tête saigne.

— Oh, mais c'est horrible ! Si vous me donnez son nom et son adresse, je lui enverrai mes vœux de prompt rétablissement. J'imagine qu'il vous a transmis mon avertissement au sujet des flics. Ça serait une énorme erreur de les appeler. Il vous a prévenu ?

— Oui.

— Et il semble que vous suivez ce conseil – ou je me trompe ?

Comment le sait-il ? Voilà qui pourrait bien confirmer qu'il ne bluffe pas, qu'il a vraiment des contacts dans la police.

— Exact. Pas la peine de mêler la police à cette histoire. Surtout si vous libérez ma fille.

— « Coopération ». Voilà un mot que j'aime. Et qui facilite la vie. Donc vous savez ce que nous voulons ?

— La voiture.

— C'est cela. Une vraie merde, cette bagnole, si j'ose m'exprimer ainsi. On aurait pu s'épargner tous ces tracas, si elle avait démarré.

— Ça lui arrive parfois. Pourtant, je croyais que c'était réparé.

— Si vous l'aviez achetée à un concessionnaire, vous auriez eu une garantie, alors qu'aux enchères on ne vous donne aucun certificat.

— Oui, bien sûr.

Donc c'est bien le type des enchères. Le même, je parie, qui a supprimé Stan Wannaker.

— Si tous ces gens n'étaient pas restés plantés sur leurs balcons à nous regarder, on aurait pu essayer de tirer la voiture ou de la faire remorquer. Mais de nos jours les gens sont tellement curieux !

— Oui, en effet. J'aimerais parler à Angie.

— Euh, non ! Vous l'avez entendue il y a une minute. Elle va bien. Et tant que vous n'appellerez pas la police, elle se portera à merveille.

Le raclement de gorge qu'il émet à cet instant ressemble à un bruit de chasse d'eau.

— Pour quelle raison voulez-vous cette voiture ? Pas pour vérifier la jauge d'essence, je suppose.

— Ah ! C'est amusant, très drôle ! Vous avez tapé dans le mille, ce n'est pas la raison. Disons que cette voiture transporte une marchandise que nous voulons. Mais une fois qu'on l'aura récupérée, vous pourrez la garder, votre putain de caisse de merde. Y a qu'une tapette pour conduire un engin pareil.

Sur ces fines paroles, il s'esclaffe. J'entends d'autres rires gras en fond sonore. Et puis, de nouveau, une violente quinte de toux.

— Une seconde, s'excuse-t-il. Il faut que je boive. J'ai la gorge un peu irritée.

— Quand la voiture sera réparée, où voulez-vous que je l'amène ?

— Je vous le fais savoir dans une heure. Ça devrait vous laisser assez de temps pour réparer cette chiotte. Peut-être qu'avec un bon coup de latte…

Sur ce, il coupe la communication.

— Il a dit quoi ? interroge Trevor. Comment va Angie ? Vous lui avez parlé ? Elle n'est pas blessée ?

— La ferme !

J'appelle le service de dépannage.

— Ma voiture refuse de démarrer. Il y a une urgence. Vous pouvez envoyer quelqu'un tout de suite ?

Je donne l'adresse. Après force cliquetis sur l'ordinateur, la standardiste m'annonce qu'un mécanicien sera sur place dans moins d'une demi-heure. Nul, comme délai, mais je m'abstiens de le lui faire remarquer.

Dès que j'ai raccroché, je me mets au volant et tourne la clé de contact. On ne sait jamais, avec cette voiture capricieuse !

Rien ne se passe.

— Monsieur Walker, pourquoi vous ne me laissez pas…

— Rentre chez toi, Trevor !

À vrai dire, je ne sais même pas si Trevor a un chez-lui, mais pas question de l'avoir dans mes pattes.

— Non, proteste-t-il calmement, je reste. Pour vous aider.

— Je me demande bien comment.

— Je reviens tout de suite. Il faut juste que je m'assure que Morphée va bien.

Et le voilà qui court à sa voiture. Quel abruti ! Ma fille a disparu et lui se soucie de son chien.

Je sors de la Virtue et pose mes mains sur le métal froid du toit. Une idée commence à germer dans ma tête. Il faut que je récupère un truc. À condition toutefois que le dépanneur arrive sans trop tarder ou que je puisse démarrer cette foutue bagnole. Oui, il faut que j'aille récupérer un truc avant de recevoir le coup de fil du ravisseur de ma fille, qui n'est autre – aussi sûr que deux et deux font quatre – que Barbie Bullock.

Qu'est-ce qu'il fabriquait à cette vente aux enchères, ce gangster ? Je me souviens maintenant qu'il avait l'air intéressé par la Virtue. Voulait-il l'acheter ? Sa dispute très remarquée avec Stan l'a-t-elle contraint à renoncer pour ne pas attirer davantage l'attention ? Je me demande à qui cette voiture appartenait avant d'être confisquée par les fédéraux. Je me demande aussi ce qui a échappé aux fédéraux mais pas à Bullock pour qu'il veuille si fort mettre la main dessus.

Je passe une tête à l'intérieur de la voiture et tire sur le levier de commande du coffre. Une fois ouvert, je l'inspecte en long, en large et en travers. Rien de spécial à signaler. L'espace est propre. Sous le tapis se trouvent la roue de secours, un cric et un démonte-pneu. La peinture du châssis est comme neuve et la roue de secours est un de ces modèles actuels qui ne servent qu'à se rendre à un garage. Le pneu, noir comme de l'encre, n'a jamais servi.

Je passe ma main sur sa surface, espérant trouver je ne sais quoi. Rien. Je furète dans les coins. Rien. J'ouvre la portière arrière, je sonde l'espace entre les sièges et je me mets à genoux pour examiner le dessous. Rien.

Évidemment, si ce que je cherche était visible, les fédéraux l'auraient trouvé avant de mettre la voiture en vente.

— Vous cherchez quoi ?

Trevor est de retour.

— Il y a forcément quelque chose dans cette voiture.

— Je parie qu'ils ont pris cette direction, dit-il en pointant son doigt à l'ouest.

— Ils sont partis par là ?

— Oui. Si on patrouille par là-bas, on a des chances de tomber sur eux.

Je me relève.

— Trevor, c'est une grande ville. Ils peuvent être n'importe où. On va attendre leur appel. Ils nous diront où aller.

Je claque les portières de la Virtue.

— Putain, si quelque chose est planqué, j'aimerais savoir où !

— Vous avez vérifié les bas de caisse ?

— Les quoi ?

— Je ne sais pas où ça se trouve, mais dans *French Connection*, c'est là que sont cachés les paquets d'héroïne. Dans les bas de caisse.

— Il se trouve que je n'ai pas l'équipement requis pour scier du métal.

À ce moment-là, la sonnerie de mon portable retentit.

— Allô ?

— Walker, on me dit que tu as peut-être des infos sur ce qui est arrivé à Stan.

— Qui est à l'appareil ?

— Colby. C'est trop tard pour l'édition du jour, mais je bosse toujours sur le sujet. Tu as des renseignements pour moi ?

— J'ai rien, Dick.

— Comment ça, rien ? Il paraît que tu as fait le rapprochement entre la mort de Stan et Barbie Bullock. Je me trompe ou pas ?

— Je ne peux rien dire pour l'instant.

— J'hallucine. Un de tes collègues se fait massacrer et monsieur est trop occupé pour nous aider à trouver le coupable. T'es vraiment un sale con, mon pote.

— Je suis encore pire que ça, Dick.

Là-dessus, je raccroche. Et si j'essayais une fois encore de faire démarrer cette foutue bagnole ? Je m'exécute, mais non, rien.

Qu'avait dit Otto ? Un court-circuit dans la transmission ? Je débloque le levier de vitesse, puis je passe en mode parking, marche arrière, point mort et drive et j'effectue la même opération en sens inverse. Après deux ou trois tentatives, je tourne la clé à fond.

Bingo !

— Ouais ! Ouais !

Tant pis pour le dépanneur ! Puisque le moteur marche, autant filer. Je n'ai plus qu'à bouger la Camry garée derrière la Virtue. J'y parviens non sans une certaine efficacité, en bloquant deux autres voitures par la même occasion, puis je retourne à la Virtue.

Un coup d'œil à ma montre me dit que douze minutes se sont écoulées depuis ma communication avec Bullock. Il me reste plus de trois quarts d'heure avant son prochain appel. Cela me laisse le temps d'aller récupérer ce que je dois récupérer et de passer un coup de fil important.

— Vous allez où ? demande Trevor à travers la vitre ouverte.

— Récupérer ma fille.

— Laissez-moi venir avec vous.

— Impossible.

Trevor a l'air terriblement déçu.

— Je pourrais vous aider, et même découvrir l'endroit où ils se cachent.

— Je te le demande pour la dernière fois, Trevor : m'as-tu vraiment dit tout ce que tu sais ?

Il pince les lèvres et regarde à droite, puis à gauche.

— Oui. Absolument.

Je m'apprête à partir lorsqu'il se penche une nouvelle fois sur ma portière.

— Donnez-moi votre numéro de portable, que je puisse vous prévenir si jamais quelque chose se présente.

Je le lui donne et je file en direction de l'appartement de Lawrence Jones.

Tout en conduisant, j'essaie de trouver une logique aux événements. Comment Bullock savait-il où trouver la Virtue puisque c'est Lawrence qui s'est occupé de tout, des enchères à la paperasserie en passant par le règlement ?

Bon sang ! Mais bien sûr ! À peine quelques heures après la vente, quelqu'un s'est pointé chez lui, a mis son appartement à sac et l'a laissé pour mort.

Ce quelqu'un a dû trouver mon chèque. Et sur ce chèque étaient inscrits mon nom et mon adresse. Ce qui explique la mise en garde de Lawrence à l'hôpital.

Il est peu probable que les salauds qui l'ont poignardé pour obtenir mes coordonnées me laissent repartir tranquillement avec Angie, une fois qu'ils auront récupéré leur dû.

En bref, j'ai besoin d'aide. Et cette aide, c'est la police.

Sauf que Bullock y a probablement un informateur. Comment être sûr qu'il ne sera pas prévenu ?

Bon, appeler le commissariat serait une erreur. Rien ne m'empêche en revanche d'appeler directement un policier. Un inspecteur. Celui-là même qui n'a pas fini de payer sa dette à l'égard de Lawrence.

Tout en conduisant à vive allure, j'extrais mon portefeuille de la poche arrière de mon pantalon – opération qui se révèle, une fois encore, des plus difficiles. Finalement, je trouve la carte professionnelle de Steve Trimble. Je compose le numéro, d'une main.

Une femme répond.

— Allô ?

— Puis-je parler à Steve Trimble, s'il vous plaît ?

— De la part de qui ?

Je le lui dis.

— Une minute. Ne quittez pas.

Je n'attends pas plus de trente secondes.

— Walker ? Qu'est-ce que vous voulez ?

— Je n'ai pas trop le temps de vous expliquer, Trimble, alors je vous demande d'écouter attentivement. Certains membres du gang de Lenny Indigo, dont Barbie Bullock, je crois, ont kidnappé ma fille. Ils m'ont dit que si j'appelais la police, ils seraient au courant et la supprimeraient. Ils veulent l'échanger contre la voiture que j'ai achetée aux enchères avec Lawrence. Visiblement, il y a de la drogue dissimulée quelque part à l'intérieur. Dites-moi si je vais trop vite.

— Continuez !

Quand l'immeuble de Lawrence Jones est en vue, je me mets sur la file de droite de manière à ne pas rater l'entrée du parking.

Je poursuis :

— Ils doivent me rappeler d'ici une demi-heure pour me donner le lieu du rendez-vous. Mais je ne peux pas procéder à l'échange tout seul. Il faut que quelqu'un couvre mes arrières. C'est pour ça que je vous appelle. Ah, encore une chose…

— Oui ?

— À mon avis, ce sont les mêmes types qui ont essayé de tuer Lawrence.

— Où est-ce que je vous rejoins ? me demande Trimble après avoir marqué une courte pause.

— Dans combien de temps pouvez-vous être chez Lawrence ?

— Rapidement.

— OK, moi, j'y suis presque. Je vous retrouve devant. Ma voiture est une Virtue hybride, argentée.

— Dans dix minutes.

— Parfait. À tout de suite.

— Dans dix minutes, répète-t-il avant de raccrocher.

Je me gare derrière la vieille Buick de Lawrence. Avec un peu de chance, les flics ne l'ont pas fouillée, vu qu'elle est équipée de fausses plaques. Si, au cours de leur enquête, ils ont perquisitionné une voiture, je penche pour la Jaguar.

Je m'empare du démonte-pneu de la Virtue avec lequel je brise la vitre du siège passager de la Buick. Après quoi, il m'est facile d'ouvrir la voiture.

C'est dans la boîte à gants que se trouve ce que je suis venu chercher : le revolver dont Lawrence s'est servi contre l'Annihilator. Je prends également un rouleau de ruban adhésif qui traîne derrière le manuel technique et les cartes routières usagées. Agenouillé à côté de la voiture, je remonte mon pantalon et fixe le revolver sur ma jambe. Magnuson, le big boss, peut bien penser ce qu'il veut, je m'en moque !

Si Angie n'avait pas insisté pour que j'achète un pantalon « confort », je serais bien incapable de dissimuler mon arme aussi aisément.

29

Maintenant que me voilà paré, il ne me reste plus qu'à attendre devant la porte d'entrée de chez Lawrence. J'ai tellement peur de ne pas redémarrer que j'ai laissé tourner le moteur de la Virtue. Une veine qu'elle consomme si peu de carburant !

Au bout de cinq minutes, Trimble débarque. Il est au volant de la même Ford banalisée que l'autre soir.

— Ils ont déjà appelé ? demande-t-il dès qu'il est à portée de voix.

— Non, mais c'est pour bientôt, je crois.

— Alors vous pensez que ce sont les mêmes qui ont essayé de tuer Lawrence ? dit-il en plissant les yeux d'un air mauvais.

— Oui, c'est comme ça qu'ils m'ont retrouvé. En tombant sur le chèque que j'avais fait à Lawrence. Et moi qui m'inquiétais parce qu'un gamin harcelait ma fille, alors que ces truands remontaient ma piste !

— Vous tenez le coup, Walker ? s'enquiert-il en sortant de sa voiture.

Je le regarde dans les yeux.

— On ne peut pas dire que ça aille très fort. Vu ce qu'ils ont fait subir à Lawrence, vous croyez vraiment qu'ils vont me laisser repartir avec ma fille vivante ?

L'expression de Trimble est hermétique. D'ailleurs, il ne répond rien.

— Vous pensez qu'ils ont des hommes infiltrés au commissariat ? Parce que s'il y en a un ou deux en qui vous avez vraiment confiance, on pourrait peut-être leur demander de venir nous aider.

— J'y ai réfléchi. En effet, il y a eu des rumeurs à une époque. On disait que Lenny Indigo payait des types de chez nous. Mais rien de concret n'est jamais sorti. C'est vrai qu'à chaque fois qu'on essayait de le coincer, il nous échappait, comme s'il avait été prévenu. On a quand même fini par l'avoir, il y a quelques mois. Cela dit, son organisation est toujours en activité – et plutôt deux fois qu'une.

— Grâce à ce type, Barbie Bullock ?

— Ouais. Son vrai prénom est William. On pourrait penser que Barbie est un surnom un peu dur à porter, mais quitte à choisir, c'est pas pire que Willy, non ? Enfin, ce gars est dangereux, mais pour l'instant il n'est pas opérationnel à cent pour cent. Ces derniers temps, il se donne un mal de chien pour prouver à son patron qu'il peut diriger son gang, et le fait est qu'on raconte qu'il a infiltré les forces de police. Quoi qu'il en soit, si vous voulez retrouver votre fille entière, ce n'est pas le moment d'aller vérifier cette théorie.

Il utilise des mots que je n'aime pas, l'inspecteur Trimble. Des mots qui évoquent une image que je m'efforce de chasser de mon esprit.

— Vous croyez que Bullock serait capable de tuer Angie, même après avoir reçu livraison de la voiture ?

— Chaque chose en son temps ! Vous avez de quoi noter ? Parce qu'ils vont certainement vous dicter une adresse.

Je vérifie que mon stylo et mon carnet de notes se trouvent bien dans la poche de ma veste. Et, comme si ce petit tapotement venait de l'activer, mon portable se met à sonner. Je suis si nerveux que je manque de le faire tomber. Je transpire à grosses gouttes. Un filet de sueur glisse dans mon œil droit et m'oblige à cligner la paupière. Le doigt posé sur le bouton, je suis prêt à prendre l'appel.

— Détendez-vous, fait Trimble. Notez bien ce qu'ils vont dire. Je vais tâcher d'écouter aussi, ajoute-t-il en rapprochant sa tête de la mienne. Allez-y !

Je presse sur la touche tout en écartant l'appareil de mon oreille de façon que l'inspecteur puisse entendre.

— Allô ? dis-je, le souffle court.

— Salut, dit Sarah. Je me demandais où tout le monde était passé.

Trimble me regarde, l'air interrogateur.

« Ma femme », j'articule silencieusement à son intention.

— Pourquoi ? Tu es rentrée ?

Trimble s'éloigne. C'est une conversation dont il n'a pas besoin de connaître tous les détails, mais il a tout de même son mot à dire. Je le vois donc qui secoue la tête, m'avertissant par là de ne rien dire à Sarah.

De toute façon, je n'ai pas envie de raconter quoi que ce soit à Sarah. D'abord parce que ça occuperait la ligne juste au moment où j'attends l'appel de Bullock. Ensuite parce que j'aurais toutes les peines du monde à l'empêcher de prévenir les flics. Bien sûr, elle a le droit de savoir mais, à l'instant présent, moins de gens sont au courant, plus grandes sont les chances de récupérer Angie vivante.

— Je viens d'arriver. Le trajet de retour m'a paru assez court. Les voitures ne sont pas là. Et Paul, qui est à la maison, me dit qu'il ne sait pas où vous êtes passés.

— Oh, on est sortis.

— Merci de la précision. J'aurais deviné toute seule. Tu es où ? Et Angie ?

Je regarde ma montre. Le coup de fil de Bullock est imminent. Il va sans doute y avoir un signal de double appel. Pourvu que je sois assez rapide pour attraper la communication. Et que je ne perde pas les deux appels en me trompant de bouton comme cela m'arrive fréquemment…

— Je suis avec l'inspecteur Trimble.

Tout de même, quelques éléments de vérité dans notre conversation, ça ne mange pas de pain, non ?

— Tu sais, celui qui enquête sur l'agression de Lawrence. Il était d'accord pour me rencontrer et répondre à quelques questions. Nancy m'a chargé de suivre le dossier pour le journal.

— Te rencontrer maintenant ? Mais il est minuit !

— Ces gens donnent leurs rendez-vous quand ils sont disponibles.

— Et Angie ? Impossible de la joindre sur son mobile. J'espère qu'elle n'est pas chez Trixie.

Pour ma part, je serais ravi qu'elle se trouve chez Trixie, ravi qu'elle apprenne à devenir une dominatrice hors pair.

— Elle m'a appelé tout à l'heure. Sa batterie est nase. Elle allait au cinéma avec des copains. La dernière séance.

— Je n'arrête pas de penser à ses visites chez Trixie. J'ai ma petite idée là-dessus.

J'entends le signal du double appel.

— Écoute, Sarah, faut que je te laisse, couche-toi. Je ne rentre pas tout de suite, mais si Angie n'est pas à la maison à mon retour, ne t'en fais pas, je l'attendrai. Excuse-moi, je dois vraiment raccrocher.

Nouveau bip.

— Très bien, fait Sarah, qui à l'évidence ne s'est aperçue de rien. Tu ne veux pas que je t'expose ma théorie sur…

— Salut !

Et je récupère l'autre communication.

— Oui ?

Trimble reprend sa position, tête penchée vers moi.

— Bordel, j'allais raccrocher ! s'exclame Bullock. Vous jouez à quoi ? Cet appel n'a aucune importance pour vous ?

— Désolé. C'était ma femme. J'ai presque été obligé de lui raccrocher au nez.

— Vous l'avez mise – brève quinte de toux – au parfum ?

— Bien sûr que non.

— Parce qu'il n'est pas question qu'elle appelle les flics, compris ?

— Oui, oui.

Dans un murmure presque inaudible, Trimble me chuchote :

— Dites-lui de vous passer votre fille.

— Je voudrais parler à Angie.

— Pas de souci, elle va bien.

— Si vous voulez que je vous ramène la voiture, passez-la-moi.

Soupir de Bullock.

— Bon, d'accord.

Il y a un léger moment de flottement, puis je l'entends qui interpelle quelqu'un, un de ses sbires sans doute.

— Amène la fille, son vieux veut lui parler.

Puis, de nouveau, quelques bruits sur la ligne.

— Papa ?

Ça ne ressemble pas à Angie. En tout cas, pas à l'Angie que je connais.

— Ma chérie, c'est toi ? dis-je en tâchant, sans y arriver, d'occulter toute trace de panique dans ma voix.

— Bonsoir, papa. Je suis tellement fatiguée.

Tout à coup, je retrouve ma petite Angie, mais elle parle lentement, d'un ton rêveur.

— Ça ne va pas, ma chérie ? On t'a donné quelque chose ?

— Je suis juste crevée… vraiment nase.

— Ils t'ont fait du mal ?

— Hein ? Non… Viens me chercher et ramène-moi à la maison. Je veux me coucher. Et j'ai un exposé à préparer pour demain…

— J'arrive…

— Bon, vous êtes content ? Elle va bien.

— Putain ! Qu'est-ce que vous lui avez fait ?

— Du calme ! On lui a donné un petit truc pour les nerfs. Pour qu'elle se sente relax, qu'elle se détende. Un truc genre Rohypnol, vous savez, la drogue du viol. Mais attention, on n'est pas des voyous, on se conduit en gentlemen.

Il tousse, se racle la gorge et avale une gorgée d'eau.

— Prêt ?

— Oui.

— On est au 32, Wyndham Lane. Vous savez où c'est ?

— Non, dis-je en inscrivant l'adresse sur mon carnet.

— C'est à quelques pâtés de maisons au sud de la fac Mackenzie.

Il me donne davantage de détails. Si je ne me trompe pas, c'est dans un quartier agréable de la ville, plein de grandes demeures anciennes.

— Je trouverai.

— Entrez dans l'allée. Vous verrez un grand garage à trois portes. Garez-vous devant celle du milieu.

— Entendu.

— Et pas de conneries. Pas de flics, hein ?

— Non, pas de flics, je répète.

Dès que Bullock a raccroché, je montre mon carnet à Trimble.

— Bon, eh bien voilà. Vous savez où c'est ?

Trimble échafaude aussitôt un plan : il me montrera le chemin dans sa voiture et, à deux cents mètres de notre destination, il se garera et montera dans la mienne. Il conduit si vite avec son bolide que j'ai du mal à le suivre et il ne ralentit que lorsqu'il s'aperçoit, d'un coup d'œil dans le rétroviseur, que je suis à la traîne.

Nous arrivons enfin dans un quartier résidentiel où les maisons coûtent infiniment plus cher qu'à Crandall. Après avoir garé sa Ford, Trimble grimpe dans ma Virtue.

— On peut s'approcher un peu plus. Je sortirai juste avant d'arriver, m'annonce-t-il en vérifiant la position de son pistolet dans le holster attaché à sa taille.

Vais-je lui avouer que j'ai moi-même un revolver scotché à la cheville ? Mieux vaut s'abstenir, je connais d'avance sa réaction. Il va me dire que seuls les professionnels sont habilités à porter une arme et il risque de me la retirer.

Et c'est la dernière chose que je souhaite. Pourtant, le ruban adhésif qui maintient le revolver est collé aux poils de mon mollet. Résultat : une douleur cuisante chaque fois que je fais un pas.

Nous arrivons enfin sur Wyndham Lane. Trimble lit à voix haute les numéros des maisons.

— Bon, ralentissez. On y est presque. Stop.

Avant de descendre de voiture, il me recommande une dernière fois de garder mon calme.

— Même si vous ne me voyez pas, sachez que je suis là. Faites ce qu'ils demandent, ne les foutez pas en rogne. Nous allons sortir votre fille de là. Vous avez confiance en moi, hein ?

Et moi de répondre calmement :

— Oui, j'ai confiance en vous.

Il sort de la voiture et disparaît sous les arbres qui bordent la pelouse d'une superbe demeure de style victorien. Je continue à descendre la rue à une allure d'escargot jusqu'au 32. Le numéro est éclairé par la lanterne qui surplombe la porte d'entrée. Lentement, je tourne dans l'allée pavée de galets qui longe la maison et qui mène à un grand garage au fond du jardin. Il y a deux lampes allumées : l'une au-dessus du garage, l'autre sur le côté de la maison.

Je suis les instructions à la lettre : je m'arrête devant la porte du milieu. Et qu'est-ce que je découvre juste à côté de moi ? L'Annihilator ! Les barres métalliques rajoutées pour protéger la calandre sont éraflées et même déformées. Logique, à force de défoncer les vitrines des magasins ! Moteur et phares éteints, le 4 × 4 ressemble à un monstre assoupi.

J'attends dans la Virtue sans couper le moteur. Que faire, maintenant ? Aller tranquillement frapper à la porte du garage ?

Tout à coup, un rai de lumière apparaît sous la porte et celle-ci s'ouvre lentement, dévoilant deux paires de jambes, puis deux silhouettes. Ce sont deux inconnus en jean noir et veste de cuir noir avec lunettes fumées sur le nez. On dirait qu'ils vont auditionner pour des rôles de méchants dans un film de Chuck Norris.

Celui de gauche me fait signe d'avancer. Ils s'écartent pour me permettre de pénétrer dans le garage. J'entre et, quand je jette un œil dans le rétroviseur, je vois la porte qui se referme doucement.

30

Un des deux types en blouson de cuir – blond, mince, costaud, genre suédois – s'approche de ma portière.

— Vous voulez que j'arrête le moteur ? dis-je en baissant ma vitre. Mais une fois qu'il est coupé, on ne sait jamais s'il va redémarrer.

Blondinet sourit.

— Tu peux le couper.

Je m'exécute et je descends de voiture. Pour un garage, c'est un sacré garage ! Aussi impeccable qu'une salle d'opération. Des rangées de lampes au plafond, un sol en béton immaculé. Sur le mur du fond, des placards et des outils qu'on voit en général dans des grands ateliers de réparation automobile. Une machine pour le montage des pneus, des crics à glisser sous les châssis, un vaste établi.

La Virtue est seule. La remise de droite où l'Annihilator aurait pu se garer s'il n'était pas trop haut pour passer la porte est vide. Ce ne sont pas des véhicules qui occupent la remise de gauche, mais au moins une demi-douzaine de portants, comme ceux que l'on trouve dans les magasins, sur lesquels sont suspendus des costumes neufs avec leurs étiquettes. Comme vous avez pu vous en rendre compte, je ne suis pas rédacteur en chef dans un magazine de mode, mais ces vêtements me paraissent ultrachic. Hugo Boss, Versace, Armani, apparemment rien de chez Gap.

L'autre type est affligé d'une acné des plus coriaces, et son visage ressemble à un clafoutis.

— Les clés sont dessus ? demande Vérolé en pointant un doigt vers ma voiture.

— Oui, sur le contact. Maintenant, je voudrais voir ma fille.

— Ça ne m'étonne pas. Mais c'est le domaine du patron. Il sera là dans une minute.

Il s'adresse à Blondinet.

— Tu veux pas le calmer un peu ?

Soubresauts dans mon estomac.

— Oh, c'est juste un pauvre type, c'est pas comme si c'était un flic ou un détective.

— En tout cas, t'as intérêt à bien le fouiller.

Merde ! C'est sûr que la protubérance qui orne le bas de la jambe droite de mon pantalon est aussi visible qu'un ballon de foot. Et si je leur disais qu'il s'agit d'un cas rarissime de goitre des membres inférieurs ? En fait, quand je baisse la tête, je m'aperçois qu'on la remarque à peine. Blondinet passe derrière moi et, m'ordonnant de lever les bras, il me palpe le haut du corps sans enthousiasme puis s'intéresse aux poches de ma veste.

— Waouh ! dit-il à Vérolé. Ce nase n'a qu'un stylo bille. Sûr qu'il aurait pu nous poignarder à mort avec. À part ça, il a son portable.

— Tu ferais mieux de lui piquer.

Blondinet tend la main vers moi pendant que je sors mon téléphone de ma veste et le pose dans sa paume. Il le range sur l'établi. Pendant ce temps-là, Vérolé a ouvert les portières et le coffre.

Un grésillement, des parasites sortent d'un haut-parleur. Puis une voix se fait entendre :

— Allô ? Ce truc marche ? Allô ?

C'est Bullock.

Blondinet s'avance vers un interphone encastré dans un mur et appuie sur un bouton.

— Ouais ?

— Allô ?

— Patron, n'appuyez pas sur le bouton pendant que j'appuie sur le mien.

— D'ac. T'es là ?

— Ouais.

— N'appuie pas sur le bouton quand j'appuie sur mon bouton, dit Bullock. Ce machin est censé nous faciliter la vie, espèce de connard !

— Je sais, je sais.

— J'ai besoin de l'un de vous pour surveiller la fille.

— J'arrive tout de suite ! annonce Blondinet en retirant sa main de l'interphone et en disparaissant par une porte latérale.

Deux minutes plus tard, la même porte s'ouvre, découvrant le type de la vente aux enchères. Petit, presque chauve, mais trapu. Si on voulait le faire tomber, il faudrait s'y mettre à plusieurs. Ou le ficeler avec de grosses cordes pour le jeter à terre, un peu comme ce qui est arrivé à la statue de Saddam Hussein. Son costume d'une grande maison de couture est mal ajusté – pantalon en accordéon, manches trop longues. C'est le genre de type à qui les vêtements de luxe ne vont pas et n'iront jamais, en tout cas pas ceux qui sont suspendus aux portants du garage. Je lui suggérerais de kidnapper une retoucheuse, la prochaine fois.

Il porte la main à sa bouche, tousse et se racle la gorge. Il prend une gorgée d'une bouteille qu'il tient dans son autre main.

— Alors c'est vous, monsieur Walker, dit-il, mais sans me tendre la main.

— Et vous devez être monsieur Bullock, je réplique.

Il paraît un peu surpris mais pas mécontent du tout.

— Ah ! Vous me connaissez. Je vois que les nouvelles vont vite. T'as entendu ?

Cette question s'adresse à Vérolé.

— Il sait qui je suis, poursuit-il.

— C'est chouette, patron !

Bullock se tourne vers moi.

— Depuis quelque temps, je m'efforce d'acquérir une certaine réputation. Ainsi, vous avez entendu parler de moi. Voilà une bonne chose.

Ça, je n'en suis pas si sûr. J'ai sans doute fait une bêtise en l'appelant par son nom, je lui offre ainsi une raison de plus de ne pas nous laisser sortir d'ici en vie. Je sais qui il est. Je sais où il habite. Deux raisons supplémentaires pour m'éliminer ?

— J'étais à la vente aux enchères quand vous vous êtes acharné sur le photographe. On vous a reconnu plus tard sur les clichés.

Bullock hoche la tête et pointe vers moi un doigt accusateur.

— Ce photographe était quelqu'un de très grossier. Il m'a manqué de respect. Et c'est une chose que je ne peux pas tolérer, surtout en ce moment.

Il tousse et boit une autre gorgée au goulot.

— Il s'appelait Stan. Je ne le connaissais pas bien, mais c'était un chic type.

Bullock hausse les épaules.

— C'est mal élevé de prendre des photos des gens sans leur demander la permission. Autre chose, il ne s'est pas bien comporté avec vous. Car s'il n'avait pas été grossier à mon égard à la vente aux enchères et s'il ne s'était pas mêlé de mes oignons, vous ne seriez pas ici.

Je tâche de comprendre ce que cela signifie.

Me voyant perplexe, Bullock enchaîne.

— Si on n'avait pas eu cette petite scène et attiré autant l'attention, j'aurais pu traîner un peu sur place et enchérir moi-même et, croyez-moi, j'aurais eu la voiture et obtenu satisfaction. Mais la situation a dégénéré et j'ai dû me tirer. Vous comprenez, les ventes aux enchères grouillent d'agents fédéraux.

— Sans doute.

— En tout cas, malgré ce petit contretemps, tout rentre dans l'ordre. Nous avons récupéré la voiture, le photographe a compris la leçon et bientôt tout le monde va pouvoir reprendre son petit bonhomme de chemin.

« Compris la leçon » !

— Vous avez récupéré la voiture, en effet ! dis-je en la montrant du doigt. Vous avez ce que vous voulez. Il est temps de me laisser partir avec ma fille.

— Accompagnez-moi à l'intérieur de la maison, me dit-il.

Puis il se tourne vers Vérolé.

— Toi, tu viens aussi !

Nous sortons en file indienne, Bullock en tête. Nous pénétrons dans la maison par la porte de derrière, qui donne sur une vieille mais très élégante cuisine. Nous traversons ensuite un vestibule débouchant sur une lourde porte en bois. Enfin, Bullock nous fait entrer dans ce que je prends pour son bureau.

Je ne savais pas qu'on pouvait être aveuglé par du rose !

Trois des quatre murs sont couverts d'étagères qui contiennent des centaines et des centaines de boîtes roses. Elles ne sont pas empilées comme dans une remise, mais, au contraire, elles sont exposées avec soin. Des petits spots fixés à des rails au plafond sont dirigés de manière stratégique sur ces coffrets aux couvercles recouverts de cellophane. J'ai le sentiment de m'être perdu dans le rayon des poupées Barbie d'un magasin de jouets.

Il y a des centaines de Barbie et de Ken, accompagnés de leurs amis et parents, associés et partenaires, tous vêtus de costumes différents, ainsi que des maisons en plastique rose, des meubles et des voitures.

Au milieu de la pièce, le décor est plus traditionnel. Un immense bureau et son fauteuil en cuir, deux autres sièges en cuir, un divan en cuir plaqué contre un mur face aux rayonnages. Là est assise Angie, l'air hébété. Bullock s'installe derrière sa table de travail, sur laquelle se trouvent en tout et pour tout un téléphone, l'interphone qui communique avec le garage et une bouteille d'eau.

Vérolé reste à côté de Blondinet. Tous deux gardent la porte d'un œil et me surveillent de l'autre. Vérolé tient dans sa main droite un revolver qui, pour le moment, est pointé vers la moquette rouge sang.

— Angie, ma chérie !

— Salut, papa, murmure-t-elle péniblement.

Je cours vers elle et la serre dans mes bras. Elle a tout juste la force de m'enlacer.

— Ça va ? je demande en la tenant par les épaules et en regardant ses yeux las.

Elle acquiesce péniblement.

— Je vais te sortir d'ici aussi vite que possible et te ramener à la maison, d'accord ?

— D'accord, papa !

Bullock ordonne à Blondinet de retourner au garage et de commencer à désosser la voiture. Mon regard est de nouveau attiré par les poupées Barbie.

— Je vois que vous avez remarqué mes petites filles, grogne Bullock en se raclant bryamment la gorge.

Il termine sa bouteille de jus de fruits, la lance dans une poubelle près du bureau et ouvre une bouteille d'eau minérale.

— Oui.

— Tout à l'heure, j'ai eu une discussion délicieuse avec votre fille à ce sujet. Elle m'a dit qu'elle avait vendu la plupart de ses Barbie dans un vide-grenier.

— Ça devait être il y a deux ans, dis-je.

Je suis prêt à ajouter qu'elle n'était plus en âge de jouer à la poupée, mais quelque chose me dit qu'il ne vaut mieux pas.

— Oh ! Quel dommage ! Quelle terrible erreur ! On ne devrait jamais vendre les jouets de son enfance. Plus tard, quand on devient adulte, on le regrette toujours.

Le pire est qu'il paraît sincère.

— Vous avez raison.

Question : est-ce qu'un type vous parlerait de sa collection de Barbie, s'il songeait sérieusement à vous tuer ?

— Vous êtes d'accord ?

— Je suis moi-même collectionneur. Pas de poupées Barbie, mais d'objets de science-fiction.

— Cool ! s'exclame Barbie Bullock, tout excité. Voilà quelque chose qui va vous plaire.

Il tire une boîte d'une des étagères du bas.

— C'est la version Ken et Barbie de *Star Trek*.

Il me tend le coffret. Les poupées, encore sous cellophane, tiennent debout grâce à de petits chevalets en plastique. Elles sont en effet vêtues pour servir sur l'*Enterprise*.

Ken porte une chemise brun clair et un pantalon noir, Barbie une robe rouge très courte.

— Je reconnais les vêtements ! je m'exclame. Des premières séries.

— Oui ! Oui !

Il me reprend la boîte, qu'il replace sur son étagère.

Angie remue un peu et pose sa tête sur l'accoudoir du canapé. Elle nous observe comme si nous étions de simples figurants dans son rêve.

En plus des poupées dans leurs coffrets, il y a le minibus rose Volkswagen, une Coccinelle rose avec son toit ouvrant pour y glisser Barbie et ses amies quand elles vont faire un tour. Et puis des maisons Barbie remplies de meubles Barbie, des sièges Barbie.

— Je vais vous montrer ce dont je suis le plus fier, annonce Bullock.

Je jette un coup d'œil à Vérolé, histoire de voir s'il trouve étrange le comportement de son patron. Mais son visage impassible ne laisse rien deviner.

— Voici Barbie Sirène et son bateau personnel. Et Barbie Hiver Doré et bien sûr Barbie Malibu – comment s'en passer ? Et Barbie Pom-Pom Girl : elle peut bouger ses bras et ses jambes comme pour encourager son équipe, sauf que ça n'arrivera jamais car je n'aime pas sortir mes poupées de leurs boîtes.

— Je comprends. Elles n'en ont que plus de valeur.

— Bien sûr. Mais quand même, quand par hasard l'une d'elles a été sortie de son coffret, on se sent plus libre. On peut la manipuler, jouer avec, enfin vous voyez. Voici ma Barbie Romance Nouvelle Collection, qui ressemble aux héroïnes des romans à l'eau de rose, quoique je ne lise jamais ces merdes.

Il brandit une Barbie vêtue d'un collant en latex noir tenant un fouet.

— Voici Barbie Catwoman.

Un cadeau idéal à faire à Trixie pour Noël !

— Tenez ! Admirez ça !

C'est Ken en smoking avec une Barbie à la chevelure particulièrement gonflée.

— C'est le Coffret Cadeau James Bond 007 Barbie et Ken.

— Incroyable ! Je n'aurais jamais imaginé que ça existait.

Bullock me dévisage attentivement.

— J'aimerais vous poser une question.

Vu les circonstances, je ne peux que me montrer accommodant.

— Bien sûr.

— Vous croyez que cette collection fait de moi un pédé ?

— Ça ne m'est jamais venu à l'esprit. D'ailleurs, étant moi-même collectionneur, je suis mal placé pour émettre une opinion.

En fait, ce n'est pas le mot « pédé » qui me vient à l'esprit, mais « cinglé ».

— Eh bien, je ne suis pas gay. J'adore les chattes, demandez à n'importe qui. N'est-ce pas ? fait-il en se tournant vers Vérolé.

— Tout juste, patron ! Vous adorez les chattes.

— Exact. Vous voulez que je vous raconte une histoire ?

J'acquiesce lentement.

— Ma sœur avait deux ans de plus que moi. Quand on était petits, maman la couvrait de poupées Barbie. On y jouait ensemble, on adorait ça. Quand ma sœur, qui s'appelait Leanne, a eu huit ans, elle a été renversée par une voiture. Et voilà. Elle est morte.

— Je suis désolé.

— Alors maman a pété les plombs et elle s'est mise à m'offrir des poupées, tout le temps. Je les gardais, les collectionnais pour que ma mère soit contente. D'une certaine façon, je gardais ma sœur en vie.

— Où était votre père ?

Je suis sincèrement intéressé. Comment un père a-t-il pu assister à ce manège sans intervenir ?

— Oh, lui ! Il s'est tiré quand j'avais un an. Maman m'a élevé sans ce connard. Elle est morte il y a quelques années d'un cancer, mais cette collection, c'est ma manière de conserver vivants son souvenir et celui de ma sœur.

Et voilà que Vérolé y va de son grain de sel.

— Notre patron, c'est un vrai héros de tragédie.

Barbie Bullock dodeline à qui mieux mieux.

— Ouais, c'est comme ça que je suis.

— Oui, en effet, je vois ça.

— Au fil des ans, ça m'a vraiment pris. C'est bon d'avoir un hobby, n'est-ce pas ? Une fois, voilà deux ans, on a cambriolé un entrepôt, croyant qu'il serait plein de matériel stéréo, et devinez ce qu'on a trouvé ?

Des coffrets de Barbie du sol au plafond. Sans doute une commande destinée à un magasin de jouets. C'était comme dévaliser Fort Knox par hasard !

Il se racle la gorge, sa voix devenant éraillée. Il tousse deux fois, reprend de l'eau.

Soudain, j'ai conscience du ruban adhésif qui tire sur les poils de ma jambe. Pourtant, je suis certain d'en avoir mis suffisamment pour maintenir le revolver en place. Pourvu qu'il ne tombe pas ! Je n'ai strictement aucune chance de pouvoir m'en emparer et de menacer Bullock avant que Vérolé m'ait criblé de balles.

J'espère sincèrement ne pas avoir à m'en servir. Il suffirait que Trimble apparaisse au bon moment.

— Et voici Barbie Wonder Woman. Regardez bien son petit lasso magique. Et là, le clou de ma collection : Barbie et Ken vêtus comme Lily et Herman Munster du feuilleton *Les Monstres*, les célèbres personnages de la comédie musicale des années soixante. Vous l'avez vue ?

— Oui, bien sûr. Et *La Famille Addams*.

— Ah ! Il en existe une panoplie, mais je la cherche toujours. Je l'ai vue un jour sur eBay, mais je l'ai loupée. Voici Midge, la copine de Barbie. Vous voyez son gros ventre ? Elle est enceinte. Le bébé est retenu par un aimant pour qu'on puisse l'enlever et le remettre. Des crétins ont trouvé que cette poupée était choquante, mais moi, je trouve ça tout naturel, pas vous ?

— Si, si.

Je marque un temps d'arrêt.

— Seriez-vous assez gentil pour me laisser partir avec ma fille ? Ce que vous manigancez ici m'est complètement égal. Gardez la voiture, je dirai qu'elle a été volée. Je suis déjà en si mauvais termes avec mon assurance que ça ne changera rien.

— Dès qu'on aura inspecté la voiture. Dès qu'on sera en possession de ce qu'on cherche. Quand vous l'avez achetée, je suppose que vous ne saviez pas où vous mettiez les pieds.

— Je n'en sais pas beaucoup plus aujourd'hui.

— Elle possède des putains d'accessoires en option. Deux millions de dollars de coke, pour être exact. Planqués dans les panneaux des portières. Quand les Féds ont arrêté notre boss, Lenny Indigo, il venait de lui faire passer la frontière. Il n'a pas eu le temps de sortir sa précieuse cargaison. Et ces cons de Féds n'ont pas pensé que la voiture servait au trafic. S'ils avaient trouvé la drogue, ils l'auraient exhibée comme preuve. Comme ils n'ont vu que dalle, Lenny m'a envoyé un message depuis sa cellule, me demandant de récupérer la voiture et de vendre la came car il a un escadron d'avocats à payer. Il se pourvoit en appel, vous comprenez ?

Nouvelle gorgée d'eau.

— Je vais vous raconter une autre histoire. Il y a deux ans, en Californie, un mec s'est rendu à une vente aux enchères, il s'est acheté une petite voiture coquette pour trois fois rien. Il a roulé avec pendant six mois, puis un jour il va au Mexique et quand au retour il passe la frontière il est arrêté par hasard. Les chiens renifleurs commencent à flairer quelque chose. Les putains de pare-chocs étaient bourrés de coke. Alors ils l'ont emballé, le pauvre con.

Bullock éclate de rire, ce qui lui déclenche une quinte de toux. Il reprend de l'eau.

— Alors il leur a dit : « Eh ! Cette drogue n'est pas à moi, j'ai acheté la voiture au gouvernement, ils ont dû la laisser dedans. » Les douaniers, ils se pissent de rire dessus, vous imaginez ? Comme si c'était la première fois qu'ils entendaient ces conneries. Donc le type est envoyé en prison. Maintenant il traîne le gouvernement en justice. Vous parlez, comme s'il avait une chance de gagner !

— Ainsi vous avez pensé à acheter la voiture aux enchères, récupérer la drogue et le tour était joué.

Bullock acquiesce.

— Il faut avouer que c'est une merveille de voiture pour passer de la came. Une petite hybride, gentiment écolo. À la frontière, on vous prend pour Ralph Nader, le héros du parti vert. On l'a utilisée une demi-douzaine de fois. Quand on ne s'en servait pas pour la drogue, la femme d'Indigo aimait la conduire.

— Ah oui !

— À cause de votre photographe et de tout le foin qu'il a fait, j'ai dû me tirer, mais on avait un indic sur place qui, un peu plus tard, nous a donné le nom de l'acheteur.

Lawrence Jones.

— Alors on a localisé ce type, une sorte de privé. On n'a pas trouvé la voiture chez lui, mais devinez sur quoi on est tombés ?

Bullock fouille dans sa poche et en extirpe un chèque froissé.

— On a fouillé dans ses affaires et on a trouvé ce chèque, à son ordre et du même montant que le prix de la voiture. Une putain de coïncidence, non ? Et vous ne devinerez jamais le nom de l'émetteur ?

Il jette le chèque sur son bureau, mais je n'ai pas besoin de le regarder.

— Mon adresse était dessus, n'est-ce pas ?

— Gagné ! Alors on est passés plusieurs fois devant chez vous jusqu'à ce qu'on repère la voiture et vous connaissez la suite. Mais vous voulez entendre encore plus marrant ?

Je ne réponds pas.

— Quand on cherchait la voiture du côté de chez le privé, on a vu une bagnole qui nous a paru sacrément familière. Une vieille Buick. La nuit d'avant, alors qu'on s'occupait d'une de nos petites affaires, cette Buick nous avait filés et le conducteur nous avait même tiré dessus. On s'est dit qu'il y avait des chances que ce soit ce Jones, bien qu'il y ait eu un type avec lui.

Je sens mes jambes se dérober sous moi.

— Quel genre d'affaires ? je demande en jouant les imbéciles.

— On peut dire qu'on est dans la vente au détail. On fait dans le costume. Les meilleures marques uniquement. Comme celui-là.

Il quitte son bureau, lève ses mains, pivote sur lui-même.

— De la belle marchandise, non ? Armani.

Je réponds à côté.

— Les costumes, je les ai vus dans le garage. Ainsi, vous ne dealez pas seulement de la coke, mais vous volez aussi des vêtements de luxe ?

Immense sourire de Bullock.

— On se diversifie. C'est le genre de commerce auquel on se livre, en ce moment. Ne pas mettre tous nos œufs dans le même panier, voilà le secret.

Il s'interrompt et s'adresse à Vérolé :

— Je me demande comment ça se passe, dans le garage.

Je me pose la même question. Il est possible que Trimble soit là-bas. Possible qu'il ait maîtrisé Blondinet et s'apprête à mettre son copain et le fan des Barbie hors d'état de nuire.

Bullock appuie sur le bouton de l'interphone placé sur son bureau.

— Hé ! crie-t-il. Ça avance ? Allô ?

Cris et parasites se succèdent pendant que Bullock et Blondinet s'égosillent en même temps. Bullock me regarde d'un air consterné.

— Je tâche de travailler en vrai pro et regardez les difficultés qu'on me fait !

Enfin, ils réussissent à se coordonner et la voix de Blondinet devient audible. Mais elle est comme qui dirait soucieuse.

— Patron, je crois qu'on a un problème.

Bullock fronce les sourcils, lance un regard noir à l'appareil.

— Je n'ai pas envie d'entendre ce genre de conneries. Comment ça, un problème ?

— Y a rien dans la voiture. Que dalle !

31

— Rien du tout ? insiste Bullock.

— Tout ce que j'ai trouvé, je l'ai fourré dans un carton, mais ce n'est pas ce que vous espériez, annonce Blondinet dans l'interphone.

— Apporte !

Il retire son doigt de l'appareil. Puis il regarde Vérolé d'abord, moi ensuite.

— Vous cherchez à foutre le bordel, c'est ça ?

Il a le souffle court, ce qui lui déclenche une nouvelle quinte de toux et l'oblige à boire abondamment.

— Croyez-moi, je meurs d'envie que vous trouviez ce que vous cherchez dans la voiture. Je crois même que je suis le principal intéressé.

Ce n'est pas un bon argument. Bullock est contrarié, alors il devient rouge de colère. C'était même un très mauvais argument !

À moins que ça ne soit, au contraire, un très bon argument.

Voilà qui me laisse peut-être un peu de temps supplémentaire. Afin de permettre à Trimble d'intervenir. À propos, où est le flic ? Son arrivée serait la bienvenue.

Blondinet franchit la porte, portant un petit carton qui a contenu douze bouteilles d'un vin californien de la marque Ernest & Julio Gallo. Il le pose sur le bureau de son patron et recule de quelques pas. Visiblement, il préfère être hors de portée de Bullock quand celui-ci examinera le contenu. De toute façon, ce carton n'est pas assez grand pour contenir une cargaison de coke. Enfin, c'est un avis de non-spécialiste !

Bullock jette un œil dans le carton puis fixe Blondinet.

— Tu te fous de ma gueule ?

— Non, c'est tout, assure l'autre, nerveux.

J'imagine qu'il a peur d'être victime de la malédiction du porteur de mauvaises nouvelles, à savoir être fusillé sur-le-champ. Franchement, je n'aimerais pas être à sa place. Bullock continue à inspecter l'intérieur de la boîte, l'air aussi incrédule que ridicule dans son costume trop grand pour lui. Sans compter qu'il a toujours Midge, la copine enceinte de Barbie, dans sa main gauche.

— C'est quoi, ces merdes ? Un manuel d'entretien, une bouteille de jus de pomme, une boîte de Kleenex. Il est à qui, ce portable ?

Il met Midge de côté, saisit le portable avant de le rejeter dans le carton.

Blondinet me désigne du menton.

— À lui. Je lui ai pris et je l'ai fourré dans le carton avec les autres trucs.

— Tu as regardé dans les portières ?

— Oui, exactement où M. Indigo a dit que la marchandise serait. Y avait rien.

— Il faut que je me rende compte par moi-même, décide Bullock.

Il laisse le carton sur son bureau, s'élance vers la porte. Il ordonne à Vérolé de surveiller Angie. Quant à moi, il me fait signe de l'accompagner au garage.

Oh ! Oh ! J'ai l'impression que le ruban adhésif autour de ma cheville se relâche.

Nous pénétrons dans le garage. Ce dernier est violemment éclairé et ma Virtue est au cœur de la scène, portières, capot, coffre béants. Et quel chantier ! Les panneaux des quatre portières ont été enlevés, exposant l'ossature métallique.

— Vérifiez par vous-même, patron ! suggère Blondinet, ce qui n'est clairement pas la chose à dire étant donné le regard noir que lui lance Bullock.

Celui-ci inspecte les quatre portières, passe sa main dans les coins et recoins. Mais avec précaution, pour ne pas risquer de se couper sur le métal à nu.

Blondinet poursuit son explication :

— Comme j'ai rien trouvé dans les portières, j'ai enlevé les tapis de sol et tout ce qu'y avait dans le coffre, mais y avait rien non plus. J'ai retiré la banquette, vérifié qu'y avait rien en dessous et je l'ai remise en place. J'ai regardé sous les sièges avant et même sous les amortisseurs. Je vous le jure, cette foutue bagnole est vide.

Bullock commence à arpenter le garage, cinq pas à gauche puis cinq pas à droite.

— Ça sent mauvais ! Ça sent mauvais ! répète-t-il.

— Vous devriez peut-être appeler M. Indigo, suggère Blondinet. Le gardien qu'on paie peut lui transmettre un message, lui demander si la marchandise est ailleurs et...

— On n'appellera pas Indigo ! braille Bullock. C'est la dernière des putains de choses à faire, tu comprends !

— Pigé !

— Il penserait que je lui ai baisé la gueule et ça signerait mon arrêt de mort ! Il me fait confiance pour tenir la baraque et, si j'en suis incapable, il fera appel à un type de la côte Ouest pour me remplacer, tu comprends !

— J'ai dit que je pigeais. Détendez-vous, patron !

— Me détendre ? C'est ça que tu as dit ? Tu veux que je me détende ?

Le visage de Bullock est à quelques centimètres de celui de Blondinet, ce qui est une prouesse vu qu'il mesure trente centimètres de moins.

— Récupérer la voiture et la drogue, c'était un test sacrément important pour moi – et pour vous deux aussi d'ailleurs. On va donc trouver une solution pour reprendre la came. Comme ça, Lenny Indigo ne saura rien de tout ça et pensera qu'on a bien fait notre boulot. C'est clair ?

— Ouais, patron !

J'interviens.

— Et les panneaux de bas de caisse ? Comme dans *French Connection* ? Dans le film, c'est là qu'ils ont caché la marchandise.

— Fermez-la ! dit Bullock.

Il fouille dans sa poche revolver, en sort un objet mince, noir, de vingt-cinq à trente centimètres de long. Il appuie sur un bouton et l'objet fait bien maintenant soixante centimètres et brille dangereusement. Puis Bullock s'avance lentement vers moi et agite le couteau à cran d'arrêt sous mon nez.

— Je crois que vous me faites des cachotteries.

Je me recule d'un pas vers la porte du garage.

— Mais non ! Pas du tout. Je ne comprends pas pourquoi la came n'est pas là. Si je savais où elle était, je me dépêcherais d'aller vous la chercher.

Bullock s'approche encore, le couteau toujours en mouvement. J'ai l'impression, sans en avoir la certitude, de voir des traces de sang à la base de la lame. Je devine même leur origine.

Bullock n'étant plus qu'à quelques centimètres de moi, je m'efforce de me coller contre la porte du garage. Il plaque son couteau contre mon cou.

À ce moment, je sens mon revolver glisser légèrement le long de ma cheville.

— Merci pour votre aimable proposition. Cela m'amène à penser que vous savez où est la drogue.

— Je vous le répète, je n'en ai aucune idée. Je le jure sur la tête de toutes vos Barbie.

Ses yeux clignent. Sûr qu'il se demande si je suis sincère ou si je me fous de lui. Quant à moi, j'aimerais savoir pourquoi, en dépit de tous mes efforts, je ne profère que des âneries qui me font passer pour un abruti de première.

Sur ces entrefaites, Blondinet s'en mêle.

— Patron, c'est pas logique qu'il ait piqué la drogue. Tenez, on lui a filé le train presque toute la nuit. Et puis vous le croyez assez con pour permettre à sa fille de conduire la bagnole, sachant qu'elle contient de la drogue ou qu'elle en a trimballé ?

Je l'aime, ce Blondinet !

— Alors, tu vois les choses comment ?

— Je dirais que la voiture n'a jamais contenu de drogue. Du moins depuis qu'il l'a achetée ou qu'il l'a eue du type qui l'a achetée aux enchères.

— Tu penses que le privé était au courant et qu'il a retiré la marchandise ? s'inquiète Bullock.

— C'est de la folie ! je crie presque. J'ai pris possession de la voiture dès que nous sommes sortis de la vente. Elle ne m'a pas quitté depuis lors.

Bullock reste pensif.

— Je ne sais pas. Et si on allait dire deux mots à ce M. Jones ?

Il me sourit.

— Si j'ai bien compris, il a eu des petits ennuis, mais il est encore de ce monde. On pourrait lui poser quelques questions.

— Je vous le répète, j'ai gardé la voiture tout le temps.

Bullock réfléchit de nouveau.

— Ce qui voudrait dire que la drogue a été retirée de la voiture avant la vente aux enchères.

Blondinet en tire alors la conclusion qui s'impose.

— Donc quelqu'un a appris ce que la voiture contenait et l'a piqué avant qu'on mette la main dessus.

Bullock hoche lentement la tête, très lentement.

— Il va nous falloir du renfort.

Puis il inspire profondément et hurle à tue-tête au risque de me crever les tympans :

— Trimble !

Quoi ? Comment ?

Pourtant Bullock s'est montré parfaitement clair. On ne peut pas dire qu'il ait murmuré.

À cet instant, la porte latérale du garage s'ouvre et l'inspecteur Steve Trimble fait son entrée. Il vient directement se planter à côté de nous.

— Vous m'avez demandé ? demande-t-il à Bullock.

J'ai l'impression tout d'un coup que ma situation ne va pas en s'arrangeant. Je dirais même plus : ça craint vraiment.

32

— Ça doit être Eddie Mayhew, déclare Trimble.

— J'y ai pensé, confirme Bullock. Mayhew, ce fils de pute ! Agir ainsi après tout ce que j'ai fait pour lui.

Je fais appel à mes souvenirs. Oui, c'est le bavard que j'ai interviewé pour mon article, lors de la vente aux enchères.

— Je croyais qu'on lui graissait suffisamment la patte pour qu'il s'abstienne de nous doubler, constate Bullock.

— Il savait que cette voiture vous intéressait, n'est-ce pas ? demande Trimble.

Bullock acquiesce.

— Alors, s'il savait qu'on était intéressés, il a dû en soupçonner la raison et il a vidé la voiture avant qu'elle passe aux enchères.

— Et il a vendu la marchandise pour son compte.

— Aux Jamaïcains, je parie.

— Un vrai couillon ! s'exclame Trimble. D'abord, il vous double. Secundo, il traite avec les Jamaïcains. Des cinglés. On ne peut pas leur faire confiance.

— Rends-lui une petite visite, conseille Bullock. Soit il crache le morceau, soit il allonge l'argent de la vente.

— Même s'il l'a vendue, il n'aura pas obtenu le prix que vous auriez eu.

— De toute façon, tu me le ramènes ici afin que j'aie une petite conversation avec lui. Ah, autre chose, prends donc avec toi ton nouvel ami, ajoute-t-il en me désignant. Il y a une seconde, il m'a promis de faire tout ce qui était en son pouvoir pour m'aider à récupérer la marchandise. Tant que la fille reste ici, il ne te causera pas d'ennuis.

Trimble hausse les épaules.

— D'accord. Je ne suis pas contre le fait d'avoir un peu de compagnie.

— Tu as l'adresse d'Eddie ? demande Barbie.

— Oui, du côté de Delton, un patelin pas loin d'Oakwood.

Bullock donne des instructions précises à Trimble.

— Tu m'appelles toutes les demi-heures. Si je n'ai pas de tes nouvelles, ton ami n'aura pas besoin de revenir chercher sa fille.

La gorge serrée, je demande des précisions.

— Vous voulez dire une demi-heure à partir de maintenant, c'est-à-dire à une heure seize ? Ou toutes les trente minutes à six et à douze, ce qui serait plus commode ?

Bullock me dévisage comme si j'étais un demeuré.

— Qu'est-ce qu'il faut pas faire ! Bon, six et douze. Le premier appel à une heure et demie.

— Très bien, dis-je. Je voulais juste être sûr. Pourrais-je dire au revoir à Angie avant de partir ?

— Sûrement pas. Et maintenant, foutez-moi le camp.

Trimble m'entraîne à sa suite.

— Allez ! Plus vite partis, plus vite revenus.

Nous descendons en silence une allée pavée, puis nous longeons Wyndham Street en direction de sa voiture.

— Vous avez déjà conduit une voiture de police ? me demande-t-il.

— Non.

— Voici l'occasion ou jamais.

Il ouvre la portière et attend que je sois assis au volant pour me donner les clés.

— Vous connaissez le chemin pour Delton ?

J'acquiesce et je prends la direction du périphérique. La voiture est plongée dans l'obscurité, seules les lumières des cadrans du tableau de bord et des lampadaires des avenues diffusent une faible lueur. Mon revolver va glisser de mon pantalon d'un instant à l'autre, c'est couru d'avance ! Dieu merci, il y a de fortes chances pour que Trimble ne s'aperçoive de rien, mon pied étant dissimulé par l'obscurité et l'émetteur radio placé près du levier de vitesse.

— Vous devez regretter de ne pas avoir appelé la police ! me dit Trimble en se tournant légèrement vers moi.

S'il m'a proposé de prendre le volant, c'est pour que mes deux mains soient occupées et m'empêcher ainsi de tenter quoi que ce soit.

— Oui, quand j'y repense. Mais ça prouve que Bullock ne ment pas. Il a une taupe chez les flics.

— Ouais. Et je ne suis sans doute pas le seul. Lenny Indigo se débrouillait toujours pour se dégoter des amis dans les endroits utiles.

— Ça ne l'a pas empêché d'aller en prison.

— Ouais ! Finalement, il s'est fait avoir.

Il réfléchit un instant.

— Ce sont des choses qui arrivent.

— Je vais peut-être m'avancer et jouer aux devinettes, mais vous vous rappelez le soir où ce gamin a tiré sur Lawrence, qui soit dit en passant était votre coéquipier, lorsque vous avez hésité ?

Je jette un coup d'œil à Trimble. Ses yeux ne sont plus que deux fentes.

— Eh bien, si vous n'avez pas tiré, ce n'est pas que vous avez eu peur. Au contraire, vous avez reconnu ce gamin. Je me souviens que Lawrence a mentionné qu'il travaillait pour le gang d'Indigo. Aussi, quand vous l'avez vu dans vos phares, vous avez su qui c'était. Possible que vous le connaissiez. Et sachant que vous aviez le même patron, vous avez décidé que ce ne serait pas une bonne idée de l'abattre.

Trimble hausse les épaules sans faire de commentaires.

— Vous ne vous êtes pas seulement abstenu de tirer. Vous avez préféré protéger un de vos complices plutôt qu'un membre de la police.

— Contentez-vous de conduire, OK ? Si j'ai envie de distraction, je peux allumer la radio.

— Bullock ne me laissera jamais repartir avec ma fille, n'est-ce pas ?

— Je ne sais pas trop, mais disons que si on lui rapporte sa marchandise, il pourra envisager votre situation sous un jour plus favorable.

— Avec Lawrence, il n'a pas hésité...

Une fois sur l'autoroute, je mets les gaz. La voiture bondit.

— Est-ce que j'ai le droit d'actionner la sirène ?

— Non.

— Vous savez ce que Bullock a fait à Lawrence ? Il vous en a parlé ?

— Qui vous dit que Bullock et sa bande de clowns ont essayé de tuer Lawrence ? Vous n'avez aucune preuve. Je lui ai posé la question et il m'a répondu qu'il n'y était pour rien.

— Et vous l'avez cru ?

— Il n'avait aucune raison de mentir, déclare Trimble.

Mais on ne peut pas dire qu'il y mette beaucoup de conviction.

— Bullock a pu penser qu'il ne pourrait plus compter sur vous si vous saviez qu'il avait tué votre ancien coéquipier. Cela risquerait de vous ouvrir les yeux. Mais si vous avez vraiment besoin de preuves, comme vous dites, Bullock a mon chèque, celui que j'ai donné à

Lawrence. Mais j'imagine que ce n'est pas suffisant et que vous vous débrouillerez pour que son agression soit classée sans suite.

— On trouvera un coupable, ne vous inquiétez pas.

— Je vois le scénario : un pauvre type qui se débat au moment de son arrestation ou un gosse qui a succombé à une overdose. Vous lui fourrez le couteau de Bullock dans les pattes et hop, une prise de sang qui l'accuse. Un truc dans ce genre ?

— Bien vu ! Ou alors on pourrait même trouver le couteau de Bullock sur vous ou dans votre voiture.

— Ouais ! Bien sûr, parfaitement probant. Un journaliste poignarde un détective privé. Pour quelle raison ? Qui croira un truc pareil ?

Trimble se creuse les méninges. Et il a dû lui en falloir, de la réflexion, pour pondre un scénario d'aussi haute volée.

— Avant de rencontrer Lawrence, vous étiez un homo refoulé. Vous entamez une liaison, mais un beau jour il menace de mettre les gens au courant et en particulier votre femme. Comme vous ne voulez pas qu'elle sache que vous êtes gay, vous le supprimez. Ça pourrait marcher.

— Génial. Sauf que Lawrence n'est pas mort. Je crains qu'il ne confirme pas cette belle histoire.

Trimble a un petit sourire satisfait.

— Je vais essayer de trouver mieux. En attendant, arrêtez de vous conduire comme un imbécile et montrez-vous plus coopératif. Ça m'éviterait d'avoir à inventer un autre scénario.

Je regarde l'horloge du tableau de bord. Une heure passée de deux minutes. J'y jette un coup d'œil toutes les cinq secondes. Il faut que Trimble appelle Bullock à l'heure dite. Je sens que le canon de mon revolver a encore glissé. Il dépasse de l'ourlet de mon pantalon. Si jamais j'arrive à m'en emparer, est-ce le bon moment pour m'en servir ? Si je réussis à maîtriser Trimble, comment ferai-je ensuite pour délivrer Angie ? Sans compter qu'il ne sera plus en mesure d'appeler Bullock à l'heure dite. Du moment que je peux ramener Angie à la maison, Trimble, Bullock, Blondinet et Vérolé peuvent aller au diable ! Et embarquer avec eux leur sale came, si ça leur fait plaisir !

Nous roulons pendant plusieurs kilomètres en silence, puis Trimble reprend la parole.

— À dire vrai, j'ai de la peine pour Lawrence. Franchement. C'était un bon flic et un bon coéquipier. Mais un putain d'idéaliste, le genre : « Plus pur que moi tu meurs ! » Toujours à obéir au règlement. Il refusait de voir qu'il était le seul flic à ne pas se laisser graisser la patte. On vous envoie nettoyer la merde des gens et risquer votre vie pour un salaire ridicule, et si vous dépassez la ligne jaune d'un millimètre, on vous vire comme un malpropre. Lawrence n'a pas compris qu'il faut enfreindre la loi, un minimum, pour que le job devienne avantageux. J'ai un dossier impeccable, un joli compte en banque et un flot de distinctions. Et j'ai mis à l'ombre des tas de criminels.

— Arrêtez ! Je vais pleurer !

Mon revolver continue à sortir de son étui improvisé. Dommage que la boîte à gants de Lawrence n'ait pas contenu de l'adhésif industriel.

— Peu importe ! Contentez-vous d'obéir.

Les dix minutes suivantes se passent sans incident. Quand apparaissent les panneaux indiquant qu'on arrive près d'Oakwood, Trimble commence à s'agiter.

— Deux sorties plus loin, ce sera Delton.

Il m'indique où quitter l'autoroute. Nous traversons le centre de Delton, une bourgade sans charme, puis tournons vers le nord pour atteindre un faubourg composé de maisons individuelles datant de l'après-guerre. Nous arrivons à un logement en brique à un étage. Malgré l'obscurité, je remarque la peinture écaillée des montants des fenêtres, le toit qui s'affaisse. Une vieille Volvo est garée dans l'allée.

— Éteignez les phares.

J'obéis.

Je coupe le moteur et tends la clé à son propriétaire. Pendant ce temps-là, mon revolver glisse jusqu'au sol.

— On va entrer directement. Puis on monte l'escalier jusqu'à sa chambre. Je ne crois pas qu'il ait des enfants. Je ne vois pas de tricycle ou de bicyclette dans les parages.

— Il n'a pas d'enfants, j'affirme.

— Comment en êtes-vous si sûr ?

— Il me l'a dit. Je l'ai interviewé pour un article.

Trimble semble impressionné.

— Dites-moi, vous êtes vraiment partout, vous ! Bon, allez, et pas un bruit, hein ?

Du bout du pied, je pousse mon arme à la droite de l'accélérateur. De façon à la dissimuler sous l'émetteur radio. Si Trimble m'oblige à conduire au retour, il n'y a aucune chance qu'il la découvre.

— Un instant ! je m'exclame. Il est presque une heure trente. Comme on ne sait pas comment les choses vont tourner là-haut, vous ne pourrez peut-être pas appeler Bullock à temps. Mieux vaut lui téléphoner maintenant.

Il attrape son portable en soupirant.

— C'est moi, Trimble. Juste pour vous dire que tout va bien, on vient d'arriver chez Mayhew. Je vous rappelle à deux heures.

Il raccroche et se tourne vers moi.

— Content ?

— Oui.

— Allez, dehors !

Nous ouvrons nos portières en même temps. Un instant, je crains que le plafonnier n'éclaire mon revolver. Tandis que nous remontons l'allée, le gravier crisse sous nos pas. Trimble tourne la poignée de la porte.

Elle ne résiste pas.

— Les gens sont idiots, murmure-t-il. Dès qu'ils habitent en banlieue, ils se croient en sécurité.

Il ouvre la porte en veillant à ne pas faire de bruit. Je le suis le plus silencieusement possible moi aussi. À cet instant, une évidence s'impose à moi : je suis en train de pénétrer dans une maison par effraction. Certes, ce n'est clairement pas de mon plein gré, nonobstant, c'est une effraction. Avec un flic, en plus.

Une fois à l'intérieur, il nous faut quelques secondes pour que nos yeux s'adaptent au manque de lumière. À notre droite, on distingue un escalier.

Des ronflements nous parviennent du premier étage.

Un sourire diabolique apparaît sur le visage de Trimble, qui pointe son doigt vers le haut. Il prend son pistolet et commence à monter l'escalier recouvert de moquette, une marche à la fois. Je lui laisse un peu d'avance avant de le suivre.

Lorsque nous atteignons le palier du premier étage, les ronflements redoublent de vigueur. Cette maison abriterait-elle une meute de gorets ?

Trimble s'arrête un moment, le temps de repérer la source des ronflements, sans doute. Ils émanent de la chambre de gauche. Un rayon de lune éclaire une forme sous les couvertures remontées si haut que n'émergent que quelques mèches de cheveux. Dans mon souvenir, Mayhew n'était pas aussi chevelu.

Trimble me désigne la lampe de chevet.

— Soyez prêt à l'allumer, murmure-t-il.

Je glisse ma main sous l'abat-jour et trouve l'interrupteur alors que les ronflements résonnent de plus belle dans la pièce. Trimble agrippe son pistolet à deux mains et le maintient à cinq centimètres du visage de Mayhew. Il me fait signe de la tête.

J'allume.

Trimble s'écrie :

— Réveille-toi, Eddie !

Mayhew remue violemment, sort un bras pour repousser les couvertures et, découvrant l'arme, se met à hurler.

Sauf que ce n'est pas Mayhew qui beugle. Mais une femme.

— Bon Dieu ! crie Trimble en écartant son pistolet.

Ce qui n'empêche pas la femme de continuer à hurler.

— Fermez-la ! crie Trimble encore plus fort.

Les hurlements continuent.

— Ferme-la ! Ferme ta putain de gueule !

Puisque lui crier dessus ne sert de toute évidence à rien, Trimble tente une autre approche, un peu plus ferme, et colle son pistolet sous le nez de la femme.

— Ferme-la !

Elle se calme et réussit à s'asseoir dans son lit. Je découvre alors que ce que j'ai pris pour des cheveux est en réalité des bigoudis, une dizaine de bigoudis, tous sagement fixés sur une chevelure grise, à l'aide de pinces. Elle porte une chemise de nuit en flanelle à manches longues, blanc cassé. Très honnêtement, nous ne surprenons pas la dame au pic de sa séduction.

— Vous êtes qui ? demande-t-elle.

— Où est Eddie ? lui répond Trimble.

— Je... je ne... Qu'est-ce que vous voulez ?

— Je viens de vous le dire, je veux savoir où est Eddie. C'est bien votre mari, n'est-ce pas ?

— Oui, absolument. Qu'est-ce que vous voulez à Edward ?

— Savoir où il est.

— Je ne sais pas. Vraiment, je l'ignore. Si seulement je le savais. S'il avait prévu de rentrer tard, il aurait dû me téléphoner. Il me prévient en général, mais parfois il oublie.

Trimble paraît soudain très las.

— Il y a quelqu'un d'autre dans la maison ?

— Comment ? Non, personne. À moins qu'Edward soit en bas.

Trimble s'assied au bord du lit, baisse son arme.

— Madame Mayhew, dit-il d'une voix douce. Il est très important que nous trouvions votre mari.

— Il a des ennuis, ce salopard ? Parce que si c'est le cas, je ne suis pas surprise.

— Si nous le trouvons à temps, nous pourrons peut-être lui éviter bien des problèmes.

— Vous êtes de la police ?

— Oui, répond lentement Trimble, on appartient à une section de la police qui agit discrètement, si vous voyez ce que je veux dire.

Mme Mayhew opine. Maintenant qu'elle sait que nous ne sommes pas des criminels comme elle l'avait d'abord cru, elle semble quelque peu soulagée.

— Vu que votre mari travaille pour le gouvernement, reprend Trimble, il nous a donné un coup de main pour une enquête, un peu comme un agent secret.

— Edward ? Un agent secret ? En tout cas, il ne m'en a jamais parlé. Mais il ne me parle jamais de rien. Je lui demande : « Comment s'est passée ta journée ? Qu'as-tu fait ? Qui as-tu vu ? » Et vous savez ce qu'il répond ? Pas un mot.

— Tant mieux. C'est bien qu'il ne vous ait rien confié. Souvent, même quand on demande à un agent de ne parler à personne de ses activités, on sait qu'il va tout dévoiler à sa femme.

Elle hoche la tête.

— Mais voilà, nous avons un petit ennui. Nous avons perdu la trace d'Eddie et il faut qu'on le retrouve.

— Mais j'ignore où il est ! Vous avez regardé en bas ? Il est peut-être devant la télévision. Parfois, il passe la nuit les yeux fixés sur le petit écran. Je l'appelle, mais il refuse de venir se coucher avec moi et il reste devant ces émissions stupides.

— Personne ne regardait la télévision, dit Trimble en ouvrant la porte d'une armoire. Venez ici, ordonne-t-il alors à Mme Mayhew.

Elle hésite un instant, visiblement gênée d'être en chemise de nuit, mais elle réussit à s'extraire de son lit sans rien dévoiler de ses maigres charmes. Précaution inutile, Trimble n'est pas plus excité que moi par ce flot de flanelle. Cela dit, je comprends qu'elle ait pris peur en voyant débouler deux inconnus dans sa chambre à deux heures du matin.

Elle regarde dans l'armoire.

— Tous les vêtements de votre mari sont-ils bien là ? demande Trimble.

— Euh, laissez-moi voir.

Elle remue quelques cintres, inspecte l'étagère du bas.

— Son jean a disparu et je crois que toutes ses chemises… Je ne vois pas son… Ah, il n'est pas là non plus. C'est vraiment bizarre.

— Regardez dans la commode.

Elle ouvre le deuxième tiroir.

— Mon Dieu ! Toutes ses chaussettes ont disparu. Et ses caleçons. J'ai tout rangé hier après la lessive. Mais ils n'y sont plus.

Sans qu'on lui demande rien, elle passe dans la salle de bains. Elle ouvre l'armoire à pharmacie, pousse un petit cri et se tourne de nouveau vers nous.

— Sa brosse à dents. Sa brosse à dents manque également.

— Quand avez-vous vu votre mari pour la dernière fois ? demande Trimble, légèrement inquiet.

— Au petit déjeuner. Ah ! Maintenant que j'y pense, il m'a prévenue qu'il aurait des choses à faire après son travail et qu'il rentrerait tard. C'est pour ça que je me suis couchée sans l'attendre. Mais il ne m'a jamais dit qu'il partait quelque part ni qu'il devait emporter ses caleçons et sa brosse à dents. Est-ce que le gouvernement l'a envoyé en mission secrète ?

— Votre mari a un téléphone portable ?

Elle fait oui de la tête. Trimble lui demande de l'appeler et nous nous dirigeons tous les trois vers la cuisine où se trouve le téléphone.

Au bout de quelques sonneries, la surprise se peint sur le visage de Mme Mayhew.

— Le numéro n'est plus attribué ! Comment est-ce possible ? C'est vraiment bizarre. Edward est peut-être dans un endroit où ça ne capte pas.

Trimble fixe le téléphone.

— Ce modèle est récent. Il conserve la liste des derniers numéros appelés.

— Oui. Edward a insisté pour qu'on l'achète, mais franchement je ne vois pas pourquoi il était aussi cher.

— Et on peut rappeler les dix derniers numéros que vous avez composés.

— Je ne le savais pas.

Trimble s'assied en face d'elle à la table de la cuisine et s'empare du téléphone.

— Je vais vous énumérer des numéros et vous me direz à qui ils correspondent.

Il commence par le premier de la liste.

— C'est celui de ma sœur Cleo, à Milwaukee. Je l'ai appelée ce soir pour savoir si elle nous rendrait visite au mois d'avril. Nous sommes très proches, mais on ne se voit pas aussi souvent qu'on voudrait. Son mari n'est pas très sympathique et il déteste voyager.

Trimble lui soumet un autre numéro.

— C'est celui d'Edward à son travail. Je l'ai appelé vers trois heures, mais il était sorti.

Encore un autre. Mme Mayhew hoche la tête.

— Celui-là ne me dit rien.

Trimble appuie immédiatement sur le bouton de rappel automatique.

— Ah, bonsoir, dites-moi, je suis à l'hôtel Ramada ? Ah ! Très bien. J'essaie de joindre un ami avec qui je dois prendre mon petit déjeuner. Avez-vous un Edward

Mayhew inscrit chez vous ? Parfait. Et quelle chambre a-t-il ? Merci beaucoup.

Il raccroche et se tourne vers moi.

— Eddie est au Ramada. Celui près de l'aéroport. J'imagine qu'il a une réservation sur un vol du matin.

Cette fois, Mme Mayhew monte sur ses grands chevaux.

— Non, vous devez sûrement vous tromper ! Eddie ne peut pas partir seul ! Nous prenons toujours nos vacances ensemble. On l'a toujours fait. Qu'est-ce qui lui prend ? Il dort au Ramada ? Il va avoir de mes nouvelles !

— Madame Mayhew, je ne peux pas vous laisser entrer en contact avec Eddie pour le moment.

— C'est ridicule. Passez-moi le téléphone !

Trimble pousse un gros soupir.

— Madame Mayhew, remontons dans votre chambre.

— Quoi ? Vous ne pouvez quand même pas m'empêcher de parler à mon mari !

— Écoutez, Tr...

Je m'apprête à interpeller Trimble, mais Dieu merci, je me retiens à temps. Appeler l'inspecteur par son nom devant Mme Mayhew ne me paraît pas indispensable, je me contente donc d'une version plus neutre.

— Allons-y tout de suite, ça ne sera pas long.

— Elle pourrait le prévenir. Impossible de courir ce risque.

— Comment ça, le prévenir ? insiste Mme Mayhew. Mais qui êtes-vous, au juste ? J'ai quelques questions à vous poser, moi aussi.

— Montez ! ordonne Trimble d'une voix qui a perdu toute amabilité.

Il saisit le bras de Mme Mayhew et commence à la traîner hors de la cuisine.

Je ne peux m'empêcher d'intervenir.

— Minute ! Qu'est-ce que vous allez lui faire ?

— Ouais, qu'est-ce que vous allez me faire ? insiste-t-elle tandis que Trimble la force à monter l'escalier, son pistolet enfoncé dans ses côtes.

Je ne vais quand même pas le laisser la tuer, non ? Le problème, c'est que je ne sais pas trop comment l'en empêcher. Mon revolver est dans la voiture.

Je le saisis par l'épaule.

— Vous pourriez la ficeler le temps de parvenir à l'hôtel ? Non ?

Trimble me dévisage. Il hésite. Il est clair qu'il n'a pas envie de la supprimer, mais la laisser en vie comporte un risque. Demain matin, Eddie Mayhew ne sera plus de ce monde, et sa veuve ne manquera pas de signaler à la police ses deux visiteurs de la nuit.

— Oh, merde ! murmure-t-il.

Il pousse Mme Mayhew dans la chambre, fouille dans la commode. Il en extirpe deux paires de collants qu'il jette sur le lit. Puis il se tourne vers moi et me menace de son pistolet.

— À vous de jouer !

— Comment ?

— Attachez-la !

Mme Mayhew nous observe l'un après l'autre.

— Je la connais à peine, dis-je.

— Vous préférez que je tire ?

Les yeux de la dame se posent sur moi.

— J'aimerais mieux qu'il ne tire pas.

Il ne me reste plus qu'à m'exécuter. Je lui lie les poignets et les attache à la tête de lit.

Manifestement peu confiant dans mon habileté manuelle, Trimble vérifie mon ouvrage puis la bâillonne avec l'autre collant.

— Bordel, tirons-nous d'ici ! bougonne-t-il.

33

Nous venons de sortir quand je regarde ma montre. Il est deux heures une minute.

— Trimble ! Vous devez téléphoner ! Immédiatement !

— Prenons d'abord la route, ensuite j'appellerai.

Je refuse avec une détermination dont je ne me croyais pas capable.

— Non ! Tout de suite !

— D'accord, d'accord.

Il sort son portable en soupirant.

— C'est vraiment pénible ! Depuis que Barbie veut se prouver qu'il est à la hauteur, il fait le malin et met en place tout un tas de procédures. Putains d'interphones, d'échanges téléphoniques et…

Quelqu'un décroche.

— Oui, c'est moi. Tout va bien. Je rappelle dans une demi-heure.

Tout en regagnant la voiture, il réfléchit à voix haute :

— Mayhew a déjà dû conclure son marché. Maintenant qu'il a son fric, il quitte le pays.

— Je continue à conduire ?

J'ai posé la question avec le ton allègre du type qui est content de rendre service. En vérité, je veux surtout m'assurer que Trimble ne découvrira pas mon revolver près de l'accélérateur.

— Ouais, et comment !

Une fois sur la route, Trimble continue à maugréer.

— Quel bordel ! Rien ne se déroule comme prévu.

— Comment ?

Il remue la tête comme pour chasser une mouche, cogne le tableau de bord de son poing fermé. Il va déclencher l'airbag à force de taper ainsi !

— On a fait une connerie, là-bas. J'aurais dû la tuer.

— Mais non, au contraire.

— Bon Dieu ! Je me suis conduit comme un imbécile !

— Vous ne pouviez pas l'abattre. C'était impossible.

— Vous êtes aveugle, ou quoi ? Vous ne voyez pas ce qui va se passer ? Dès que Bullock aura eu une petite conversation avec lui, Eddie sera foutu. Et quand les flics iront interroger sa femme, vous croyez qu'elle va se taire ? Qu'elle ne leur fournira pas une description complète de ma personne ?

— Et de la mienne ! j'ajoute.

D'un vague geste de la main, Trimble m'indique que c'est le cadet de ses soucis. Normal : à ses yeux, je suis moins important que lui. Puis je prends conscience qu'en ce qui me concerne je ne risque pas grand-chose. Mme Mayhew n'aura jamais l'occasion de me pointer du doigt au cours d'une séance d'identification au commissariat de police. J'ai autant de chances de voir le soleil se lever qu'Eddie !

— Merde ! murmure-t-il entre ses dents. Merde !

— Vous n'avez jamais été obligé de tuer pour Bullock, n'est-ce pas ? Vous avez fait beaucoup de choses pour lui, mais pas ça ?

Son silence est éloquent.

— Mais si vous refusez de tuer pour lui, comment acceptez-vous de le regarder assassiner des gens ? Pourtant, c'est bien ce qui va se produire. Il va tuer Eddie. Puis Angie et moi.

— Pas sûr.

Je ricane.
— Voilà qui est encourageant.
— Je n'aurais pas dû la laisser en vie.
— Je refuse de faire demi-tour. Si vous m'en donnez l'ordre, je nous précipite du haut d'un pont. Ou je fonce contre un arbre. Mais je ne retourne pas là-bas.
— Et votre fille alors ?
Son ton n'est pas menaçant, plutôt intéressé.
— Je ne sais pas. J'essaierai de mettre notre voiture dans un fossé mais de votre côté, afin de vous tuer et d'avoir la vie sauve le temps d'appeler les flics, les flics *honnêtes,* et de leur demander de sauver Angie.
— Excellente idée. Un accident mûrement calculé.
Il se remet à secouer la tête. Puis il regarde droit devant lui.
— Bordel ! Ça ne va pas être facile de sortir de ce merdier !
Sur l'autoroute, au lieu de nous diriger vers le centre-ville, nous prenons le périphérique nord qui longe l'aéroport.
— J'aimerais vous poser une question, dis-je. Si on oublie toutes ces conneries au sujet de la mort de sa sœur et de la folie de sa mère, que penseriez-vous d'un mec qui possède une collection de Barbie de cette taille ?
Trimble attend une bonne dizaine de secondes avant de répondre.
— Je penserais qu'il est complètement cinglé, c'est sûr.
Nous continuons à rouler en silence.
— Vous avez vu Lawrence à l'hôpital ? demande finalement Trimble.
— Ouais.
— Comment va-t-il ?
— Mal.
Il se tait. Moi aussi.

Une demi-heure après avoir quitté Mme Mayhew, nous nous garons dans le parking de l'hôtel Ramada. Avant de sortir de la voiture, je demande à Trimble de passer le coup de fil qui maintient Angie en vie. Personne dans le parking, pas un chat dans le hall. Comme il est plus de minuit, seule l'entrée principale n'est pas bouclée.

— Faites comme si vous aviez une chambre ici, me souffle Trimble. Conduisez-vous en client normal. Dirigez-vous directement vers les ascenseurs.

Les deux employés en faction derrière leur comptoir ne lèvent même pas la tête. Nous tournons le coin pour nous planter devant les ascenseurs.

— Il occupe la chambre 1023, m'informe Trimble. En tout cas, il a intérêt à y être.

Il enfonce son index sur le bouton du dixième étage. Sur le palier, un panneau indique l'emplacement des chambres. Nous prenons donc à gauche vers les suites 1020 à 1034.

Tout en grattant à la porte du 1023, l'inspecteur appelle amicalement :

— Monsieur Mayhew ?

Pas de réponse. Il tape un peu plus fort.

— Monsieur Mayhew ?

Trimble prend la précaution de se tenir à droite de la porte. Au cas où Mayhew regarderait par le judas, il n'apercevrait que deux narines.

Des bruits indistincts nous parviennent de l'intérieur, puis une voix étouffée.

— Oui ?

— Monsieur Mayhew ?

— Oui ! Oui ! Qui est là ?

— Je travaille à la réception. Nous avons cru bon de vous prévenir que des individus inquiétants vous ont demandé en bas.

— Oh, mon Dieu ! Oh, mon Dieu !

— Nous n'aimons pas que nos clients soient dérangés. Aussi nous leur avons dit que vous aviez quitté l'hôtel.

— Vraiment ? Mon Dieu, vous avez fait ça ? Oh ! Merci mille fois. Merci. Ouais, merci mille fois.

— Je vous en prie.

— Ils ressemblaient à quoi ? Vous les avez vus ? Vous savez à quoi ils ressemblaient ? Bien sûr, puisqu'ils étaient ici. Vous les avez vus ?

Trimble m'inspecte de la tête aux pieds.

— Deux hommes blancs, l'un en costume, l'autre habillé plus décontracté.

— Et ils sont partis ? Ils ont quitté les lieux ? Vous êtes sûr ? Sûr ?

— Oui, monsieur.

— Oh, mon Dieu ! C'est merveilleux. Merveilleux. Attendez, restez là un instant. J'aimerais vous donner quelque chose. Ouais, je vais vous donner un pourboire.

— Vous n'êtes pas obligé, proteste Trimble.

— Si, si, accordez-moi une minute. Je veux vous récompenser. Vous avez été parfait. Ouais, parfait.

Sa voix s'affaiblit à mesure qu'il s'éloigne. Trimble se prépare. Il recule d'un pas, afin de pouvoir prendre son élan. Puis nous entendons le glissement de la chaîne. La porte s'entrouvre.

— S'ils reviennent, il y en aura autant…

Trimble fonce avec la force d'un train de marchandises, propulsant Mayhew au milieu de la chambre, l'envoyant valser les quatre fers en l'air. Au passage, Mayhew a dû se prendre un pied dans la porte car, quand nous entrons, il se tient les orteils à deux mains et hurle comme un possédé.

Trimble plaque son pistolet contre la tempe d'Eddie.

— Arrête de pleurnicher !

— Mes orteils. Oh, mon Dieu ! Ils sont cassés ! Vous m'avez cassé le pied !

— Pas de panique, on va appeler la brigade des pieds ! s'exclame Trimble en s'esclaffant. Ah !

Ah ! Je n'avais pas sorti cette blague depuis l'âge de six ans.

Les yeux fermés, Eddie se balance d'avant en arrière et continue à se tenir le pied. Il ne porte qu'un caleçon vert à moitié déchiré. Je détourne le regard, peu intéressé par son anatomie. Maigrichon, les os saillants, son dos est parsemé de boutons et de taches. Sa courte et rare chevelure est mouillée, comme s'il venait de sortir de la douche.

Trimble le secoue sans ménagement.

— Allons, Eddie, ressaisis-toi ! On a des tas de choses à se dire.

Eddie ouvre les yeux, le dévisage. Il a l'air de me reconnaître mais sans parvenir à me situer.

Je viens à son secours.

— On a fait connaissance hier, à la vente aux enchères.

La présence de Trimble ne semble pas l'étonner, mais la mienne l'intrigue.

— Qu'est-ce que vous faites ici ? Pourquoi vous êtes là, vous ?

— Je prépare un article qui s'intitule « Une journée dans la vie d'un flic pourri » et l'inspecteur Trimble m'a gentiment proposé de l'accompagner.

— Lève-toi ! ordonne Trimble en prenant Eddie sous les aisselles et en le tirant jusqu'au lit.

C'est une belle chambre avec un coin salon et des portes coulissantes ouvrant sur un balcon.

— Je ne peux pas marcher, marmonne Eddie. Vous m'avez estropié. Je vais être handicapé à vie.

— Arrête, tu vas me faire pleurer, réplique Trimble en faisant le tour de la chambre.

Au-dessus de la commode, près de la télévision, il trouve un petit dossier.

— C'est quoi, ça, Eddie ? On dirait des billets d'avion.

Il les sort de la chemise en carton.

— Voyons voir. Rio ? Tu vas à Rio ? Voilà qui est intéressant. Un aller simple ? C'est idiot de ta part, Eddie. De quoi éveiller la méfiance des gens. Même quand on n'a pas l'intention de revenir, on achète un aller et retour.

— Je voulais juste m'éloigner quelques jours, prendre de petites vacances, aller au soleil, vous comprenez ? Juste faire un break.

Écroulé au centre d'un immense lit double, il m'inspire de la pitié.

— Je n'étais pas sûr de ma date de retour, ça pouvait être mercredi ou jeudi, ou même samedi, vous voyez ?

— Je vois. Et tu pars seul ? Sans ta dame ?

— Parfois, il nous arrive de prendre des vacances séparées. C'est bon dans un mariage. Quand on se retrouve, ça n'en est que meilleur.

Il essaie de sourire, s'efforce même de rire. Et moi, je tente d'imaginer des retrouvailles torrides entre M. et Mme Mayhew.

Trimble tire une chaise et s'assied au pied du lit.

— Eddie ? Tu ne devines pas pourquoi je suis ici ?

Eddie hausse les épaules, sourit enfin.

— Franchement, je vous jure, je n'en ai aucune idée.

— C'est Barbie Bullock qui m'envoie.

Eddie cesse de sourire et déglutit péniblement.

— Vraiment ? Il vous a envoyé me chercher ? Mais pourquoi ? Ouais, pourquoi ? Je ne vois vraiment pas.

— Ce soir, il a eu une grosse surprise. Il désossait cette voiture, tu sais, il t'a dit qu'elle l'intéressait. Et tu lui as donné l'adresse de celui qui l'a achetée.

— Bien sûr, je me rappelle. Ça me revient. Il y a eu un problème ? La voiture a refusé de démarrer ?

Trimble se met à glousser.

— Il n'y avait rien dans la voiture. Rien du tout.

Totale stupéfaction d'Eddie.

— Vous parlez sérieusement ? Sérieusement ?

Eddie, qui n'a cessé de se tenir le pied, secoue la tête, l'air incrédule.

— C'est dingue, complètement fou, incroyable, ouais, parfaitement incroyable.

Trimble insiste.

— La marchandise a disparu. Et puis te voici dans cet hôtel, prêt à t'envoler pour Rio muni d'un aller simple. Chez toi, ton armoire a été vidée et ta femme ignore que tu préparais un petit voyage.

— Vous avez parlé à Rita ? Non, vous ne lui avez pas parlé, n'est-ce pas ?

— Elle n'est pas contente. Elle aussi aimerait partir un peu. Aller voir sa sœur à Milwaukee.

— J'avais prévu de lui dire de me rejoindre dans un ou deux jours. Dès que j'aurais trouvé un coin sympa. J'allais lui passer un coup de fil. Ouais, un petit coup de fil.

Trimble acquiesce, comme si c'était la logique même.

— Lorsque je vais à l'étranger, c'est toujours ce que je fais, Eddie. Je choisis mon hôtel quand j'arrive sur place.

J'interviens enfin.

— Eddie, vous êtes coincé. Bullock détient ma fille. Si on ne ramène pas la drogue ou l'argent que vous avez obtenu de la drogue, il la tuera. Si c'est le cas, tous les flics pourris du monde ne vous feront pas subir le dixième de ce que vous dégusterez avec moi.

— Je ne suis pas au courant pour l'argent, répond Mayhew d'un ton très calme.

Trimble se lève, saisit la besace posée sur un siège et la balance sur le lit. En sortent des chaussettes, des caleçons, une ceinture, diverses bricoles. Et une épaisse enveloppe blanche. Il l'ouvre et soupèse une liasse de billets.

— À vue de nez, il y en a pour au moins trois mille dollars, je dirais.

Il la fourre dans sa veste, ouvre l'armoire, en sort le manteau d'Eddie. Quelques secondes plus tard, il tient dans sa main une seconde enveloppe, aussi grosse que la première.

— Encore trois à quatre mille dollars, non ? Où as-tu caché le reste ?

Eddie rentre sa tête dans son cou et lâche enfin son pied. Ses orteils sont rouges et couverts de sang. Il commence à pleurer.

— Allons, Eddie ! s'exclame Trimble.

— Je suis désolé. Vraiment navré. Vous n'avez pas idée à quel point. Dites à M. Bullock que je regrette et que je lui rembourserai tout.

— Eddie, à qui t'as vendu ?

Eddie se contente de le regarder, les larmes aux yeux.

— Eddie ?

— Aux Jamaïcains.

— Un miracle que tu sois encore en vie. Combien t'en as tiré ?

— Cent cinquante.

— Quoi ?

— Cent cinquante. Cent cinquante mille.

— Dis-moi que tu plaisantes ! hurle Trimble en le giflant à toute volée. Dis-moi que tu te fiches de moi !

— Cent cinquante me dureraient longtemps. Je suis économe. Ouais, très économe.

— M. Bullock comptait sur deux millions de dollars.

La joue en feu, Eddie relève la tête.

— Je ne voulais pas me montrer trop gourmand.

— Ainsi tu as piqué la marchandise avant la vente aux enchères, passé un marché dans le dos de Bullock, cru que tu pourrais empocher le pognon. Pour le moment, nous avons retrouvé six à sept mille dollars dans cette chambre. Où se trouve le reste ?

— Je l'ai posté.

Le visage d'Eddie a viré au rouge tomate.

— T'as fait *quoi* ?

— Je l'ai envoyé à Rio par la poste. Une partie par lettres, une autre par FedEx, à différents hôtels, des lettres qui vont m'attendre. Quand j'arriverai, je demanderai à la réception s'ils ont du courrier pour moi et je le récupérerai.

— T'as envoyé plus de cent quarante mille dollars par la poste ?

— Je ne voulais pas que les douaniers trouvent une telle somme sur moi à l'aéroport.

J'ai le moral dans les chaussettes. On va retourner chez Bullock en étant porteurs de très mauvaises nouvelles.

— Vous ne pouvez pas dire à M. Bullock à quel point je suis désolé ? Je vais arranger les choses. J'irai à Rio, je me rendrai dans tous les hôtels où j'ai envoyé l'argent et je le lui renverrai. Je peux tout mettre sur un compte en banque et lui envoyer un chèque certifié.

Trimble me dévisage, hoche la tête et lance un pantalon au visage d'Eddie.

— Tu devras t'expliquer toi-même avec M. Bullock. Habille-toi.

Eddie s'extirpe du lit, grimace en posant le pied sur la moquette.

— Je suis certain que mes orteils sont fracturés. En chemin, est-ce qu'on peut s'arrêter dans un hôpital pour qu'un médecin y jette un coup d'œil ? Oh ! j'ai une idée ! Et si vous lui disiez que vous ne m'avez pas trouvé ? Dans ce cas, je vous envoie l'argent à vous. Vous pouvez tout prendre. M. Bullock n'en saura jamais rien. Oui, venez à Rio avec moi, je vous emmènerai dans les hôtels. C'est que des cinq-étoiles, vous y seriez comme des rois. Vous aurez des filles, vous ferez la fête. Tout l'argent sera à vous, vous n'aurez même pas à payer pour ma chambre, ça sera cool. Si vous me refilez deux mille dollars, ça sera parfait, et le reste est à vous.

Il se tourne vers moi.

— Vous aussi, vous pourrez en profiter, si l'inspecteur Trimble est d'accord.

Il le fixe à nouveau.

— Vous savez très bien ce qui se passera si vous me livrez à Bullock. Vous ne pouvez pas le laisser faire. Ne me ramenez pas là-bas. Vous savez ce qui va m'arriver. Il ne sera pas du tout compréhensif. Il me tuera.

Trimble ferme les yeux, comme si lui aussi était pris au piège.

— Eddie, habille-toi. On va faire un tour.

Puis il me prend par la manche.

— Ça ne va pas être joli-joli. Nous n'avons ni la came ni le fric, et il…

Il n'a pas le temps de terminer qu'Eddie fonce vers les vitres coulissantes qui donnent sur le balcon, en évitant de s'appuyer sur ses orteils blessés. Il ouvre la fenêtre et, sans qu'on puisse réagir, il agrippe la balustrade et saute par-dessus, tel un cheval de concours.

Pendant un moment, je ne songe qu'à l'étrange comportement de ce type qui, sachant qu'il n'avait plus que quelques secondes à vivre, a tout de même tenté de soulager le plus possible son pied endolori.

34

Nous nous précipitons vers le balcon. Trimble prend bien soin de ne pas toucher à la balustrade quand il se penche. Je l'imite. Dix étages au-dessous de nous, le bas du corps de Mayhew s'étale sur le capot d'une camionnette alors que le reste de sa personne a traversé le pare-brise. L'alarme perce la nuit.

— C'est le bouquet ! s'écrie Trimble en rentrant dans la chambre.

Il enlève la taie d'un oreiller et s'en sert pour essuyer le siège où il s'est assis et la bandoulière de la besace.

— Vous avez touché à quelque chose ?

— On ne l'a pas tué, je dis. Vous ne l'avez pas tué. Il a sauté !

— Exact, mais comme j'avais toutes les raisons de le balancer dans le vide, je suis suspect. Vous avez touché à quelque chose ?

— Non, je ne crois pas.

En fait, vu mon état de nerfs, je ne peux jurer de rien.

Par mesure de précaution, Trimble utilise son torchon improvisé pour frotter les poignées et termine par celle de la porte d'entrée.

— Remettez-la sur l'oreiller, dit-il en me jetant la taie.

J'obéis.

Une fois dans le couloir, je me dirige vers les ascenseurs, mais Trimble ouvre d'un coup d'épaule une porte marquée « SORTIE ». Ce sera donc l'escalier.

— Pas question qu'on voie un ascenseur s'arrêter au dixième étage.

Il dévale l'escalier quatre à quatre, ce qui fait à peine cinq secondes par étage. Une minute plus tard, nous sortons par une des portes latérales.

Dehors, je m'attends à entendre les sirènes des voitures de police ou des pompiers, mais seule résonne l'alarme de la camionnette de l'autre côté de l'hôtel. Comme s'il lisait dans mes pensées, Trimble m'explique :

— De nos jours, plus personne ne se dérange.

La pure vérité. Quand j'entends une sirène, je crois toujours que c'est par erreur que quelqu'un a appuyé sur le bouton du boîtier de l'alarme.

Je reprends place derrière le volant de la voiture de Trimble. Mon revolver est toujours caché derrière la pédale de l'accélérateur.

— Conduisez lentement. Il ne faudrait pas qu'on nous prenne pour des fuyards.

Je jette un coup d'œil à l'horloge du tableau de bord. C'est l'heure d'appeler le quartier général.

Trimble compose le numéro.

— Ça ne passe pas.

— Comment ça ?

— Je n'ai pas de signal. Ça dit « Pas de réseau » sur l'écran. Je vais essayer encore une fois.

Il recompose le numéro de Bullock.

— Ça ne marche pas, dit-il au bout de quelques secondes. Quelle connerie, ces portables !

Je fouille dans ma poche pour lui donner le mien quand je me souviens qu'il est resté sur le bureau de Bullock.

— Essayez encore !

— OK. Voilà. Ça sonne. Salut, c'est moi. Comme convenu... Ouais, je n'avais pas de réseau. Tout va bien chez vous ?

Une nouvelle pause.

— On est sur le chemin du retour... On a vu Eddie... Non, écoutez-moi, je vous raconterai quand on arrivera... Ouais, salut.

Trimble s'éclaircit la voix.

— Bullock a deviné que ça ne s'était pas passé aussi bien qu'il l'espérait.

Tandis que nous nous dirigeons vers le centre-ville, je vois bien que Trimble semble préoccupé.

— C'est dingue, sa chute, hein ? Dix étages. Puis *floc* !

— C'est surtout dingue qu'il ait préféré cette solution plutôt que d'affronter Bullock, je réponds.

Le silence s'installe de nouveau. Au bout de quelques minutes et alors que nous approchons, je demande à Trimble à quoi il pense.

— Quand on a un foulard ou une chemise qui se déchire et que les fils commencent à se défaire, on essaie toujours de les rafistoler. Sauf qu'au bout de deux jours ça se déchire ailleurs. Et c'est seulement là qu'on se rend compte que le foulard ou la chemise part en lambeaux et qu'il n'y a rien à faire.

Je ralentis à un feu rouge.

— Vous savez combien de gens vont mourir ce soir pour rafistoler la situation ?

Sa question me semblant virtuelle, je ne prends pas la peine de lui répondre.

— Bon, Eddie déjà. Et puis vous. Et votre fille. Et la femme d'Eddie, évidemment. Celle-là va me hanter toute ma vie. Il y a suffisamment de témoins pour remplir un wagon de métro.

— Il y a déjà plusieurs victimes. Le photographe de mon journal, Stan Wannaker ; votre ami Bullock lui a fracassé la tête contre une portière. Il n'en a tiré aucun profit, à part le plaisir de régler un compte. Quant à Lawrence, il est mal barré. Bullock l'a laissé pour mort. Il a de la chance d'être encore en vie.

Trimble se tait. Il ne doit plus avoir l'énergie de prendre la défense de Bullock. Il regarde par la fenêtre, l'air tout bizarre. Comme s'il était en paix, comme s'il s'était résigné.

Il glousse légèrement.

— Quand Lawrence et moi n'étions encore que de simples flics, on a fait équipe une fois, c'était bien avant d'être nommés inspecteurs. On a reçu un appel urgent : un type voulait sauter par la fenêtre du trentième étage d'un hôtel un peu semblable au Ramada. Il était penché dans le vide, agrippé à la balustrade d'un balcon.

— Je vois la scène.

— Lawrence – jamais Larry – et moi, on est rentrés dans la chambre du mec qui nous a dit de reculer, sinon il lâcherait prise. Je suis resté au fond de la chambre tandis que Lawrence se positionnait sur le balcon voisin afin de pouvoir parler au type sans qu'il se sente menacé. Après avoir inspecté le vide, il a dit au type que son balcon, celui où il se trouvait, était mieux adapté pour sauter.

— Pourquoi ?

— Lawrence a continué son bla-bla : « Si vous sautez de votre balcon, vous risquez d'atterrir sur le bord de la piscine ou même dans l'eau. Vous allez vous esquinter la colonne vertébrale et finirez vos jours dans un fauteuil roulant à manger à l'aide d'une paille. Mais si vous venez dans la chambre d'à côté et sautez de mon balcon, vous mourrez sur-le-champ. »

— Pas bête du tout !

— D'ailleurs, le type s'est mis à réfléchir, à penser que Lawrence avait peut-être raison. En tout cas, il s'est repris et il a retraversé la chambre en me prévenant au passage : « Votre coéquipier veut que je saute du balcon voisin. » Je lui ai dit d'accord et l'ai accompagné jusqu'à la porte adjacente. Là, avec Lawrence, on a maîtrisé le gars jusqu'à l'arrivée du psy.

Trimble sourit, mais plus pour lui-même qu'à mon intention.

— Lawrence a sauvé la vie de ce connard. Toute la nuit, on s'est gondolés en y repensant.

— C'est incroyable. Et sacrément malin.

— Il était bon, Lawrence, c'est certain. Il sentait bien les gens, il les jugeait bien.

On se tait pendant quelques secondes.

— Bon, dans mon cas, il s'est sans doute trompé, concède Trimble.

— Il est encore temps de rectifier le tir. Vous ne pouvez sans doute pas réparer vos erreurs, mais vous avez la possibilité de ne pas en commettre de plus énormes.

Il a soudain l'air déconcerté, le cher inspecteur.

— Parfois, on doit se débrouiller avec les cartes qu'on vous a distribuées.

J'ignore ce qu'il sous-entend.

Nous sommes maintenant sur Wyndham Street, à une centaine de mètres de chez Bullock.

— À votre avis, Trimble, comment les choses vont se passer ? J'aimerais bien avoir une petite idée avant de me jeter dans la gueule du loup.

— Moi aussi !

Soudain, son pistolet jaillit dans sa main droite. Il le pose en évidence sur ses genoux.

— Garez-vous et sortez !

Nous ouvrons nos portières en même temps. Je me glisse hors de mon siège pendant que Trimble contourne la voiture par l'arrière.

— Merde ! dis-je. J'ai laissé tomber mon portefeuille.

Je me penche sous le tableau de bord, tâtonne autour de l'accélérateur. Ma main trouve l'acier glacé de la crosse et, sans attendre, je glisse le revolver dans la poche de ma veste. On m'a déjà fouillé une fois. Il y a peu de chances qu'on recommence.

Ensemble, nous avançons vers la maison.

35

Angie n'a pas bougé du divan. Je suis rassuré de constater qu'elle paraît plus réveillée. Dès qu'elle me voit pénétrer dans le musée des Barbie, elle bondit sur ses pieds et court à ma rencontre. Je la prends dans mes bras et la serre contre moi.

— Alors, ma chérie, ça va ? je demande en lui tapotant le dos.

Elle lève la tête vers moi et acquiesce. Ses yeux sont rouges.

— Ils ne t'ont pas fait de mal ?

Elle fait non de la tête.

— Et toi alors ? s'inquiète-t-elle en passant un doigt sur le côté gauche de mon visage qui affiche une belle bosse depuis le début de la soirée. Ils t'ont frappé ?

— Non, je réponds avec une demi-grimace. C'était quelqu'un d'autre.

Angie fronce les sourcils, comme si une hypothèse se faisait jour dans son esprit, mais il semblerait qu'elle la rejette aussitôt.

— Elle a été parfaite, déclare Bullock debout derrière son bureau.

Blondinet et Vérolé prennent position de chaque côté de la porte.

— Votre Angie me disait qu'un Noël, quand elle était petite, vous lui aviez offert une maison Barbie. Avec une balançoire sur un mur et un escalier en colimaçon sur un autre.

— Je m'en souviens. J'y ai passé des heures.

— Quelle chance elle a eue !

Je presse Angie contre moi.

— On va s'en sortir, je lui murmure. Je te le promets.

Trimble nous contourne pour se planter face à Bullock et l'interrogatoire débute.

— Où est Eddie ? Tu m'as dit au téléphone qu'il n'était pas avec toi. Pourtant, je t'avais clairement demandé de me le ramener. C'est moi qui commande et quand je donne un ordre, tu dois l'exécuter. C'est bien compris ?

— C'est juste, renchérit Vérolé. Vous êtes le chef.

Bullock dévisage son sous-fifre acnéique.

— Va donc faire un tour dehors et assure-toi qu'il n'y a personne dans les parages.

— Ouais, bien sûr, patron, c'est dans mes cordes !

C'est dingue, Vérolé a l'air presque content.

— Eddie n'a pas souhaité se joindre à nous, répond Trimble sans se soucier de Vérolé. Il a préféré se jeter du dixième étage plutôt que venir ici et avoir affaire à vous.

Bullock demeure impassible.

— Qu'est-ce que tu me racontes ?

— Il a sauté. Il est mort.

— Nom d'un petit bonhomme, tu te fous de ma gueule ?

— Non.

— Mais au moins, tu as récupéré la marchandise, n'est-ce pas ? Avant qu'il saute ? Tu as la camelote ?

— Il n'y a plus de camelote. Il l'a vendue.

Bullock souffle comme un phoque, ce qui déclenche une crise de toux. Il avale quelques gorgées d'eau.

— Tu as le fric au moins ? Dis-moi que tu as le putain de pognon.

— Pas tout à fait. Il a vendu la cargaison à des Jamaïcains. Pour cent cinquante mille dollars.

— *Cent cinquante* ?

Bullock est sidéré.

— Il a tout vendu pour cent cinquante ? Mais il y avait de quoi shooter tous les camés de la ville pendant un an ! Cent cinquante, sûr ?

— Ouais.

Le poing de Bullock s'abat avec une telle violence sur le bureau que nous sursautons tous. Même Blondinet. Un coffret de Barbie Malibu glisse de son étagère et tombe par terre.

— Saloperie ! hurle Bullock.

Nouvelle quinte de toux. Il finit les dernières gouttes de la bouteille d'eau et la jette dans la corbeille à papier. Encore un citoyen qui ignore les bienfaits du recyclage.

Quelque peu calmé, il s'adresse à Trimble.

— Alors, tu es revenu avec les cent cinquante ?

Trimble hésite avant de répondre.

— Non. Avec sept mille, et peut-être même moins que ça. Je n'ai pas eu le temps de compter.

Il sort les enveloppes de sa poche et les jette sur le bureau de Bullock.

Celui-ci écarquille les yeux. Il est évident qu'il peine à croire ce qu'il vient d'entendre.

— Où est planqué le reste ?

— Il l'a mis dans des enveloppes qu'il a envoyées par la poste à Rio. Certaines par le courrier normal, d'autres par FedEx.

— Il a envoyé du liquide par la poste ? glapit Bullock.

Même Blondinet a l'air surpris.

— J'imagine qu'il avait confiance dans les services postaux, confirme Trimble. Il a tout adressé à différents hôtels cinq étoiles de Rio. Il avait dans l'idée d'aller là-bas et de les récupérer. Enfin, ç'aurait pu être pire.

Bullock semble hésiter entre la colère et le doute.

— Tu veux bien t'expliquer ?

— À la vente aux enchères, vous auriez pu payer les neuf mille dollars pour la voiture. Mais c'est Walker qui a déboursé. C'est toujours ça de gagné.

Trimble me jette un coup d'œil, comme s'il était en train de me faire une fleur.

Cette maigre consolation ne satisfait pas du tout Bullock. Sans regarder ni Angie ni moi, il se cale dans son fauteuil derrière son bureau, puis remarque le coffret Barbie tombé par terre. Il le regarde curieusement, comme s'il le voyait pour la première fois.

— M. Indigo ne va pas être content, suggère Trimble.

— Pas content du tout, répète Bullock. Pas content, c'est ce que tu viens de dire ? Tu as deviné juste. M. Indigo sera déçu et même irrité. Mais tu sais quelle sera sa principale réaction ?

Trimble hausse les sourcils.

— Il va être fou de rage, au bord de l'apoplexie. Demain, avant le lever du soleil, il mettra quelqu'un d'autre à la tête de cette organisation, voilà comment il réagira.

Bullock est presque en transe depuis qu'il a aperçu le coffret Barbie par terre.

— Steve, serais-tu assez aimable pour remettre cette Barbie à sa place ?

Sa voix est polie, presque mielleuse.

— Pardon ?

— Mon coffret Barbie. Pourrais-tu le remettre sur son étagère, je te prie ? Il a dû tomber quand je me suis mis en colère, il y a quelques instants.

— Vous voulez que je replace votre Barbie sur l'étagère ?

— C'est exact. Je veux vérifier que tu es capable de mener quelque chose à bien ce soir.

Je garde Angie contre moi. Les choses prennent une vilaine tournure.

— Vous êtes plus près. Faites-le donc vous-même.

Blondinet, apparemment très mal à l'aise, tente de détendre l'atmosphère.

— Je m'en occupe.

— Non ! hurle Bullock, et Blondinet fait un bond en arrière. Je t'ai pas sonné !

— Je voulais juste aider.

Vérolé pénètre dans la pièce, de retour de sa petite promenade. Il se fend même d'une petite vanne.

— C'est bien calme, ici.

Puis il remarque la Barbie Malibu sur le sol. Il se penche, l'attrape et la replace sur l'étagère avant que Bullock lui crie de ne pas y toucher.

— Quel con ! lui lance Bullock.

Vérolé le regarde, tout étonné que son patron ne le remercie pas.

— Qu'est-ce que vous me voulez, au juste ? demande Trimble. Je vous aide, je vous donne tous les tuyaux que vous voulez, je fais vos putains de sales courses. Bon, c'est vrai, je reconnais que vous avez été généreux. C'est d'ailleurs pour cette raison que je n'ai rien dit quand vous avez envoyé mon ancien coéquipier à l'hôpital.

— Qu'est-ce que tu racontes ? demande Bullock. On en a déjà discuté.

Trimble trouve inutile de lui répondre et poursuit sur sa lancée :

— Qui a persuadé Eddie de vous donner un coup de main ? Ce n'est pas moi. Je ne l'ai pas choisi et je ne l'aurais jamais fait. C'était votre idée. Je le connais depuis assez longtemps pour savoir qu'il n'est pas très futé. Il vous a doublé, OK. C'est dommage pour vous, mais je ne vois pas en quoi je suis responsable.

Je soupèse mon revolver dans ma poche. J'ignore comment va se terminer ce face-à-face entre Trimble et Bullock. Ni si je serai en mesure de profiter de la situation.

— Voilà ce que je vous suggère, continue Trimble. Libérez Walker et sa fille.

Bullock le regarde d'un air méfiant. Il est clair qu'il se demande à quoi joue Trimble.

— Ils n'ont rien à faire dans cette histoire. Il s'est trompé en achetant la mauvaise voiture, sa fille s'est trompée en la conduisant. Ils ne vous ont fait aucun mal, ils ne vous ont rien volé.

Bullock fixe Trimble comme s'il ne l'avait jamais vu.

— Tu débloques, ou quoi ? Tu suggères qu'on les laisse sortir d'ici ? Alors qu'ils savent ce qu'on fabrique, ce qui est arrivé à ce connard de photographe et à Eddie, où j'habite et comment je me débrouille en affaires ! Tu crois qu'une fois en liberté ils oublieront ce qui est arrivé ? Qu'il suffit qu'on leur demande gentiment ?

Là, je suis assez d'accord pour penser que Trimble a perdu l'esprit. Si j'étais Bullock, je nous éliminerais.

Angie s'agrippe à moi plus fortement.

— Ce que je veux dire, se défend Trimble, c'est qu'il est temps qu'on vous oublie un peu. Empiler les cadavres va finir par attirer l'attention.

Soudain, Bullock paraît tout chose, comme s'il réfléchissait aux propos de Trimble.

— Steve, tout n'est pas bête dans ce que tu viens de dire. J'aimerais y penser un moment et discuter de certains points avec M. Walker. Pourrais-tu attendre dans le garage un moment ?

Quelque chose coince et Trimble en a parfaitement conscience, mais il obtempère.

— Bien sûr !

Avant de quitter la pièce, il se retourne une dernière fois dans ma direction avec une mimique éloquente. Pas besoin de mots, je sais exactement ce qu'il veut me dire : J'ai essayé. Bonne chance.

Dès que Trimble a disparu, Bullock s'approche de Blondinet et lui parle à voix basse mais de façon que je l'entende.

— Bute-le !

Je me précipite vers la porte en criant :

— Trim...

Mais Vérolé me saisit par le dos de ma veste et me catapulte sur le divan. Angie pousse un hurlement. Vérolé pointe son arme vers moi tandis que Blondinet sort en tirant la porte derrière lui.

— Vous n'allez quand même pas le tuer !

J'ai parlé sur un ton outré. La réponse de Bullock ne se fait pas attendre.

— Ça fait un moment qu'il me cause des ennuis. Il y a des signes qui ne trompent pas et il est évident que Trimble commence à avoir des états d'âme. Rien de pire qu'un flic avec une conscience.

— Il ne vous racontait pas de bobards, vous savez. Vous pouvez nous laisser partir, on ne dira jamais rien à personne.

— C'est l'évidence même. À votre place, j'agirais exactement comme ça.

Dehors, une détonation retentit. Une seule décharge dans la nuit, suivie d'un profond silence. Pas de quoi prévenir les flics. Si vous entendez un coup de feu, vous tendez l'oreille afin d'être sûr que vous n'avez pas rêvé. Et si vous n'entendez rien d'autre, vous vous rendormez. Exactement comme pour les alarmes de voiture.

Angie me dévisage. Dans ses yeux, il n'y a aucun espoir.

— Je suis sérieux, croyez-moi. Vous n'entendrez plus jamais parler de nous.

Je suis à bout d'arguments, mais je tente de l'amadouer une dernière fois.

— Vous pouvez même garder la voiture.

Bullock trouve ça tellement drôle qu'il éclate de rire.

— Sérieusement. Vous devez pouvoir la revendre au prix où je l'ai achetée. Je vous signerai les papiers.

— Ça, c'est le comble ! s'exclame Bullock en riant de plus belle.

Et comme de juste, sa crise de rire est suivie par une quinte de toux. Plusieurs même, aussi violentes que bruyantes. Dès qu'il respire à fond pour reprendre son souffle, une autre se déclenche. Sa gorge émet d'affreux raclements. On a l'impression qu'il tente de recracher une boule de poils.

Il cherche à mettre la main sur sa bouteille d'eau quand il se souvient sans doute qu'elle est vide et qu'il l'a flanquée dans la corbeille. Il jette des coups d'œil à droite et à gauche et son regard se pose soudain sur une boîte en carton. Oui, celle-là même que Blondinet a rapportée du garage et qui contient les objets trouvés dans ma voiture.

Mon portable, notamment. Mais ce n'est pas cela qui attire l'attention de Bullock.

Il plonge la main dans le carton et en sort une bouteille Snapple pleine de jus de pomme. Pendant une seconde, je suis tout aussi surpris que lui. D'où vient-elle ? Je n'ai jamais acheté de Snapple.

Oh non ! Ça me revient. La poubelle de recyclage, ma filature de Trevor Wylie ! À cet instant précis, je dois dire que Trevor le cinglé est bien le cadet de mes soucis.

Je me rappelle aussi avoir calé la bouteille pleine dans le vide-poche derrière le siège du passager pour l'empêcher de rouler partout.

Je me rappelle surtout qu'elle n'est pas remplie de jus de pomme.

Bullock dévisse le bouchon et porte la bouteille à sa bouche.

Me revient aussi à l'esprit la discussion que j'ai eue avec Lawrence au sujet du braqueur allergique aux graminées. Quand on est dans le pétrin il faut juste savoir saisir le bon moment.

Eh bien, j'ai le sentiment que le bon moment va être pour très bientôt.

36

Je glisse ma main dans la poche de ma veste, saisis la crosse de mon revolver, prêt à bondir du canapé.

Bullock ne se contente pas d'une petite gorgée. Il avale goulûment de longues lampées de mon urine, vieille de vingt-quatre heures, sans se rendre compte tout de suite qu'il ne boit pas du jus de pomme. J'ai la chance d'être sur le canapé, loin du bureau et loin de sa trajectoire. Car Bullock ne va pas tarder à exploser.

Je ne suis pas déçu.

Ça prend une ou deux secondes à peine, mais si on pouvait ralentir le temps et le diviser en millièmes de seconde, on verrait d'abord ses yeux sortir de leurs orbites. Puis ses joues se gonfler, son corps bondir en avant. Et il crache. Le contenu de sa bouche se répand sur son bureau et sur la moquette. Un bruit affreux accompagne ses éructations. Dans un studio d'enregistrement, ses cris seraient une combinaison de gémissements d'angoisse, de haut-le-cœur et de grossièretés. Soudain, Bullock laisse échapper le plus tonitruant, le plus caverneux des « merde ! ».

Je n'ai aucun scrupule à lui faire remarquer qu'il n'est pas si loin que cela de la vérité…

Quant à Vérolé, il a toutes les raisons de penser que son grand chef se meurt. Il fonce à travers la pièce aux premiers signes de détresse de Bullock, mais opère une légère déviation quand celui-ci recrache l'infâme liquide sur le bureau, dans le carton, sur le téléphone et sur les enveloppes pleines d'argent que Trimble a confisquées à Eddie Mayhew.

— Qu'est-ce qui se passe ? s'inquiète Vérolé. Le jus n'est pas bon ?

Tout occupé à sauver son patron, il m'a complètement oublié et son arme pend au bout de son bras. Pour toute réponse, Bullock ne cesse de régurgiter tout autour de lui, sans se préoccuper des dégâts qu'il cause.

Sous le choc, Angie reste bouche bée. Moi, je saute sur mes pieds, sors mon revolver de ma poche, l'agrippe à deux mains et le pointe sur Vérolé, puis sur Bullock, puis à nouveau sur Vérolé, une tâche plutôt aisée car les deux hommes se tiennent au coude à coude.

— Hein ! lâche un Vérolé tout étonné.

— Putain ! s'écrie Bullock, qui continue de cracher. C'est quoi, ce bordel ?

Il regarde la bouteille, la renifle et secoue la tête, écœuré.

N'ayant pas eu le temps de réfléchir à ce que j'allais leur dire, je crie la seule chose qui me vient à l'esprit :

— On ne bouge plus !

J'étais prêt à dire : « On ne bouge plus, bande d'enculés ! » mais ça fait trop cliché. Et puis la présence de ma fille m'en dissuade.

Bullock et Vérolé me dévisagent d'un air stupide, aussi ahuris l'un que l'autre. Puis Bullock s'essuie la bouche avec la manche gauche de son veston. Vérolé, apercevant mon revolver, commence à braquer le sien dans ma direction, mais je l'interromps :

— Ne bouge plus, espèce d'enculé !

Je n'ai pas pu m'en empêcher. Plus tard, je présenterai mes excuses à Angie. En tout cas, cette fois-ci, ça marche.

Vérolé se fige.

Angie, qui, deux secondes plus tôt, était sur le point de défaillir en voyant la petite crise de Bullock, me dévisage maintenant avec stupeur. Nul doute qu'elle doit se demander où est passé son vrai père.

Je pointe mon revolver directement vers Vérolé.

— Posez votre arme par terre.

— Je croyais que vous l'aviez fouillé, bande de connards ! hurle Bullock.

— Bien sûr ! Il n'avait rien sur lui !

— T'appelles ça rien ?

— Je vous ai demandé de poser votre arme au sol, je répète en me plaçant devant Angie afin de la protéger, au cas où Vérolé aurait une réaction stupide.

Mais il ne s'exécute pas. Il continue à tenir son arme le long de sa jambe, le canon vers le sol. Il me dévisage, comme si on jouait à celui qui baissera les yeux le premier.

Il faut que je réagisse, et vite, sinon je vois mal comment la situation pourrait s'améliorer. Le retour de Blondinet est imminent. Pour le moment, je n'en ai que deux à surveiller, mais s'ils sont trois, ma tâche va se compliquer.

Je fais donc feu sur Vérolé.

Pendant une seconde, je n'en reviens pas. Personne n'est plus surpris que moi. Sauf peut-être Vérolé lui-même. Angie est tellement estomaquée qu'elle pousse un cri strident. De là où elle se tient, légèrement derrière moi et un peu sur le côté, elle ignore qui a tiré. Et réverbérée par les murs de la pièce, la détonation est aussi forte que celle d'un canon.

Ne voulant pas toucher Vérolé à la tête ou dans la poitrine, j'ai visé un peu bas. Pourtant je suis conscient que, pour abattre quelqu'un, mieux vaut atteindre sa partie la plus corpulente, c'est-à-dire le torse. Viser la jambe est une opération délicate. Mais je suis plutôt en veine, ce soir. En tout cas, plus que Vérolé.

— Putain ! crie-t-il en lâchant son arme.

Il s'écroule sur une chaise, tenant à deux mains une tache brillante sur son jean noir.

— Putain de bordel ! répète-t-il.

Il fut un temps où je me serais excusé – pas ce soir.

Bullock se tait. Il continue à me regarder dans les yeux.

— Angie, ma chérie, dis-je.

— Oui, papa, répond-elle derrière moi.

— Peux-tu ramasser ce pistolet ? Fais bien attention, prend-le par la crosse.

— Bien sûr.

Lorsqu'elle me contourne, je remarque qu'elle n'est pas encore très ferme sur ses jambes. Quand elle se penche, je crois même qu'elle va tomber, mais elle se ressaisit, s'empare de l'arme avec précaution, vacille et me la passe. Je la glisse dans mon autre poche.

Désormais, il ne nous reste plus qu'à partir d'ici, récupérer la Virtue, en espérant qu'elle démarre, et filer à l'hôpital pour qu'Angie fasse un check-up complet. Sauf que Blondinet est toujours dans les parages. Et les murs de cette vieille maison ont beau être très épais, il a sans doute entendu le coup de feu ou le cri d'Angie et va se pointer d'une minute à l'autre.

— Sortez votre couteau ! je lance à Bullock.

— Je n'en ai pas, rétorque-t-il sans ciller.

— Dans votre poche revolver, celui que vous avez utilisé dans le garage pour m'entailler le cou.

— Je ne l'ai plus.

— D'accord. Soit vous le balancez par terre, soit Barbie et Ken vont déguster.

Soudain, il prend peur.

— Quoi ? Qu'est-ce que vous avez dit ?

— Jetez-le par terre ou les poupées meurent.

Bullock esquisse un sourire.

— Vous êtes tombé sur la tête ! Vous voulez prendre l'une d'elles en otage ?

Je me réserve cette option au cas où. Pour le moment, je suis heureux de jouer les bourreaux. Je me tourne vers les étagères aux coffrets roses. Je n'ai pas à viser. Il me suffit de tirer pour faire mouche.

J'appuie sur la gâchette.

J'atteins Ken et Barbie Monstre. Le coffret pivote sur lui-même, percute le mur, rebondit par terre. La balle a déchiré l'emballage et tranché le cou de Ken, dont la tête à la Frankenstein valdingue.

— Mon Dieu ! s'exclame Bullock. Comment avez-vous osé ?

— Jetez votre couteau !

— C'est mon coffret Barbie Monstre. Il m'a fallu cinq ans pour le dénicher !

Je tire encore. La balle transperce la portière rose du minibus Volkswagen rose.

Soudain, je prends conscience que j'ai déjà utilisé trois balles. Ne sachant pas ce qui me reste, je me refuse à gâcher mes précieuses munitions sur d'inoffensives poupées en plastique.

— Arrêtez ! hurle Bullock. Arrêtez !

Il sort son couteau à cran d'arrêt de sa poche revolver et le lance à travers la pièce. Sans l'ouvrir.

— Ça va pas, la tête ? continue-t-il. Vous êtes fou ?

Vérolé, toujours affalé sur sa chaise et tenant sa jambe sanguinolente, se tourne vers Bullock.

— Qui est le plus fou des deux ? Il me tire dans la jambe et vous, vous ne dites rien !

Il est temps de dégager. À ma connaissance, Bullock et Vérolé n'ont plus d'armes. Sauf qu'on doit encore traverser le hall, rejoindre le garage, ouvrir la grande porte, monter dans la Virtue et réussir à la démarrer (là, une prière s'impose). Or dès que nous aurons quitté le bureau, Bullock va sans doute bondir à notre poursuite.

Sans oublier Blondinet qui rôde dans le coin.

Soudain, un téléphone sonne.

Je regarde Bullock, qui me regarde. La sonnerie provient du carton où il a trouvé la bouteille de Snapple.

C'est mon téléphone.

Prenant mon courage à deux mains, je m'approche du bureau et, sans cesser de viser Bullock, je saisis l'appareil de ma main gauche. Il est tout humide, mais ce n'est pas le moment de jouer les chochottes. Je réponds à la troisième sonnerie. C'est probablement Bertrand Magnuson, désireux de vérifier que je n'utilise pas d'arme dans l'exercice de mes fonctions. Je n'aurai qu'à lui répondre que ce que je fais durant mes heures de loisirs ne le regarde pas.

— Allô ? je fais d'une voix neutre

— Monsieur Walker ? Trevor à l'appareil.

Juste ciel ! Il ne manquait plus que lui.

— Trevor, tu tombes mal. Je suis débordé, en ce moment.

— Oh, je suis désolé, mais je voulais savoir comment les choses évoluaient car si vous n'avez pas trouvé Angie, je sais où elle est.

— Trevor, elle est avec moi.

— Vous êtes donc dans la maison de Wyndham Lane ?

La colère me gagne.

— Exactement.

— Parfait.

— Et toi, où es-tu ?

— Caché dans les buissons, près de la maison. Comme je n'ai pas vu votre voiture, je pensais que vous n'étiez pas là. Mais ce gros 4 × 4, c'est celui qu'ils ont utilisé pour emmener Angie, non ? Si vous êtes avec elle, je présume que tout va bien.

— Pas tout à fait. Il reste encore quelques détails à régler. Au fait, comment as-tu réussi à nous retrouver ?

— Je vais vous expliquer, mais vous n'allez pas être content.

37

— Je t'écoute, Trevor. Je te promets de garder mon calme.

Angie, dont les jambes flageolent, se laisse tomber sur le canapé, tandis que je continue à pointer mon revolver sur Bullock. Vérolé, lui, se tient toujours la cuisse. Il a perdu pas mal de sang et à mon avis il va bientôt s'évanouir. Je dirais même qu'il a besoin d'aller aux urgences dans les plus brefs délais.

Trevor se lance.

— C'est ce que je voulais vous dire, tout à l'heure. Mais je ne savais pas comment aborder le sujet. Depuis, j'ai réfléchi et décidé que le plus important était d'aider Angie, quoi qu'il arrive.

— Très bien. Mais aurais-tu l'obligeance d'arrêter de tourner autour du pot et de dire ce que tu as à me dire ?

— Certaines personnes pourraient trouver inconvenant ce que j'ai fait. Mais je n'ai pas agi dans mon seul intérêt. Je crois qu'il existe un enjeu plus vaste. Nous sommes tous surveillés d'une manière ou d'une autre, Big Brother espionne chacun de nos mouvements et nous devons donc nous élever contre cette déshumanisation qui menace de nous voler notre…

— Trevor !

— D'accord. Vous savez, le jour où vous m'avez surpris dans votre jardin. J'avais mon ordinateur avec moi et je cherchais mon chien ?

— Ton système de tracking ?

— Oui, vous y êtes.

— Tu as suivi les déplacements d'Angie avec le même gadget que celui que tu as posé sur le collier de ton chien.

— Inutile de me remercier tout de suite. Quand, l'autre jour, je suis tombé sur Angie au Starbucks, je l'ai aidée à enfiler son manteau et j'en ai profité pour le glisser dans une de ses poches.

Je jette un coup d'œil à Angie et à son manteau posé au bout du canapé.

— Trevor, attends une seconde.

Je me tourne vers ma fille.

— Angie, ma chérie !

— Oui, papa ?

— Fouille les poches de ton manteau et dis-moi si tu trouves quelque chose.

— Comme quoi ?

— Une sorte de bouton.

Elle pose son vêtement sur ses genoux, vérifie chacune des poches et en sort un petit disque argenté.

— Ça ?

Je reprends Trevor en ligne.

— On l'a trouvé.

— C'est quoi ? veut savoir Angie.

— Une puce de tracking. Trevor l'a glissée dans ta poche, comme ça il a pu te suivre partout en ville, te rejoindre là où tu t'y attendais le moins.

Bien que toujours sous l'effet du Rohypnol, Angie semble hors d'elle.

— C'est lui au téléphone ? Passe-le-moi. Je veux lui parler !

— Un peu plus tard, ma chérie.

À l'autre bout du fil, Trevor a tout entendu.

— Elle n'est pas très contente, on dirait.
— Trevor, qu'est-ce que tu vois, de là où tu es ?
— Pardon ? Comme je vous l'ai dit, je suis caché dans les buissons, face à la maison. J'ai Morphée avec moi.
— Où est ta voiture ?
— À près d'un kilomètre. Je suis venu à pied, pour ne pas être repéré, mais j'ai mon ordi avec moi.
— Oh, merde ! Je suis en train de mourir, gémit Vérolé.
Je l'observe du coin de l'œil. Le fait est que des soins médicaux seraient les bienvenus.
— Ta gueule ! râle Bullock. Si tu l'avais mieux fouillé, on n'en serait pas là. Attends que j'en parle à Lenny Indigo.
— Eh bien, j'aimerais bien voir ça.
— Qu'est-ce qui se passe ? demande Trevor.
— Rien. Deux types en train de bavarder. Trevor, on a besoin d'une voiture pour partir d'ici, mais tu n'as pas le temps d'aller chercher ta Chevrolet. Et puis il y a un type qui rôde dans le garage ou aux alentours et qui voudra nous empêcher de partir.
— Il y a une minute, j'ai vu un homme. Il a balancé quelque chose à l'arrière du 4 × 4.
Le cadavre de Trimble, sans doute !
— Ensuite, il est retourné au garage.
Je réfléchis. Si on arrivait à éloigner Blondinet du garage, Trevor pourrait y entrer, ouvrir la porte, démarrer la Virtue et l'amener dans l'allée. Angie n'aurait plus qu'à sortir en courant, sauter dedans et filer.
— Trevor, reste là, d'accord ?
— Bien sûr.
Je m'adresse à Bullock.
— Avec votre appareil, vous pouvez communiquer avec le garage, n'est-ce pas ?
Je lui désigne l'interphone, il acquiesce.
— Dites à votre gars de revenir ici.
— Sinon ?

— Sinon j'abats Barbie Wonder Woman.

Il ne perd pas de temps à peser le pour et le contre. Il appuie sur le bouton.

— Hé ! crie-t-il.

Au bout de quelques secondes, n'obtenant pas de réponse, il reprend.

— Hé ! Tu es…

— Enlevez votre doigt !

— Allô ! J'écoute !

— Merde ! murmure Bullock dans sa barbe.

Il attend une seconde, puis presse à nouveau le bouton.

— T'es là ?

— Ouais.

— T'as fait le boulot ?

— Ouais. Trimble est chargé et prêt à partir. On peut faire un tour et s'en débarrasser n'importe où. Je connais un mec qui débite du petit bois. Vous voulez qu'on s'occupe des autres en même temps ?

Savoir ce qui nous attend me fait froid dans le dos.

— D'abord, je veux que tu reviennes ici. Il faut se charger des autres.

— D'accord. J'arrive en quatrième vitesse.

— Toi, tu dégages ! je crie à Vérolé.

Je ne veux pas qu'il reste sur sa chaise car Blondinet le verra dès qu'il passera la porte. Il se soulève tant bien que mal, se traîne jusqu'à l'autre extrémité de la pièce, s'assied à même le sol. Je fais signe à Angie de quitter le canapé et lui donne l'arme que j'ai prise sur Vérolé.

— Tu crois que tu te débrouilleras ? Je veux que tu la pointes sur M. Barbie.

Péniblement, elle fait oui de la tête. Pourtant, à chaque minute qui passe, elle semble plus éveillée.

Je reprends Trevor.

— Tu es toujours là ?

— Oui, murmure-t-il.

— Il a quitté le garage ?

— Pas encore.

— Dès qu'il sort et se dirige vers la maison, préviens-moi.

— D'ac. Rien pour l'instant. Il est peut-être... Attendez ! La porte latérale s'ouvre. Il sort ! Il entre dans la maison.

— Il tient une arme ?

— Euh ! Je ne crois pas.

Je calcule qu'il va mettre entre dix et quinze secondes pour pousser la porte de la pièce où nous nous tenons. Je prends place contre le mur, près du chambranle. J'entends ses pas résonner dans l'entrée, s'arrêter, puis la poignée tourne et la porte s'entrouvre.

— J'étais...

Il s'interrompt brutalement en sentant le canon métallique de mon revolver contre sa tempe.

— Ne bouge pas !

— OK... OK...

— Entre tout doucement.

Un rapide coup d'œil lui permet d'évaluer la situation. Son copain à terre, la jambe en sang. Bullock immobile derrière son bureau, qu'Angie tient en joue.

— On peut dire que tu l'as bien fouillé, éructe Bullock.

— Où est ton arme ? je demande.

— Coincée dans ma ceinture, sur mes fesses.

Sur le moment la seule pensée qui me vient est qu'il a un pétard coincé dans le pétard. Ça me fait même un peu marrer. Bizarre, la façon dont le cerveau fonctionne, hein ?

Tout en le maintenant en joue, je m'empare de son arme et je la glisse dans ma poche.

— Avance et couche-toi à plat ventre au milieu de la pièce.

Blondinet ne se le fait pas dire deux fois.

Je reprends mon portable.

— Trevor, dans le garage, au trot !

— Compris !

J'entends ses pas précipités, puis le bruit d'une porte qui s'ouvre et qui se ferme.

— Tu vois ma voiture ?

— Oui ! Elle est en pièces détachées !

— C'est surtout l'intérieur des portières. Ne t'en occupe pas. Les clés sont dessus ?

— Un instant. Oui.

— Essaie de mettre le contact.

J'écoute. La Virtue est tellement silencieuse que même si elle tournait, je ne serais pas certain de l'entendre.

— Non, rien à faire.

Mon cœur bat la chamade.

— Tourne à nouveau la clé, agite le levier de vitesse deux ou trois fois et recommence.

J'entends un ronronnement à l'arrière-plan.

— Elle démarre ! Vous êtes génial.

Je pousse un profond soupir.

— Bon, laisse-la tourner. Il doit y avoir quelque part un interrupteur pour ouvrir la porte du garage.

— Une minute ! J'y suis. Elle se lève.

— Bon, maintenant tu sors la voiture et tu laisses le moteur tourner. Assieds-toi sur la banquette arrière.

— Vous ne voulez pas que je conduise ?

— Non, je m'en charge. Tu peux faire tout ce que je t'ai demandé ?

— Sans problème. Je laisse mon portable ouvert. Ne coupez pas.

— D'accord.

Je me tourne vers Angie.

— Chérie, on s'en va. On sort dans quelques secondes.

— Très bien, papa. Mais dis-moi, c'est bien Trevor qui est dehors ?

— Oui.

— Cette fouine ! Oser fourrer ce putain de truc dans mon manteau !

— Et si nous gardions notre saine colère pour un peu plus tard, quand il nous aura sauvé la vie ?

— Si tu veux.

Elle attrape son manteau tout en continuant à braquer son revolver sur Bullock.

— Monsieur Walker ?

Je plaque mon mobile contre mon oreille.

— Ouais ?

— Je suis prêt à partir. Dépêchez-vous de sortir.

— Bien joué. On y va !

Je range mon téléphone et me tourne vers nos hôtes.

— Messieurs, nous n'allons pas demeurer ici plus longtemps. Il serait bon que vous ameniez cet individu chez un médecin, dis-je en désignant la tache sombre sur le pantalon de Vérolé qui ne cesse de s'élargir.

Ensuite, je fais signe à Angie de se diriger vers la porte.

— Vas-y et monte en voiture.

Elle passe devant moi. Je l'entends galoper dans le hall, traverser la cuisine, puis ouvrir et fermer une autre porte.

— Glissez-vous sous le bureau, dis-je à Bullock.

Il s'exécute en grognant. Puis j'ordonne à Blondinet d'en faire autant. Vu sa taille, il a du mal à se plier en deux, mais il y parvient.

Sur ce, je m'éclipse.

En une seconde, la maison est derrière moi. La Virtue m'attend là où elle doit être, Trevor et Angie sont déjà installés à l'arrière. Morphée ne cesse de sauter de la banquette au siège du passager. La portière du conducteur étant grande ouverte, je bondis à l'intérieur, je passe une vitesse j'appuie sur l'accélérateur. Pris au dépourvu, Morphée s'écrase contre le dossier du siège avant. La voiture s'élance. Elle descend si vite la pente de l'allée que le pot d'échappement racle contre la chaussée.

Dans le rétroviseur, je vois Trevor regarder derrière nous par la lunette arrière tout en agrippant son ordinateur.

— Ils nous suivent ! crie-t-il. Deux d'entre eux ! Ils foncent vers leur 4 × 4.

— Je crois que je vais être malade, dit Angie tandis que je fais un crochet pour éviter un break qui me coupe la route.

— Tout va bien se passer, murmure Trevor pour la rassurer. Ça va aller.

Morphée a trouvé sa place sur la banquette et lèche le visage de son maître.

On s'approche du bout de Wyndham Lane quand j'aperçois dans mes rétroviseurs extérieurs deux phares descendant l'allée de chez Bullock. Puis l'Annihilator surgit, tel un énorme animal préhistorique.

Je surveille Angie ; elle me semble de plus en plus pâle.

— J'ai besoin d'air, se plaint-elle. Je dois baisser une vitre ou je vais être malade. Oh, quelle barbe ! Il n'y a rien pour les descendre.

C'est exact. Quand ils ont retiré les panneaux latéraux à la recherche de la drogue, ils ont enlevé les manivelles des vitres. Il reste pourtant la commande du toit ouvrant, que j'actionne.

— Ça va mieux, comme ça ? je demande à Angie.

— Oh oui, bien mieux.

— Trevor, appelle les flics !

— Tout de suite.

Il est sur le point de composer le 911 quand je vire sec à un croisement, projetant mes passagers – humains et animal – contre les portières.

— Vous devriez boucler vos ceintures !

— Tiens, je vais t'aider, propose Trevor.

Il se penche sur Angie, adapte la sangle sur son épaule, puis met la sienne.

— Bon, j'appelle les flics, maintenant.

Morphée, qui s'est installé sur les genoux d'Angie, semble piquer un petit roupillon.

Je n'ai pas de destination précise. L'essentiel est de m'éloigner.

L'Annihilator accélère encore, grimpe sur un trottoir puis sur le suivant. Le grondement de son moteur me parvient par le toit ouvrant.

Trevor se tord le cou pour regarder en arrière.

— Ils gagnent du terrain !

J'accélère au maximum mais, l'hybride n'étant pas une bête de course, la distance entre les deux véhicules diminue.

— Allô ? Le commissariat ? dit Trevor. Nous sommes poursuivis par deux individus qui veulent nous tuer ! Oui, nous sommes dans une Virtue argentée allant vers le nord...

Il s'interrompt.

— Où sommes-nous ? me demande-t-il.

Bonne question. Je n'en sais pas plus que lui.

— Je n'en sais rien, continue Trevor. Mais essayez de repérer une voiture argentée poursuivie par un 4 × 4 noir. Il y a deux hommes à l'intérieur qui...

L'Annihilator nous percute soudain par l'arrière. Ses phares puissants et haut perchés inondent de lumière l'intérieur de la petite Virtue. Notre pare-chocs amortit quelque peu le coup. Morphée se réveille de sa courte sieste, plante ses pattes de devant sur le bord de la lunette et se met à aboyer et à baver furieusement. Je donne des coups de volant à droite puis à gauche, traversant la ligne jaune plusieurs fois. Au moins, cette fois-ci, ils ne nous tirent pas dessus. Dieu merci, j'ai piqué leurs armes et...

Ils commencent à nous mitrailler.

— Il a une arme ! crie Trevor. Une sorte de mitraillette.

— Baissez-vous !

Trevor passe son bras autour d'Angie et la force à se coucher sur la banquette pour que sa tête ne dépasse pas de la lunette arrière.

— Tout ira bien, la rassure-t-il. Je vais prendre soin de toi. Je prendrai toujours soin de toi.

Les détonations se succèdent, *clac-clac-clac-clac*. Les vitres résistent, mais je crois avoir entendu une balle pénétrer dans le coffre ou dans le pare-chocs.

Au croisement suivant, je vire sec, les pneus glissent et dérapent sur les rails humides du tramway. Devant moi, un tram recueille les derniers fêtards rentrant chez eux après la fermeture des bars. Je le double par la gauche. L'Annihilator disparaît de mon rétroviseur, mais il surgit bientôt sur ma droite, prêt à nous défoncer.

Je freine à mort. L'Annihilator, si gros, si lourd, n'est pas capable de stopper sur une distance aussi courte. Je prends à gauche une petite rue résidentielle. Mais, quelques secondes plus tard, ses phares surgissent à nouveau derrière moi. J'entame alors une valse folle, une rue à droite, deux rues à gauche et encore à droite, comme si j'étais dans une salle de bal viennoise ou totalement ivre. Si j'ai perdu mon chemin, l'Annihilator, lui, me suit toujours.

L'heure est grave : à moins que Bullock et Blondinet ne tombent en panne d'essence, ma voiture ne fera pas le poids face à l'Annihilator.

Soudain, les bâtiments autour de moi me paraissent plus familiers. Je commence à retrouver mes marques. Nous arrivons à l'université Mackenzie.

Le péage d'entrée ? Je l'ignore et fonce sans crier gare. Les rues sont désertes, aucune voiture n'est garée le long des allées, pas un étudiant ne déambule dans les parages.

L'Annihilator est toujours à nos trousses, soufflant comme une locomotive.

Angie soulève sa tête pour se repérer.

— Baisse-toi, lui rappelle Trevor.

— Attends ! dit-elle tout en continuant à regarder. Papa, j'ai une idée.

— Moi aussi ! je réponds, les mains moites.

Ce sera délicat, c'est certain. Mais, malgré tous ses défauts, la Virtue possède au moins une qualité : une direction précise et ferme.

Je ralentis, laissant l'Annihilator gagner du terrain. Il ne lui faut qu'une seconde. L'énorme calandre du 4 × 4 domine déjà notre coffre, ses phares sont aussi puissants que des flammes d'incendie, son moteur rugit tel un fauve affamé.

Morphée ne cesse d'aboyer.

Je fonce sur le campus, à la recherche de Galloway Hall. Le voilà qui se dresse droit devant. Et là, sur le côté du bâtiment, se trouve le raccourci d'Angie. L'allée pavée.

J'attends jusqu'à la dernière seconde, puis je tourne violemment le volant à deux mains vers la droite, visant l'entrée de l'allée étroite qu'Angie emprunte pour sortir du campus sans payer le parking.

L'Annihilator n'est qu'à une cinquantaine de centimètres derrière.

Nous venons de nous engager dans l'allée lorsque nous entendons un fracas à vous crever le tympan. La collision entre l'acier et la brique. Du verre éclaté. Des tôles déchirées.

J'aimerais me retourner, mais je dois regarder droit devant moi pour m'assurer que mes ailes ne frottent pas contre les murs. J'aperçois tout de même une boule de feu dans le rétroviseur. Je ne ralentis pas, au cas où ce qui resterait de l'Annihilator serait encore capable de nous poursuivre. Sait-on jamais...

En fait, les vestiges du 4 × 4 n'ont parcouru qu'une dizaine de mètres, quinze au plus, comme je l'apprendrai plus tard. Mais, sur l'instant, je n'ai pas le cœur à lâcher l'accélérateur avant d'avoir atteint le bout de l'allée et décide de ne pas m'arrêter. Je ne freine que lorsque la chaîne nous empêche d'atteindre Edward Street.

Là, je défais ma ceinture et, en compagnie de Trevor, d'Angie et de Morphée, je sors de la Virtue et regarde en arrière.

L'Annihilator a heurté un mur à pleine vitesse. La violence du choc a projeté Bullock et Blondinet contre le tableau de bord, les tuant sur le coup.

38

On me demande une tonne d'explications.

Mais avant de répondre au déluge de questions des flics, je leur indique, debout, appuyé à la Virtue, avec mon Angie toute secouée dans mes bras, ce qui me paraît le plus important et le plus urgent. Je leur explique qu'une femme est ficelée dans une maison des faubourgs. Que son mari a sauté d'un balcon de l'hôtel Ramada, près de l'aéroport, et qu'elle ne le sait probablement pas.

Je leur indique aussi qu'un individu avec une balle dans la jambe se trouve dans une maison de Wyndham Lane. S'il ne s'est pas traîné jusqu'aux urgences du plus proche hôpital.

Il est également vraisemblable qu'ils découvrent dans le coffre de l'Annihilator, ou du moins de ce qu'il en reste, le cadavre d'un inspecteur de police. Les médecins légistes établiront qu'il n'est pas mort accidentellement.

Surtout, il y a ma fille Angie. Elle semble aller bien, mais, comme je l'explique à l'un des policiers, elle a été droguée au cours de la soirée. Dès que les ambulances arrivent, deux médecins se précipitent pour s'occuper d'elle.

— Je vais devoir répondre à des tas de questions, lui dis-je, tandis qu'on l'aide à monter dans une ambulance et que Trevor supplie les infirmiers de prendre bien soin d'elle. Je vais appeler ta mère pour qu'elle te rejoigne à l'hôpital. Quand les médecins se seront assurés que tu vas bien, tu répondras toi aussi aux questions de la police.

Angie acquiesce lentement et me passe un bras autour du cou.

— Tu es très élégant dans tes nouvelles fringues.

— Merci, ma chérie.

— Promets-moi de montrer ta bosse sur la tête à un médecin.

Je lui souris.

— Ce n'est rien. Je crois même que ça m'a mis un peu de plomb dans la cervelle.

Elle paraît étonnée, mais s'abstient de plus amples commentaires.

— Tu as été formidable ! ajoute-t-elle. Vraiment formidable.

Puis, tout à coup, elle se fige, comme si elle venait de se souvenir de quelque chose.

— Quoi donc ?

— Merde ! J'ai une dissertation à rendre demain matin.

— Avoir été kidnappée et avoir échappé de justesse à la mort est une excellente excuse. Je suis certain que les médecins te feront un mot. De quel cours s'agit-il ?

— Psycho. J'ai réuni toute la documentation. Je n'avais plus qu'à la rédiger, ce que j'aurais fait hier soir.

— Ne t'inquiète pas, ton prof comprendra. Quel est ton sujet ?

— L'homme et le masochisme, répond-elle en souriant. J'ai cherché à comprendre pourquoi la douleur excite certains mecs.

Je fronce les sourcils.

— C'est ça qu'on vous apprend à l'école ?

— Pas à l'école ! À la fac, papa !

Le puzzle commence à se mettre en place.

— Quel genre de docs as-tu trouvés pour un sujet pareil ?

— J'ai lu plein de choses et j'ai même parlé à Trixie.

Je fais mine de réfléchir.

— Ah oui ! Notre vieille voisine !

— Elle n'est pas vieille du tout. Elle est même sacrément dynamique.

— Non, mais tu vois ce que je veux dire.

— Oui. Comme son gagne-pain n'est plus un secret pour personne, je l'ai appelée et elle m'a donné des tas de tuyaux. Je lui ai fait promettre de ne pas t'en parler car sinon vous auriez piqué une crise, maman et toi.

— Non, je réplique sur la défensive, on t'aurait comprise.

— En réalité, elle est très gentille.

— Tout à fait d'accord.

— Bien sûr, ce n'est pas ce métier que je choisirai, tu sais.

— Ce n'est pas à moi de juger.

Angie sourit.

— J'espère que tu n'es pas trop fâché.

À mon tour de sourire.

— Je m'en remettrai. Mais maintenant, tu dois aller à l'hôpital pour te faire examiner.

Trevor se donne du mal pour paraître décontracté dans sa longue veste noire, mais ses yeux le trahissent. On le sent très ébranlé par les derniers événements de la nuit.

Morphée semble tout aussi fatigué, appuyé contre Trevor, sa longue langue pendante.

Angie s'approche de Trevor. Elle lui sourit.

— Merci.

Elle se penche pour lui déposer un petit baiser sur la joue.

— Je te remercie d'avoir été là. Mais il faudra quand même qu'on discute, toi et moi.

— Je n'ai jamais rien fait qui puisse te nuire. J'ai agi seulement pour te protéger.

— Bon, disons que cette fois tu as eu de la chance.

— On a tous eu de la chance, insiste-t-il, comme pour lui rappeler qu'il a contribué à la sauver. Je crois que c'est un moment décisif.

— Quoi ?

— Un moment qui révèle ce que nous sommes, ce que nous représentons l'un pour l'autre. Nous avons convergé l'un vers l'autre. Nous ne pouvons plus l'ignorer désormais.

Les infirmiers referment la porte de l'ambulance, ce qui fait qu'Angie ne peut rien ajouter. Elle me dit adieu du bout des doigts.

— Je t'aime, papa, murmure-t-elle.

J'agite ma main à mon tour et je la regarde s'éloigner à mesure que l'ambulance prend de la vitesse.

Enfin, j'appelle la maison. Je vais avoir du mal à expliquer à Sarah qu'Angie est à l'hôpital, cette nouvelle étant néanmoins, vu tout ce qui s'est passé, très rassurante.

— Allô ?

Sa voix est fatiguée.

— C'est moi.

— Eh ! Quelle heure est-il ? Putain, Zack ! Tu sais l'heure ?

— Désolé ! Il est tard !

— C'est le milieu de la nuit. Attends une minute ! Je vais voir si Angie est rentrée.

— Non, écoute-moi une seconde. En premier lieu, sache que tout le monde va bien, que nous sommes tous saufs.

Quand une conversation débute en ces termes, inutile d'être grand clerc pour savoir que le récit qui va suivre sera riche en catastrophes.

Les flics me gardent des heures. J'imagine qu'une autre équipe de policiers interroge Trevor, pendant qu'on me fourre dans une voiture pour faire un tour chez Bullock, où je leur montre le butin des vols de chez Brentwood's, la pièce où Angie a été retenue prisonnière, où j'ai tiré sur Vérolé et sur les Barbie. Vérolé a disparu, mais on le retrouvera au petit matin au service des urgences du Mercy General Hospital. Il y a du sang sur le sol du garage, sans doute à l'endroit où Blondinet a abattu Trimble, avant de le fourrer dans l'Annihilator.

Je leur apprends que Bullock, ou sans doute l'un de ses sbires, a envoyé Lawrence Jones à l'hôpital et tué Stan Wannaker, le photographe du *Metropolitan*. Non pas pour récupérer la pellicule où il figurait, mais pour se venger de l'incident pendant la vente aux enchères.

Je leur raconte les grandes lignes. Que j'ai acheté une voiture à des enchères qui, précédemment, était bourrée de drogue. Qu'Eddie Mayhew a espéré doubler la bande de Lenny Indigo en piquant la marchandise et en la vendant à un gang concurrent. Que j'aurais dû m'abstenir d'appeler le seul flic en qui j'avais pourtant confiance et que les dernières tentatives de Trimble pour se racheter sont arrivées trop tard pour changer le cours des choses.

Il y a des tas de détails à éclaircir, mais cela attendra. Puis j'appelle la rédaction pour leur annoncer que je viendrai au bureau après être passé à la maison et avoir dormi un peu.

J'ai un article à rédiger.

Deux jours plus tard, nous recevons quelques personnes chez nous. Sarah a confectionné un gâteau au chocolat à partir d'un mélange en paquet. C'est la recette favorite d'Angie. Pour l'occasion, je porte certains de mes nouveaux vêtements.

Trixie est venue d'Oakwood. Quelques collègues du journal sont là, des amis de Stan. Bertrand Magnuson fait une apparition, le temps de me prendre à part.

— À votre place, j'aurais tiré dans les couilles de ce connard, et pas dans sa jambe.

Un inspecteur à qui j'ai tout expliqué pendant des heures passe en coup de vent, mais s'octroie une belle part de gâteau. Dans l'ensemble, un cocktail sans prétention, sans discours, sans toasts. Mais l'occasion de fêter en toute simplicité le retour d'Angie en bonne forme et la fin de tout ce bazar avec Barbie Bullock et son gang.

Trevor Wylie est présent, lunettes de soleil sur le nez, collé autant qu'il le peut à l'ombre d'Angie. À un moment donné, alors qu'ils sont tous les deux dans la cuisine, je l'entends insister pour qu'elle vienne se promener avec lui.

— On verra tout à l'heure, répond-elle.

Je suis en train de couper un morceau de gâteau pour l'un de nos convives quand elle m'annonce qu'elle a invité Cameron.

— Bonne idée ! dis-je en posant le couteau à découper.

L'ustensile est ridiculement grand et tranchant pour un simple gâteau, mais impossible de remettre la main sur la pelle à tarte.

— Il s'est fait beaucoup de souci à mon sujet, après ce qui s'est passé. Du coup, je lui ai demandé de venir. Tu vas pouvoir faire sa connaissance. C'est vraiment un type sympa que je serai heureuse de te présenter, à condition que tu n'ailles pas rôder autour de chez lui tard le soir, alors que je dors dans mon lit.

— Bonne idée, je répète en essayant de ravaler un petit sourire bête.

Trevor nous interrompt :

— Angie, je peux t'apporter quelque chose ?

— Non, je n'ai besoin de rien.

— Tu veux prendre l'air, maintenant ? J'ai des choses dont j'aimerais te parler.

Angie me regarde, détournant la tête pour que Trevor ne puisse voir qu'elle lève les yeux au ciel.

— Ce n'est pas le moment, Trevor. Je ne peux pas laisser tous ces gens en plan.

Il n'insiste pas et s'éloigne.

— Bon d'accord, à plus tard !

— Papa, me dit Angie d'une voix calme, je sais qu'il nous a aidés, mais franchement il me gonfle. Il respecte une tradition chinoise ou indienne, enfin un truc oriental, qui l'oblige à veiller sur moi pour toujours. Si tu sauves la vie de quelqu'un, tu dois le protéger tel un chien de garde jusqu'à sa mort.

— Je comprends. Tu te sens un peu coincée, n'est-ce pas ?

— Ouais. Tu sais ce qu'il m'a dit ? Il paraît que nous sommes liés d'une façon cosmique. D'abord, j'ai compris « comique » et j'ai ri. Grave erreur de ma part. Il m'a aussi dit que, s'il n'était pas avec moi, il ne serait jamais avec personne d'autre. Et je crois même qu'il a ajouté que moi non plus, je ne serais avec personne d'autre.

— Il faut que je réfléchisse à la manière de traiter le problème.

Angie n'a pas l'air très confiante.

— Je vais en parler à ta mère. Ne fais pas de bêtise en attendant. À propos, comment te sens-tu ?

— Je crois que je n'ai pas encore réalisé complètement ce qui est arrivé.

— J'ai la même impression.

Je l'embrasse sur le front avant qu'elle rejoigne nos invités.

On frappe à la porte. J'ouvre et, sans grande surprise, je me trouve face à mon agresseur : Cameron, le copain d'Angie ! L'autre jour, je n'ai pas eu le temps de le regarder, mais là je le trouve plutôt beau gosse. Il tente, sans beaucoup de succès, de se laisser pousser la barbe.

Il m'examine avec curiosité, puis recule pour vérifier le numéro de notre porte.

— Euh... Vous êtes le père d'Angie ?

— Oui.

— Je viens la voir. Elle m'a dit qu'il y avait une petite réception.

— Bien sûr.

Quand je me tourne pour ouvrir toute grande la porte, il aperçoit ce qui reste de mon ecchymose au visage. Il s'arrête net.

— Est-ce que... Est-il...

Puis, se rendant compte de la situation, il paraît se tasser sur lui-même.

— Oh, merde ! murmure-t-il.

— L'autre soir au McDo, je lui réponds en tendant la main, nous nous sommes rencontrés, mais nous n'avons pas eu le temps de nous présenter.

Il serre ma main mollement.

— Oh, merde ! répète-t-il. Je suis désolé. J'ignorais totalement...

— Oui, je sais. Mais comme vous avez agi pour le bien d'Angie, cela vous blanchit à mes yeux. Entrez donc.

Je le précède dans le hall. Dès qu'Angie l'aperçoit, elle pose son assiette de gâteau, traverse rapidement la pièce, se jette à son cou et l'embrasse. Et ce n'est pas un baiser sur la joue. Il me regarde nerveusement, signale à Angie ma présence. Cette dernière me sourit comme pour me mettre au défi.

Puis, sans attendre ma réaction, elle se retourne vers Cameron et l'embrasse à nouveau.

Planté à l'autre bout de la pièce, Trevor ne cesse d'épier le couple que forment Angie et Cameron. Malgré ses lunettes sombres, on devine la peine dans ses yeux.

Au bout d'un moment, il finit par sortir de la pièce. Je tente de le rejoindre. Quelques mots de consolation ne seraient pas superflus. Mais comme je ne le trouve nulle part, j'en déduis qu'il a dû sortir prendre l'air tout seul.

À peu près une heure plus tard, après le départ de presque tous les invités, alors que Sarah et Paul bavardent sur le perron avec les derniers convives, le téléphone sonne. Je le prends dans la cuisine tout en couvant du regard le gâteau resté sur la table. Je suis repu, ce qui ne veut pas dire que je n'en mangerais pas encore un peu.

— Allô ?

— Salut.

La voix est faible et fatiguée, mais je la reconnais immédiatement.

— Lawrence ! Quel plaisir de t'entendre ! Comment te sens-tu ?

— Assez en forme pour passer un coup de fil. Des flics sont venus et m'ont donné des nouvelles.

— Hier, j'ai essayé de t'appeler, mais l'infirmière m'a dit que tu étais encore dans le flou.

— La faute aux analgésiques. Je me suis mis à les adorer.

Je lui raconte les événements de ces derniers jours, comblant les lacunes des flics.

Angie passe un instant devant la porte de la cuisine, flanquée de Trevor. Je suppose que Cameron est rentré chez lui. Tout en parlant avec Lawrence, je tends l'oreille. D'après les bribes de leur conversation, Trevor la supplie de lui accorder un moment en tête à tête pour qu'il puisse lui parler.

— Bon, d'accord, finit-elle par dire.

— Une minute, dis-je à Lawrence.

Puis je m'adresse à Trevor :

— Alors, tu t'en vas ?

— Oui. Merci beaucoup.

— On va juste marcher jusqu'au bout de la rue, me prévient Angie. Je reviens dans deux minutes pour vous aider à ranger.

Puis elle ajoute, d'un ton plus froid :

— Et on discutera de ce qui est arrivé l'autre soir au McDo.

— Bien sûr, ma chérie.

Je reprends ma conversation avec Lawrence.

— Désormais, dit-il, quand tu voudras t'acheter une voiture, tu ne me demanderas pas mon avis ! Tu t'adresseras directement à un concessionnaire.

— Barbie Bullock m'a dit la même chose. Assurément le seul de ses conseils qui valait la peine d'être suivi.

— Oui, enfin, je suis navré. Je m'en veux beaucoup. J'ai l'impression que tout a été ma faute.

— Ne t'en fais pas. J'ai toujours la voiture. Les panneaux ont été remis en place. Il lui faut un peu de chirurgie esthétique pour cacher les impacts de balle à l'arrière.

Je me tais un instant.

— Dis-moi, tu es satisfait de savoir que ton bourreau n'est plus de ce monde ?

— Je vais t'avouer une chose. Si Bullock avait survécu, je n'aurais pas été capable de l'identifier.

— Quoi ? Qu'est-ce que tu dis ?

— J'aurais été un piètre témoin. Je ne l'ai pas bien vu. Il m'a attaqué quand je traversais le vestibule et que je me dirigeais vers mon bureau. Je n'avais pas allumé. Soudain j'ai ressenti une douleur intense quand il m'a enfoncé son couteau dans l'estomac, et puis il a disparu. J'ai réussi à me traîner jusqu'à la chambre et, lorsque je me suis réveillé, j'étais à l'hôpital.

— Je vois. Parfois, les choses prennent une tournure bizarre.

— Je voulais t'appeler pour te remercier d'avoir été là, d'avoir prévenu la police, de m'avoir emmené à l'hôpital. Mais il y a autre chose : je n'ai jamais eu l'occasion de te dire ce que j'ai découvert à propos de ce Trevor Wylie.

— Ah oui !

C'est vrai que Lawrence m'avait promis de se renseigner sur ce gosse et de me communiquer ce qu'il avait appris pendant notre planque devant Brentwood's. Sauf que cette planque n'a jamais eu lieu.

— Désormais, ça n'a plus d'importance, dis-je.

— Pourquoi ?

— C'est vrai qu'il est un peu bizarre, mais s'il n'avait pas été au bon endroit au bon moment, je ne serais pas en train de te parler. Il s'est entiché d'Angie et elle va lui causer du chagrin, mais je pense qu'elle agira en douceur.

— Écoute, ce n'est pas parce qu'un garçon a fait preuve de courage qu'il n'est pas détraqué. Le harcèlement n'est pas un comportement normal.

À l'autre bout du fil, Lawrence ne peut pas me voir hausser les épaules. Je sais qu'il a raison, mais ses propos sont quelque peu dépassés, maintenant.

— Voilà, poursuit Lawrence. Ce jour-là, après être tombé sur lui derrière ton garage, j'ai procédé à des vérifications. J'ai contacté des gens qui m'ont donné des renseignements confidentiels, des gens qui s'occupent de maladies mentales. Ils m'ont faxé des informations, et j'ai pris des notes.

— Ah bon ?

Mon regard ne cesse de se poser sur le gâteau.

— Ce jeune Wylie a un long passé psychiatrique. De violentes explosions de colère, des comportements monomaniaques parfois délirants. Et puis il y a cette histoire assez moche à propos de sa sœur.

— Ah oui ?

— La raison pour laquelle il habite ici, sans ses parents, c'est qu'il a attaqué sa sœur, il a même tenté de la tuer. Il n'y a pas eu de plainte officielle, parce que sa famille a tout fait pour étouffer l'affaire. Mais finalement, ils ont viré le gamin, ils commençaient à avoir sacrément peur.

Un frisson me parcourt soudain l'échine.

— Lawrence, tu ne me racontes pas de bobards ?

— Attends la suite ! J'ai fouillé sa voiture, sa Chevrolet noire. C'était peu de temps après avoir quitté ta maison. Elle n'était pas fermée à clé et, entre les sièges, j'ai trouvé des tonnes de photos d'Angie. Des photos qu'il avait prises, toute une collection. Je les ai piquées. D'ailleurs, j'ai failli perdre une main dans l'opération. Son putain de chien m'a attaqué. Il dormait à l'arrière, mais il s'est réveillé vite fait.

— Bon Dieu !

Je commence à trembler. Je me rappelle la nuit où j'ai suivi Trevor en route pour Oakwood. Quelque chose entre les sièges l'avait distrait. Est-ce qu'il venait de s'apercevoir que ses précieux clichés avaient disparu ?

— Mais c'est pas tout, il y a plus angoissant. J'ai rangé ces photos ainsi que mes notes dans un dossier que j'ai mis dans mon bureau. Hier, j'ai envoyé Kent – tu as rencontré Kent, n'est-ce pas ?

— Bien sûr. L'autre soir à l'hosto. Un type sympa.

— Oui. Ces derniers jours, il ne m'a pas quitté. Lui et ma sœur Letitia, qui rentre à Denver demain. Bref, hier, j'ai envoyé Kent chez moi pour qu'il récupère ce dossier et que je puisse te donner plus de détails au téléphone, mais il ne l'a trouvé nulle part.

— Continue.

— Mon appart a été totalement vandalisé, et le dossier contenant les photos et mes notes a disparu.

— Mais c'était Bullock et son gang ! J'ai vu ton bureau le soir même. C'était un chaos indescriptible. Ils ont mis ton appartement sens dessus dessous, à la recherche d'un indice leur indiquant où était la Virtue. Ils ont trouvé le chèque que je t'ai fait pour te rembourser et c'est ce qui les a menés jusqu'à moi.

— Ils n'avaient pas à se donner tant de mal pour le trouver. Je l'avais laissé bien en évidence sur le comptoir de la cuisine, sur une pile de courrier, exprès pour ne pas oublier de le déposer à la banque. Ils n'ont pas pu le rater. Ils sont tombés dessus en premier.

— Dans ce cas, pourquoi mettre à sac ton bureau ? Et quel besoin avaient-ils de ton dossier sur Trevor Wylie ?

Tout en posant la question, la réponse me saute aux yeux : Bullock et son gang se foutaient complètement de ce dossier.

Par contre, Trevor Wylie…

Et s'il avait appris que Lawrence Jones menait une enquête à son sujet ? Et s'il était allé récupérer des preuves qui risquaient de l'accuser ? Après avoir fait demi-tour sur le chemin d'Oakwood, il avait très bien pu se rendre chez Lawrence, avant que le détective me rejoigne devant chez Brentwood's…

En regardant une nouvelle fois le gâteau, je m'aperçois que le couteau à découper que j'ai utilisé n'est plus là.

— Lawrence ? Est-ce que Trevor a pu apprendre que tu posais des questions sur lui ?

— J'ai peut-être déconné. Quand j'ai quitté sa Chevrolet, il m'a probablement vu. Plus tard, lorsqu'il a remarqué que ses photos manquaient, il a sans doute compris ce qui s'était passé.

— Et il savait où tu habitais. Rappelle-toi, tu lui as donné ta carte de visite dans mon jardin en lui disant de se la foutre au cul !

— Ouais, c'était pas malin !

— Bon Dieu, Lawrence, ce n'est peut-être pas Bullock qui a essayé de te tuer dans ton appartement. Il a prétendu que ce n'était pas lui, mais sur le moment je ne l'ai pas cru. Pourtant, il n'a pas craint d'avouer le meurtre de Stan, ou…

— Ou quoi ?

Je songe qu'Angie est avec Trevor. À cet instant précis. Elle est en compagnie de ce type qui a attaqué Lawrence et l'a laissé pour mort.

« Et je crois même qu'il a ajouté que moi non plus, je ne serais avec personne d'autre. »

39

Je lâche le téléphone, et en une seconde je suis dehors. Sarah et Paul sont dans l'allée. Nos derniers amis sont partis et Paul déblatère sur la Virtue.

Je dois avoir une tête pas possible car Sarah a l'air horrifiée.

— Quoi ? demande-t-elle.

— Angie et Trevor sont partis vers où ?

— Par là, dit Paul. Qu'est-ce qu'il y a ?

Je me remets à courir, Paul et Sarah sur mes talons. Je me retourne le temps de crier :

— Sarah ! Appelle la police !

Dieu merci, elle se dépêche de rentrer dans la maison sans poser de questions. Paul m'emboîte le pas.

Nous passons devant la Chevrolet noire garée au bord du trottoir. La gueule de Morphée dépasse de la vitre à moitié baissée. Sur notre passage, il sort sa tête, la bave dégoulinant de ses joues. Notre cavalcade l'incite à aboyer furieusement. Il tente de nous agripper mais doit se contenter de griffer les vitres de ses pattes aux ongles acérés.

Je scrute la rue, mais aucun signe d'Angie et de Trevor. Je suis à bout de souffle, je ne ralentis pas. Paul, qui ignore les raisons de ce jogging, galope à mes côtés.

— Papa, qu'est-ce qui se passe ?

— C'est Trevor, dis-je à bout de nerfs.

— Quoi, Trevor ?

— C'est lui. Lui qui a essayé de tuer Lawrence Jones.

Et soudain, Paul se décompose. Il a l'air blessé de celui qui découvre qu'il a accepté les faveurs d'un type qui en réalité représente une menace pour sa famille.

— Je parie qu'ils sont dans un café, affirme-t-il en me doublant.

Il atteint le croisement dix secondes avant moi, s'arrête pour scruter à gauche et à droite dans l'espoir de les repérer. Non seulement Paul est plus jeune et plus en forme que moi, mais il a une meilleure vue. Si quelqu'un peut les apercevoir, c'est bien lui.

— Les voilà ! Viens !

Je le suis, évitant les passants qui entrent dans les boutiques et les restaurants ou qui en sortent. Enfin, nous arrivons à leur hauteur. Angie et Trevor sont devant un café, ils discutent. Il la tient par le coude et tente de l'entraîner à l'intérieur, et il est évident qu'elle cherche à s'écarter, qu'elle résiste de toutes ses forces.

— Trevor, je ne veux plus discuter avec toi. C'est terminé.

— Non ! Écoute-moi. J'ai des choses à te dire...

Il se tourne et nous repère.

— Papa ! crie Angie en essayant de nous rejoindre.

Mais Trevor la tire en arrière d'un coup sec.

— Trevor, lâche-la ! je crie.

— Lâche ma sœur !

Je n'ai jamais entendu une telle détermination dans la voix de Paul.

— Vos gueules ! hurle Trevor. Fermez-la, tous !

Les passants se rendent vite compte qu'il se passe quelque chose d'anormal et s'écartent de nous. Certains s'arrêtent pour nous regarder, tout en se tenant à distance.

Trevor plonge sa main libre dans la poche de son manteau noir et en sort le couteau à découper que je ne trouvais plus. Des miettes de gâteau sont encore collées à la lame.

— Éloignez-vous, bordel ! continue à hurler Trevor.

Il agite le couteau à bout de bras. Angie a les yeux écarquillés de peur.

Paul veut s'approcher, mais je le retiens.

Tout en m'efforçant de garder mon calme, je m'adresse à Trevor.

— Pose ce couteau, nous avons à parler.

Il remue sa tête lentement de gauche à droite, fixant Angie, puis Paul et moi, puis à nouveau Angie. Il lui parle. Son couteau fait des ronds en l'air. Je retiens ma respiration, Paul aussi.

— Je t'aimais, soupire-t-il. Je t'aimais tant.

— Je sais, murmure Angie, une larme coulant sur sa joue. Tu es un type formidable, Trevor !

— Je ne veux pas être n'importe quel *type* ! Tu ne comprends donc pas ce que nous sommes l'un pour l'autre ? Tu ne réalises pas que chaque jour désormais, chaque jour que tu vis, tu peux me remercier ? J'aurais le droit de prendre ta vie, car chaque jour depuis cette nuit est un cadeau de ma part.

— Trevor, dis-je.

Mon intervention ne l'empêche pas de continuer.

— Je ne comprends pas comment tu peux être avec ce type. *Cameron.* Est-ce qu'il t'a sauvé la vie ? Est-ce qu'il a veillé sur toi pendant des semaines, te suivant, s'assurant que tu allais bien ? Est-ce qu'il a fait autant de choses que moi ? Tu n'as donc aucune reconnaissance ? Est-ce que tu sais tout ce que tu me dois ?

— Trevor, je répète doucement, pose ce couteau.

Il agite la tête furieusement.

— Tout va bien se passer, je reprends. Même M. Jones va s'en tirer. Je viens de lui parler au téléphone. Il va beaucoup mieux. Alors, pour le moment, ta situation est moins mauvaise que tu ne l'imagines.

Trevor devient cramoisi.

— Il allait dire de vilaines choses à mon sujet. Il m'a volé mes photos ! Il les a prises dans ma voiture ! Il n'avait pas le droit de faire une chose pareille ! Quand je les ai trouvées chez lui, il y avait aussi toutes ces notes sur moi.

— Trevor, on ne cherche qu'à t'aider. Mais tu dois me donner ce couteau et...

Soudain, quelque chose me frôle la jambe : c'est Morphée. Le chien fonce vers Trevor en remuant la queue, saute sur lui les pattes en avant, l'atteint à l'estomac. Refusant de blesser son propre chien, Trevor lâche le bras d'Angie.

Angie s'écarte. Et c'est là que Paul et moi entrons en action.

Je m'occupe du couteau, saisissant le bras de Trevor de mes deux mains, tandis que Paul le ceinture à la taille. Trevor est neutralisé. Je le cogne une fois, deux fois, trois fois contre le mur de brique. Enfin le couteau lui échappe de la main et tombe sur le trottoir. Fou de rage, Paul roue de coups Trevor en martelant chaque mot.

— Laisse... ma sœur... tranquille !

Une sirène de police retentit.

Morphée est pris de folie lui aussi, il nous attaque, mordant nos jambes tout en grognant. La situation se corse un peu. Il nous faut à la fois maintenir Trevor prisonnier et, en lui lançant des coups de pied, repousser son maudit clébard qui s'obstine à vouloir enfoncer ses crocs dans nos mollets.

Quelqu'un, j'ignore qui, réussit à nous en débarrasser et Trevor cesse enfin de se débattre.

— Calme-toi ! je crie à Paul, qui continue à le frapper. Tout va bien, maintenant. Arrête !

Il m'obéit. Ses yeux sont remplis de larmes. Angie le tient par les épaules et, tandis que les flics arrivent en courant, elle l'enlace tendrement.

40

Je suis assis dans un des fauteuils en osier de la terrasse. L'heure du dîner est passée, la température baisse. Nous approchons de l'automne. Mon dilemme est le suivant : rester dehors avec un bon pull ou rentrer au chaud.

La porte s'ouvre. Sarah sort, un carnet et notre chéquier à la main. Elle s'assoit dans le fauteuil le plus proche du mien.

— Comment va Angie ? je demande.

— Bien. Tu sais qu'elle a une conférence, ce soir ? Je lui ai donné le choix : soit elle n'y va pas, soit l'un de nous la conduit à la fac en voiture et l'attendra pour la ramener.

Une semaine s'est écoulée. Nous avons tenu à ce qu'Angie se repose. Le directeur des études, à qui Sarah a expliqué ce que notre fille a enduré, a conseillé à Angie de prendre autant de vacances qu'elle le désirait pour se remettre. Au bout de deux jours, elle commençait déjà à avoir envie de retourner à la fac et maintenant, sept jours plus tard, elle en a carrément assez de tourner en rond à la maison. Elle aspire à retrouver ses habitudes.

— Qu'est-ce qu'elle a décidé ? je demande à Sarah.

— Elle veut prendre la voiture. Et conduire toute seule, à l'aller comme au retour.

— Vraiment !

Angie est sans doute prête, mais nous, ses parents, le sommes-nous ?

— Vraiment ! Comme tu dis, répète Sarah.

— Qu'en penses-tu ?

— J'aimerais la garder à la maison jusqu'à la fin de ses jours. Et toi ?

— Tout à fait d'accord.

Nous nous taisons. Puis Sarah brise le silence.

— On devrait l'y autoriser.

— Sans doute. Mais qu'elle utilise uniquement la Camry. Jusqu'à ce que la Virtue soit complètement réparée.

— D'accord.

— D'ailleurs, si tu t'inquiètes, nous pourrions la suivre, nous assurer qu'elle arrive à la fac sans problème.

Sarah me dévisage.

— La suivre ?

— C'est juste une idée. Je veux seulement que tu sois rassurée.

Sarah réfléchit un instant.

— C'est tentant, mais je ne veux pas.

Elle feuillette son chéquier en fronçant les sourcils.

— En parlant de la Virtue, on va la rembourser pendant un sacré bout de temps ! Disons qu'on verse trois cents dollars par mois : ça veut dire au moins deux ans et demi.

— Ouais.

— Mais pour le moment, on ne dispose pas de cette somme. On doit débourser pour les études d'Angie et mettre de l'argent de côté pour Paul qui en aura bientôt besoin pour sa fac.

— Sur le moment, une seconde voiture m'a paru être une bonne idée. Et puis c'était une affaire.

Sarah aligne des chiffres dans son carnet et je la regarde s'activer. Elle s'est toujours occupée de nos finances. Moi, je me préoccupe de tout le reste. Tout le temps.

— Tu sais, ça me revient tout à coup. Sais-tu que je connais un endroit où il y a plein d'argent qui dort ?

Sarah pose son stylo.

— De quoi parles-tu ?

— Je ne l'ai jamais dit, malgré toutes les questions que la police m'a posées.

— Quoi donc ?

— D'épaisses enveloppes attendent d'être réclamées dans plusieurs hôtels cinq étoiles de Rio de Janeiro. Si on les localisait, on disposerait de cent quarante mille dollars en espèces.

— Pardon ?

— L'argent qu'Eddie Mayhew a obtenu des Jamaïcains pour la drogue qu'il a retirée de notre voiture. Il l'a envoyé par la poste à Rio, pensant s'y rendre et vivre là-bas comme un prince.

— Alors, tout cet argent dort là-bas ?

— Oui. Et voici le plus curieux de l'histoire : je suis sans doute la seule personne qui soit encore au courant.

— Comment ça ?

— Eddie en a parlé à Trimble et, quand Trimble est revenu chez Bullock, il l'a dit à Bullock et à celui que j'appelais Blondinet. L'autre type, celui sur qui j'ai tiré, n'était pas dans la pièce à ce moment-là.

— Et tous ces gens…

Je termine sa phrase :

— … ne sont plus de ce monde.

— En résumé, si quelqu'un allait à Rio et faisait la tournée des hôtels en prétendant s'appeler Eddie Mayhew, on lui remettrait l'argent.

— Sans doute !

Des gens passent devant la maison. Quelques-uns nous font un petit salut que nous leur rendons.

— Bien sûr, c'est de l'argent sale, je précise.

— Évidemment. Pourtant... Il provient d'une marchandise qui était dans *notre* voiture.

— Mais elle ne nous appartenait pas encore quand on l'a piquée dans notre Virtue.

— Très juste, commente Sarah.

Une voiture passe. Au loin, une sirène retentit.

— La personne qui voudra récupérer ces enveloppes devra justifier de son identité, n'est-ce pas ? demande Sarah.

— Une fausse carte fera l'affaire. Mais où s'en procurer ?

Brusquement, je me souviens. Paul et ses amis ne sont-ils pas des experts en faux papiers ?

Silence pendant une bonne minute. Sarah recommence à aligner des chiffres dans son calepin et à faire des additions. Je n'ose me pencher et voir les résultats.

— Le problème, c'est que je n'y arriverai jamais.

— Qui a suggéré que tu t'en occupes ? demande Sarah, soudain sur la défensive. Je n'ai pas dit un mot.

— Tu me connais. Je suis trop nerveux. J'aurais des sueurs froides en me présentant à la réception des hôtels. Ils appelleraient la police. Je craquerais avant même le début des interrogatoires. Tu sais, je m'effondre facilement sous la pression.

— J'en suis consciente. C'est pourquoi il n'en est pas question. Juste une façon de parler.

— Oui, juste un sujet de conversation.

— Ouais, fait-elle rêveusement. C'était juste une façon de parler.

Une autre voiture passe. Deux gamins se poursuivent à vélo en riant.

— Pourtant, reprend Sarah, et là je pense à voix haute, si tu prenais rendez-vous avec le Dr Harley et si tu lui demandais quelque chose pour te détendre, je parie qu'il te donnerait ce qu'il te faut.

Elle garde la tête baissée, les yeux rivés sur son carnet, refusant de me regarder.

Je me lève et rentre dans la maison.

— Je vais voir s'il nous reste du whisky.

Remerciements

Je tiens à exprimer mes remerciements aux gens de Bantam Dell avec qui cela reste un plaisir de travailler et particulièrement à Irwyn Applebaum, Nita Taublib, Bill Massey, et à mon extraordinaire éditeur, Micahlyn Whitt. Merci pour votre confiance, votre souci des détails et votre gentillesse. Andie Nicolay mérite une mention spéciale pour ses encouragements et son dévouement.

Et, comme toujours, toute ma reconnaissance va à mon merveilleux agent, Helen Heller.

10897

Composition
FACOMPO

Achevé d'imprimer en Slovaquie
par NOVOPRINT SLK
le 4 août 2014.

Dépôt légal août 2014.
EAN 9782290078709
L21EPNN000296N001

ÉDITIONS J'AI LU
87, quai Panhard-et-Levassor, 75013 Paris

Diffusion France et étranger : Flammarion